D0594905

LE TEMPS DES REGRETS

D'abord secrétaire puis hôtesse de l'air, ce n'est qu'au décès de son mari que Mary Higgins Clark se lance dans la rédaction de scripts pour la radio. Son premier ouvrage est une biographie de George Washington. Elle décide ensuite d'écrire un roman à suspense, *La Maison du guet*, son premier best-seller. Encouragée par ce succès, elle continue à écrire tout en s'occupant de ses enfants. En 1980, elle reçoit le Grand prix de littérature policière pour *La Nuit du renard*. Mary Higgins Clark écrit alors un roman par an, toujours accueilli avec le même succès par le public. Elle est traduite dans le monde entier et plusieurs de ses romans ont été adaptés pour la télévision.

Paru au Livre de Poche :

MARY HIGGINS CLARK

Le Temps des regrets

ROMAN TRADUIT DE L'ANGLAIS (ÉTATS-UNIS)
PAR ANNE DAMOUR

ALBIN MICHEL

Titre original :

AS TIME GOES BY
Paru chez Simon & Schuster, Inc. New York.

Ce livre est un ouvrage de fiction. Toute ressemblance avec des faits avérés, des lieux existants ou des personnes réelles, vivantes ou décédées, serait purement fortuite.

Pour les jeunes mariés
Dr James et Courtney Clark Morrison
Avec amour

Prologue

Le nouveau-né poussa son premier cri, si perçant qu'il fit sursauter les deux couples présents devant la salle d'accouchement. Les yeux de James et Jennifer Wright brillèrent de joie. Quant à Rose et Martin Ryan, dont la fille de dix-sept ans venait d'accoucher, c'est le soulagement et la résignation qu'on pouvait lire sur leurs visages.

Les deux couples avaient été présentés sous les noms de Smith et de Jones. Aucun ne désirait savoir quelle était la véritable identité de l'autre. Quinze minutes plus tard, ils attendaient encore avec anxiété de voir l'enfant qui venait de naître.

C'était une petite fille de trois kilos deux, un bébé ensommeillé au teint très clair que soulignait un duvet de petites boucles noires. Elle battit des paupières et ouvrit de grands yeux marron. Jennifer Wright tendit les bras vers elle mais Cora Banks, la sage-femme, l'arrêta avec un sourire. « Je crois qu'il nous reste encore une petite formalité. »

James Wright ouvrit la petite valise qu'il avait apportée. « Soixante mille dollars, dit-il. Vous pouvez compter. »

On leur avait dit que la mère de l'enfant était une lycéenne de dix-sept ans qui était tombée enceinte le soir du bal de fin d'année. L'histoire avait été tenue secrète. Ses parents avaient dit à la famille et à leurs amis qu'elle était trop jeune pour aller à l'université et qu'elle travaillerait pendant quelque temps dans le magasin de sa tante à Milwaukee. Le père, un garçon de dix-huit ans, était parti faire ses études, sans avoir jamais rien su de la situation.

« Quarante mille dollars pour les futures études de la jeune mère », annonça Cora Banks, en comptant l'argent et en remettant la somme aux parents de la jeune fille, le bébé encore emprisonné dans ses bras robustes. Elle n'ajouta pas que les vingt mille dollars restants rémunéraient ses soins de sage-femme.

Les parents acceptèrent l'argent en silence. Jennifer Wright tendit les bras d'un geste plein d'impatience et murmura : « Je suis si heureuse. »

Cora dit : « Je ferai la déclaration de naissance à votre nom. » Elle eut un sourire sans joie qui n'éclaira en rien son visage rond et ordinaire. Elle avait à peine quarante ans, mais en paraissait dix de plus.

Elle se tourna vers les parents de la jeune mère. « Laissez-la dormir quelques heures avant de la ramener chez vous. »

Dans la salle d'accouchement, la jeune fille s'efforçait d'éliminer l'effet des sédatifs qui lui avaient été généreusement administrés. Il lui semblait encore sentir son enfant peser contre ses seins gonflés durant les premiers instants qui avaient suivi la naissance. Je veux la garder, je veux la garder, criait-elle en silence, du fond de son âme. Ne m'enlevez pas mon bébé. Je trouverai un moyen de m'en occuper…

Deux heures plus tard, recroquevillée sur le siège arrière de la voiture familiale, elle était en route pour le motel le plus proche.

Et le lendemain matin, elle se retrouvait seule à bord d'un avion qui la ramenait à Milwaukee.

1

« Et maintenant, place aux annonces publicitaires, murmura Delaney Wright au journaliste avec qui elle présentait les infos de dix-huit heures sur WRL. Toutes plus fascinantes les unes que les autres.

— Sans elles, pas de salaire, lui rappela en souriant Don Brown.

— Je sais, Dieu les bénisse », rétorqua vivement Delaney, avec un dernier coup d'œil dans la glace.

Elle n'était pas certaine que le chemisier violet choisi par l'habilleuse ne jure pas avec sa peau pâle, mais il allait bien avec ses cheveux noirs mi-longs. Et Iris, sa maquilleuse préférée, avait fait ce qu'il fallait pour souligner ses yeux marron foncé et ses longs cils.

Le régisseur entama le compte à rebours. « Dix, neuf… Trois, deux… » À « un », Delaney commença à lire : « Demain matin commence la sélection du jury dans le procès de l'ex-professeure de lycée Betsy Grant, âgée de quarante-trois ans, au tribunal de Bergen County à Hackensack, New Jersey. Betsy Grant est accusée du meurtre de son mari, le Dr Edward Grant, âgé de cinquante-neuf ans au moment de sa mort, qui souffrait de la maladie d'Alzheimer. Elle n'a jamais cessé de clamer son innocence. Le procureur soutient qu'elle était fatiguée d'attendre qu'il meure. Le fils du docteur et elle sont cohéritiers de la fortune du mari, estimée à plus de quinze millions de dollars. »

« Et maintenant, une histoire beaucoup plus réjouissante, commença Don Brown, le genre de sujet que nous adorons présenter. » La vidéo apparut à l'écran. Il s'agissait des retrouvailles d'un homme de trente ans avec sa mère biologique. « Nous nous sommes cherchés pendant dix ans, disait Matthew Trainor en souriant. J'avais l'impression qu'elle m'appelait. Il *fallait* que je la retrouve. »

Il avait passé son bras autour des épaules de Doris Murray, une femme corpulente d'une cinquantaine d'années. Ses cheveux naturellement ondulés encadraient un visage agréable. Ses yeux noisette brillaient de larmes contenues. « J'avais dix-neuf ans quand j'ai mis Charles au monde. » Elle marqua une pause, regarda son fils. « Dans mon esprit, je l'ai toujours appelé Charles. Le jour de son anniversaire, j'achetais des jouets et les donnais à une œuvre de charité pour enfants. » La voix tremblante, elle ajouta : « J'aime beaucoup le nom que ses parents adoptifs lui ont donné. Matthew signifie "don de Dieu". »

Alors que la séquence prenait fin, Matthew dit : « Du plus loin qu'il m'en souvienne, un besoin m'a toujours tourmenté. J'avais besoin de savoir qui étaient mes parents biologiques, surtout ma mère. »

14

En le serrant dans ses bras, Doris Murray se mit à pleurer. « Vous ne pouvez pas savoir combien mon fils m'a manqué. »

« C'est une histoire qui vous réchauffe le cœur, hein, Delaney ? » demanda Don Brown.

Delaney se contenta de hocher la tête. La boule qui lui serrait la gorge menaçait de se transformer en un flot de larmes si elle ouvrait la bouche.

Don attendit quelques secondes une réponse qui ne vint pas, parut étonné puis enchaîna : « Et maintenant, voyons ce que notre Monsieur Météo, Ben Stevens, a pour nous. »

À la fin de l'émission, Delaney dit : « Don, je suis désolée. J'étais tellement émue par cette histoire que je n'étais pas sûre de ma réaction. J'ai eu peur de me mettre à pleurer comme cette mère.

— Bon, on verra dans six mois s'ils se parlent toujours », dit Don d'un ton ironique. Il repoussa son fauteuil. « Fini pour ce soir. »

Dans le studio voisin, à travers la paroi vitrée, ils virent le présentateur des infos nationales, Richard Kramer, passer à l'antenne. Delaney savait que Don était candidat pour reprendre le poste quand Kramer partirait à la retraite. Elle se leva, quitta le studio, s'arrêta dans son bureau et troqua son chemisier violet contre un haut de training. Elle avait remplacé l'habituelle coprésentatrice, Stephanie Lewis, en congé maladie. Delaney était particulièrement contente de couvrir le procès de Betsy Grant. Cela promet d'être fascinant, pensa-t-elle.

Elle saisit son sac à bandoulière et, répondant à une succession de « Au revoir Delaney », parcourut plusieurs longs couloirs et sortit sur Columbus Circle.

Même si elle avait une prédilection pour l'été, Delaney était prête à accueillir l'automne. Après Labor Day, une énergie nouvelle s'empare de Manhattan, se dit-elle, essayant en vain de repousser les pensées qui la tourmentaient. Le reportage sur l'adoption avait ébranlé les murs qu'elle avait toujours tenté de dresser autour d'elle pour empêcher les mêmes questions de revenir la hanter.

Elle aussi nourrissait le désir de retrouver sa mère biologique. James et Jennifer Wright l'avaient adoptée quand elle n'avait que quelques heures, et leurs noms apparaissaient sur son certificat de naissance. Elle était née grâce aux soins d'une sage-femme. La femme qui avait organisé l'adoption était morte. Le nom de la sage-femme n'apparaissait pas dans les documents officiels. Sa naissance avait été enregistrée à Philadelphie.

C'était apparemment sans issue. Pourtant, elle ne pouvait plus rester dans l'incertitude. Elle était tellement plongée dans ses pensées qu'en parcourant les huit cents mètres qui la séparaient de sa rue, elle dépassa la Cinquième Avenue sans même s'en apercevoir.

À la 54e Rue elle se dirigea vers l'est. Elle habitait un immeuble ancien, voisin de celui où Greta Garbo avait résidé. La fameuse citation de Garbo avec son accent inimitable : « Je veux être seule », lui venait

16

souvent à l'esprit à la fin d'une journée particulièrement frénétique au studio.

Danny, l'aimable portier, lui ouvrit la porte. Son appartement était un spacieux et agréable trois-pièces, très différent toutefois de la vaste et belle résidence d'Oyster Bay, à Long Island, où elle avait grandi. Elle laissa tomber son sac, prit une bouteille de Perrier dans le réfrigérateur et s'installa dans son fauteuil préféré, les pieds posés sur le pouf.

Sur la table, à l'autre bout de la pièce, trônait une grande photo de famille prise quand elle avait trois ans. Elle était assise sur les genoux de sa mère à côté de son père. Ses trois frères se tenaient en rang derrière eux. Avec ses cheveux noirs bouclés et ses yeux marron foncé, elle détonnait au milieu des autres membres de la famille. Ils avaient tous des cheveux tirant sur le roux et des yeux clairs, bleus ou noisette.

Le souvenir était encore vif. La première fois qu'elle avait vu cette photo, elle s'était mise à pleurer. « Pourquoi ne suis-je pas comme vous tous ? » C'est alors qu'elle avait appris qu'elle avait été adoptée. Pas en ces termes, mais ses parents avaient expliqué de leur mieux à l'enfant qu'elle était encore qu'ils avaient longtemps désiré une petite fille, et qu'elle avait tout de suite fait partie de la famille.

Il y a un mois, à Oyster Bay, avait eu lieu une grande réunion de famille pour le soixante-quinzième anniversaire de sa mère. Jim était venu de Cleveland, Larry de San Francisco et Richard de Chicago, tous avec femme et enfants. Cela avait été un moment très heureux. Sa mère et son père étaient sur le point de partir s'installer en Floride. Ils avaient distribué les meubles dont ils n'avaient plus besoin, disant à Delaney et à ses frères de prendre ce qu'ils désiraient. Elle avait emporté quelques objets qui pouvaient trouver leur place dans son appartement.

Elle regarda à nouveau la photo de famille, essayant de se représenter la mère qu'elle n'avait jamais connue. Est-ce que je lui ressemble ? se demanda-t-elle.

Le téléphone sonna. Delaney leva les yeux au ciel puis vit qui appelait. Carl Ferro, le producteur de l'émission de dix-huit heures. Il exultait. « Stephanie vient d'accepter un job chez NOWNews. On est tous très contents. Elle devenait un sacré… » Il s'interrompit. « … problème. Elle s'était mis dans la tête qu'elle en savait plus que Kathleen. » Kathleen Logan était la productrice exécutive des infos. « Sa démission sera annoncée demain matin. C'est donc toi qui présenteras l'émission avec Don Brown. Félicitations. »

Delaney n'en croyait pas ses oreilles. « Carl, je suis ravie. Que pourrais-je dire d'autre ? » Puis elle ajouta : « Mon seul regret est de lâcher le procès Grant.

— On veut que tu continues. On te fera remplacer jusqu'à la fin du procès. Tes reportages sont toujours brillants. Ce genre d'affaire est exactement ton domaine.

— Je ne pouvais rien rêver de mieux, Carl. Merci infiniment. »

18

En raccrochant, elle éprouva pourtant une soudaine inquiétude. Son ancienne nounou, Bridget O'Keefe, disait volontiers : « Quand tout va trop bien, il y a des ennuis dans l'air. »

2

« Willy, j'ai vraiment besoin d'un nouveau projet, tu sais », soupira Alvirah Meehan. Ils prenaient leur petit-déjeuner dans leur appartement de Central Park South. Ils en étaient à leur deuxième café, et c'était le moment où Alvirah aimait bavarder. C'était aussi celui où Willy s'apprêtait à se plonger dans la section des sports du *Post*, qu'il était toujours impatient de lire.

Avec un soupir résigné, il reposa son journal et regarda en face de lui la femme qu'il chérissait depuis quarante-trois ans. Sa crinière blanche, son visage creusé de rides et ses yeux d'un bleu intense rappelaient à ses vieux amis le légendaire porte-parole de la Chambre des représentants, Tip O'Neill.

« Je sais que tu as des fourmis dans les jambes, chérie, dit-il d'un ton conciliant.

— C'est vrai », reconnut Alvirah en prenant une deuxième tranche de cake au café. « Nous n'avons pas eu grand-chose à faire récemment. Bien sûr, j'ai adoré la croisière sur la Seine. Comment dire le contraire ? Et voir l'endroit où Van Gogh a passé les derniers mois de sa vie. C'était merveilleux. Mais maintenant, je suis contente d'être à la maison. »

20

Elle admira par la fenêtre la vue sur Central Park. « Willy, nous avons tellement de chance d'être ici ! Rappelle-toi notre appartement à Astoria. La cuisine était aveugle. »

Willy ne s'en souvenait que trop bien. Six ans plus tôt, il était plombier et Alvirah femme de ménage. Un soir, ils étaient assis dans leur ancien appartement et Alvirah avait tellement mal aux pieds qu'elle les trempait dans un bain d'eau chaude additionnée de sel d'Epsom. Puis le numéro gagnant de la loterie avait été annoncé à la télévision. Ils avaient dû vérifier et revérifier leur billet avant de comprendre qu'ils avaient gagné quarante millions de dollars.

Ils avaient choisi les paiements annuels et en mettaient toujours la moitié de côté. Ils avaient acheté cet appartement sur Central Park South mais gardé celui d'Astoria, au cas où le gouvernement ferait faillite et ne pourrait continuer à verser l'argent.

Ensuite, le rédacteur en chef du *Daily Standard* avait interviewé Alvirah. Elle lui avait confié qu'elle avait toujours rêvé de faire une cure au centre de remise en forme de Cypress Point, en Californie. Il lui avait demandé d'écrire un article sur son séjour et donné une broche en forme de soleil dans laquelle était dissimulé un micro lui permettant d'enregistrer les conversations. Ce dispositif l'aiderait à rédiger son article, lui avait-il dit. En réalité, il l'avait aidée à découvrir l'identité d'un assassin qui séjournait au centre. Depuis lors, Alvirah, toujours armée de son microphone, avait résolu plusieurs énigmes policières.

« Et je suis impatiente de voir Delaney demain soir, disait-elle à présent. Elle a la chance de couvrir le procès de Betsy Grant.

— La femme qui a assassiné son mari ? demanda Willy.

— Non, Willy. La femme qui est *accusée* d'avoir assassiné son mari, le reprit Alvirah.

— Eh bien, d'après ce que j'ai lu, c'est plié, fit observer Willy.

— Je te l'accorde, répliqua Alvirah. Mais, comme toujours, je veux garder l'esprit ouvert. »

Willy sourit. « Tu ferais mieux d'être "ouverte" au fait qu'elle est coupable. »

3

À vingt kilomètres de là, à Alpine, New Jersey, Betsy Grant se préparait un deuxième café en regardant pensivement par la fenêtre de la cuisine. Elle enregistra inconsciemment que le feuillage des ormes avait pris une teinte dorée, signe avant-coureur de l'automne.

Les grandes baies vitrées vous donnaient l'impression de « ne faire qu'un avec le paysage », comme l'agent immobilier l'avait souligné avec enthousiasme quand il leur avait vendu cette maison de dix pièces, douze ans auparavant.

Après une nouvelle nuit sans sommeil, ce souvenir était toujours aussi présent dans son esprit, comme la chaleur du regard de Ted quand il l'avait regardée, guettant sa réaction. Il était visible qu'il mourait d'envie de l'acheter. Et comment en aurait-il été autrement ? De toute façon, j'étais tellement amoureuse que j'aurais vécu n'importe où avec lui. Bien sûr, que le propriétaire soit prêt à baisser son prix parce qu'il allait être mis en faillite m'attristait. J'avais des remords à la pensée de profiter de la malchance de quelqu'un. Mais c'est une maison magnifique, se dit-elle.

Sa tasse de café à la main, elle monta à l'étage. Après la mort de Ted elle s'était remise à dormir dans la chambre principale. Elle traversa le petit salon où ils avaient passé ensemble tant d'heures heureuses. En automne et en hiver, ils y faisaient souvent une flambée et regardaient une émission de télévision qu'ils appréciaient tous les deux, ou s'attardaient simplement à lire.

L'apparition rapide d'un alzheimer précoce chez Ted, à l'âge de cinquante et un ans, avait été une tragédie. Elle avait dû condamner l'escalier pour l'empêcher de se pencher dangereusement par-dessus la rambarde, et transformer la bibliothèque du rez-de-chaussée en une chambre pour lui. Elle dormait dans le petit bureau adjacent au début, puis elle l'avait cédé à l'aide-soignante à plein temps Angela Watts et s'était installée dans la chambre d'amis, près de la cuisine.

Tous ces souvenirs lui tournaient encore dans la tête tandis qu'elle reposait sa tasse sur la coiffeuse de la salle de bains et ouvrait le robinet de la douche.

Son avocat, Robert Maynard, serait là dans une heure. Je me demande pourquoi il vient, se dit Betsy avec une pointe d'irritation. Je sais tout ce qu'il va me dire. Je sais à quoi m'attendre. En ôtant sa robe de chambre et sa chemise de nuit, elle se rappela son effroi quand Maynard lui avait appris que le grand jury l'avait inculpée de meurtre. La photo d'identité judiciaire, les empreintes digitales, la lecture de l'acte d'accusation, la remise de sa caution – autant de souvenirs fragmentés qui la hantaient sans cesse, quels que soient ses efforts pour les évacuer.

24

Après avoir pris sa douche, elle fixa ses longs cheveux châtains avec un peigne, appliqua un peu de mascara sur ses cils et une touche de rouge sur ses lèvres. Le bulletin météo prévoyait une chute brutale de température. Dans sa penderie, elle choisit un chemisier de cachemire vert forêt et un pantalon brun foncé qui soulignaient sa silhouette mince. Elle avait cessé de s'habiller en noir quatre mois plus tôt, quand un journaliste avait fait remarquer que, bien qu'elle soit accusée du meurtre d'Edward Grant, sa veuve paradait en vêtements de deuil. Mais elle ne portait que des couleurs sombres, même chez elle.

Avant de refermer la porte, elle regarda autour d'elle, perdue dans ses souvenirs. C'était devenu une habitude. À plusieurs reprises, d'une manière ou d'une autre, Ted était parvenu à franchir le portillon fermé à clé au pied de l'escalier et était monté ici.

En arrivant, on voyait tout de suite ce qui s'était passé. Tous les tiroirs des commodes et des tables de nuit avaient été vidés sur le plancher. On avait l'impression qu'il cherchait quelque chose. Avec l'aide de Carmen, sa femme de ménage, Betsy n'avait pas eu de mal à tout remettre en ordre. Elle regrettait seulement que Ted se soit souvenu de la combinaison du coffre et en ait retiré le superbe bracelet d'émeraudes et de diamants qu'il lui avait donné pour leur premier anniversaire de mariage. Elle espérait le retrouver un jour, mais il était à craindre qu'il l'ait jeté dans le broyeur à ordures ou ailleurs.

Elle fut tentée de faire son lit mais Carmen allait arriver d'un moment à l'autre. « Laissez-moi faire,

4

Alan Grant, fils de feu Edward « Ted » Grant, regardait son ex-femme, Carly, et s'efforçait de ne pas montrer la fureur qui l'habitait. Leur fils de quatre ans et leur fille de deux ans avaient senti de la tension dans l'air et couru se mettre à l'abri dans leur chambre.

Carly les suivit du regard. « Pourrais-tu me dire comment je suis censée leur donner un toit si on me met à la porte ? » demanda-t-elle avec colère.

C'était une danseuse dont la carrière à Broadway avait été brisée le jour où elle avait été sérieusement blessée par un chauffard qui avait pris la fuite. Aujourd'hui, son ravissant visage accusait les souffrances causées à la fois par les maux de dos consécutifs à son accident et ses soucis financiers quotidiens.

Son ex-mari n'avait aucune réponse à lui offrir. Agressif, il cracha sa riposte : « Écoute, quand le procès sera terminé, les avoirs de mon père seront débloqués et je toucherai plein d'argent. Il est sûr que Betsy va finir ses jours en prison, ce qui signifie que la moitié de la fortune qu'il lui a laissée me reviendra. Tu as des amis riches. Dis-leur de te prêter de l'argent. Paie-leur des intérêts. »

Il fouilla dans sa poche, en sortit son portefeuille et jeta une carte de crédit sur la table. « Celle-ci a été renouvelée. Les photos de maisons que j'ai faites à Atlanta ont servi à ça. Utilise-la pour la nourriture, j'aurai de quoi payer le loyer le 30. »

Sans prendre la peine de dire au revoir à ses enfants, il sortit de l'appartement de la 89ᵉ Rue Ouest et s'éloigna de l'immeuble à grandes enjambées rapides en direction du sud de Manhattan.

À trente-cinq ans, Alan ressemblait beaucoup à son père décédé, ce que ne manquaient pas de souligner les médias. Avec sa haute taille, ses cheveux brun-roux et ses yeux noisette, il était le type même de l'élève privilégié des grandes universités de l'Ivy League, né avec une cuiller en argent dans la bouche.

Tout était de la faute de Betsy, se disait-il. Ils avaient été très proches, mais c'était elle qui avait incité son père à ne plus lui signer un chèque chaque fois qu'il avait un problème mais plutôt à lui allouer une somme raisonnable chaque année. « Alan est un excellent photographe, avait-elle fait remarquer. S'il passait moins de temps à jouer au play-boy et décidait de se ranger, il pourrait gagner confortablement sa vie. »

Alors son père avait cessé de payer ses factures et s'était limité à lui donner un chèque de cent mille dollars à Noël. Cela ne suffisait pas à couvrir ses dépenses, avec une ex-femme et deux enfants, plus Justin, le fils de dix ans d'une ancienne petite amie.

En marchant, Alan sentit sa colère se dissiper. Ce n'était qu'une question de temps, se persuada-t-il. Il n'y avait aucune chance que Betsy ne soit pas

condamnée. On avait appris qu'elle voyait secrète-
ment un homme deux ans avant la mort de son père,
et cela n'avait pas arrangé sa situation. Le Pr Peter
Benson, président du département des lettres à l'université Franklin, de Philadelphie. Malgré sa lassitude,
Alan décida qu'il finirait par s'en sortir. Il toucherait
l'argent. Betsy n'hériterait pas d'un sou. Il lui fallait
seulement être patient.

Il n'avait pas envie de faire les photos de la mode
de printemps pour la nouvelle marque de vêtements
qu'un soi-disant designer célèbre venait de créer.
Mais c'était indispensable.

En coupant en direction de Central Park West vers
Columbus Circle, Alan sourit au souvenir de son père
agressant Betsy le soir où ils s'étaient réunis dans le
vain espoir de fêter l'anniversaire du malheureux.
Tout le monde avait entendu le cri d'angoisse de
Betsy : « Je n'en peux plus ! » Et, la nuit suivante,
son père avait été assassiné alors que Betsy était restée seule dans la maison.

Quand elle aura été déclarée coupable, toute la fortune de mon père me reviendra.

Il tenta d'écarter la pensée désagréable que le crâne
de son père avait été fracassé par un coup puissant
porté à l'arrière de la tête.

5

Cinquante-sept ans, grand et athlétique, le teint hâlé et une masse de cheveux blonds à peine grisonnants, le Dr Scott Clifton ramassa les journaux du matin sur le perron de sa maison de Ridgewood, New Jersey, avant de prendre son petit-déjeuner. Il savait d'avance que les titres des journaux deviendraient de plus en plus racoleurs à mesure que la date du procès approcherait.

Pendant vingt ans, Ted Grant, le Dr Kent Adams et lui-même avaient développé avec succès un cabinet de chirurgie orthopédique. Voilà plus de neuf ans, Ted avait été atteint de la maladie d'Alzheimer. Depuis, Kent et lui avaient mis fin à leur association et chacun avait suivi sa voie. En l'absence de Kent, la clientèle de Scott avait notablement décliné.

Lisa descendait rarement prendre son petit-déjeuner avec lui avant qu'il parte travailler. Non qu'elle ait l'habitude de faire la grasse matinée, mais il quittait toujours la maison à huit heures au plus tard. Il se préparait lui-même ses céréales et son café.

Aujourd'hui, pourtant, elle apparut dans la cuisine.

« Que se passe-t-il ? » demanda-t-il d'un ton sec.

Elle eut un instant d'hésitation : « Tu as passé la nuit à te tourner et te retourner. Et tu parlais sans arrêt de Ted. Je sais que le procès te préoccupe.

— Naturellement. Si je trouble ton sommeil, j'en suis désolé.

— Je ne voulais pas insinuer que tu m'as empêchée de dormir. J'étais seulement inquiète à ton sujet. » Elle refoula ses larmes d'un battement de paupières. « Quoi que je dise, tu me rabroues toujours », se plaignit-elle doucement.

Scott ne répondit pas. Il savait que son mariage, trois ans plus tôt, avait été une erreur.

Il venait à peine de divorcer quand il avait épousé Lisa. À présent, il se retrouvait avec trois gosses à l'université et une ex-femme qui n'hésitait jamais à l'appeler pour lui dire qu'elle était un peu à court, pouvait-il l'aider ? Bien sûr qu'il le pouvait. Tous deux le savaient.

Lisa, de vingt ans sa cadette, était alors visiteuse médicale pour une société de produits pharmaceutiques. Il ne prenait pas le temps de parler aux représentants en général, il laissait cette tâche à l'infirmière. Mais il avait trouvé du temps pour Lisa. Ancienne majorette des Big Ten originaire du Midwest, elle avait un merveilleux sourire et un corps à l'avenant.

Ce qu'il n'avait pas prévu, c'est qu'une fois la première attirance dissipée, il n'éprouverait plus pour elle ni intérêt ni désir.

Mais la dernière chose à faire était de se débarrasser d'elle maintenant. Il ne pouvait laisser personne mettre le nez dans ses finances.

Il la supporterait jusqu'à ce que le procès soit terminé et la situation plus stable. Il se demandait si elle soupçonnait quelque chose.

Lisa tenait une tasse de café à deux mains. C'était celle qu'elle avait fait fabriquer avec une photo de lui et les mots : « Je t'aime Scott » griffonnés dans tous les sens. Assez pour le rendre dingue.

« Scott. » Lisa prononça son nom avec hésitation.

Elle pleurait.

« Scott, nous savons toi et moi que notre mariage va mal. Tu as une liaison ? »

Il la regarda calmement. « Bien sûr que non.

— Je ne sais pas si je dois te croire, mais je pense malgré tout que nous ferions mieux de suivre chacun notre chemin. J'ai l'intention de consulter un avocat la semaine prochaine et d'entamer une procédure de divorce. »

Je ne peux pas la laisser faire ça, se dit Scott, affolé.

« Lisa, écoute-moi. Je sais que j'ai été brusque et peu attentionné, mais cela ne signifie pas que je ne t'aime pas. Je ne veux pas te perdre. C'est seulement que la mort de Ted et l'inculpation de Betsy ont jeté une ombre terrible sur le cabinet. Je t'en prie. »

Lisa Clifton évita le regard de son mari. Elle n'était pas dupe. Elle était sûre qu'il avait une liaison, mais elle espérait encore qu'ils pourraient s'en sortir.

« Acceptereais-tu de voir un conseiller conjugal avec moi ? » demanda-t-elle.

Dieu du ciel, un conseiller conjugal, pensa Scott, puis il essaya d'avoir l'air enthousiaste et s'écria : « Bien sûr, chérie, bien sûr. »

6

Delaney Wright et Alvirah Meehan avaient toujours quelque chose à se raconter. Elles étaient vite devenues amies l'année précédente, quand elles couvraient toutes les deux le procès d'une mère biologique qui avait réussi à découvrir le couple qui avait adopté son enfant et le lui avait volé. Malgré sa compassion, le juge avait aussi rappelé à la mère qu'elle avait vingt-cinq ans quand elle avait abandonné son bébé, possédait alors les ressources nécessaires pour en prendre soin et qu'elle avait suscité d'affreuses inquiétudes durant les deux mois où l'enfant avait disparu.

La nature de l'affaire avait naturellement poussé Delaney à confier à Alvirah qu'elle était elle-même une enfant adoptée, sujet qu'elle abordait rarement. Elle savait que Jennifer et James Wright avaient été blessés les rares fois où elle l'avait fait. « Delaney, je t'ai tenue dans mes bras vingt minutes après ta naissance, lui avait dit Jennifer, en larmes. Je t'ai désirée pendant des années bien avant ce moment-là. J'imaginais une petite fille avec trois grands frères qui seraient toujours présents si ton père et moi n'étions pas là. »

Et ils l'avaient été. Tous. Elle avait connu le bonheur d'être élevée dans une famille unie, aimante, mais ils étaient dispersés aujourd'hui. C'était peut-être pour cette raison que son désir de retrouver sa mère biologique était devenu si insistant. Maintenant que ses parents adoptifs vivaient en permanence à Naples, en Floride, elle avait moins l'impression de les trahir en commençant activement ses recherches.

Pendant qu'elle dînait avec Alvirah et Willy Chez Patsy, dans la 56ᵉ Rue Ouest, ils abordèrent à nouveau le sujet.

Delaney hésita avant de parler : « Alvirah, je vous ai dit à tous les deux que j'avais été adoptée. »

Ils hochèrent la tête.

« Je me souviens d'avoir lu, il y a longtemps, que Bob Considine, le journaliste, avait dit : "J'ai quatre enfants. Deux sont adoptés. J'ai oublié lesquels." Mes parents disaient en plaisantant que j'étais différente parce que j'étais le portrait de ma grand-mère maternelle. Elle était italienne.

— C'était sûrement une très belle femme, lança Willy en prenant une bouchée de hors-d'œuvre. »

Delaney sourit. « Willy, vous êtes un devin, mais le besoin de connaître mes racines, ma famille biologique, est si fort que j'ai failli pleurer durant l'émission, hier soir, quand nous avons passé cette séquence.

— Je l'ai regardée, dit Alvirah. C'était à propos de cette mère biologique qui retrouvait son fils.

— Oui. Quand le fils a dit qu'il avait besoin de retrouver sa mère biologique, j'ai eu la gorge tellement nouée que je suis restée muette. Don a dû prendre ma place et lancer la séquence suivante.

— Avez-vous essayé Facebook ? » demanda Alvirah, qui continua, sans attendre la réponse : « Mais dans ce cas, naturellement, votre propre famille risquerait d'être au courant.

— Bien sûr. La femme de mon frère Jim passe sa vie sur Facebook. Elle y poste des photos de ses gosses trois fois par semaine. »

Alvirah vit les yeux de Delaney briller de larmes contenues. « Que savez-vous exactement des circonstances de votre naissance ? demanda-t-elle.

— Si peu. Une sage-femme a procédé à l'accouchement à Philadelphie. Vingt minutes après, j'ai été remise aux Wright. Ils étaient dans la pièce voisine de la salle d'accouchement avec mes grands-parents biologiques. Ils ont été présentés les uns aux autres sous les noms de Smith et Jones. On a dit à mes parents que ma mère et mon père étaient des jeunes gens de dix-sept ans qui avaient eu une relation le soir du bal de terminale au lycée, et que tous deux étaient des élèves brillants qui allaient entrer à l'université. »

Alvirah trempa un morceau de pain dans l'huile d'olive avant de déclarer :

« Je suis une bonne détective. Je vais m'occuper de cette affaire pour vous. »

Delaney la regarda porter la main au revers de sa veste.

« Oh, Alvirah, dit-elle, vous n'avez pas besoin d'enregistrer notre conversation. C'est gentil de votre part, mais c'est sans espoir.

36

— On verra, répondit calmement Alvirah. Delaney, savez-vous dans quelle partie de Philadelphie vous êtes née ? Quel était le nom de la sage-femme ? Son adresse ? Qui l'avait indiquée à vos parents ? Cette sage-femme a-t-elle dit où vivait votre mère biologique ?

— C'est ma mère adoptive... »

La voix de Delaney s'étrangla. Il lui était pénible de parler en ces termes de Jennifer Wright qui lui avait montré tant d'affection.

Elle poursuivit : « Il y a six ans, j'ai réussi à lui faire dire que j'étais née à Philadelphie, ce que je savais déjà grâce à mon certificat de naissance. Elle m'a dit que la sage-femme s'appelait Cora Banks. Elle m'a donné son adresse. La personne qui lui avait parlé de Cora Banks était une camarade de classe, une certaine Victoria Carney, qui est morte dans un accident de voiture quand j'avais dix ans. Je l'ai rencontrée à plusieurs reprises. Elle était très gentille. Elle ne s'est jamais mariée, et sa nièce a jeté toutes les archives la concernant. Maman était tellement bouleversée le jour où je lui ai posé ces questions que je lui ai juré qu'elle était la seule mère que je connaissais et que je connaîtrais jamais.

— La mère d'Alice Roosevelt Longworth est morte peu après sa naissance, fit remarquer Alvirah. Son père était le président Theodore Roosevelt. Il s'est remarié quand Alice avait deux ans. Quand elle a posé des questions sur sa mère biologique, c'est exactement ce qu'elle a dit. »

Delaney eut un sourire songeur. « Je me souviens d'avoir lu ces paroles quelque part. Elles me sont venues à l'esprit ce jour-là. Mais je n'étais pas sincère. J'ai vraiment envie de connaître ma vraie mère. »

Elle se reprit. « Je veux dire ma mère biologique. »

La main d'Alvirah effleura le revers de sa veste et elle éteignit le micro. « Laissez-moi réfléchir, dit-elle d'un air décidé. En attendant, voilà nos pâtes. »

Ils regardèrent tous les trois avec gourmandise le serveur leur apporter des assiettes fumantes de linguine aux clams pour Alvirah et Delaney et de spaghettis bolognaise pour Willy.

Willy savait qu'il était temps de changer de sujet. « Quand je pense que c'était un des restaurants favoris de Sinatra, dit-il. Il aurait eu cent ans. Ses chansons sont quand même drôlement meilleures que celles qui sont populaires aujourd'hui. » Il regarda autour de lui. « En parlant de popularité, ce restaurant a l'air de bien marcher. »

Il changea à nouveau de sujet. « Delaney, Alvirah me dit que vous allez couvrir le procès de Betsy Grant. Pensez-vous qu'elle ait une chance d'être jugée non coupable ?

— Une chance très mince, dit Delaney. En réalité, je ne serais pas surprise qu'on lui conseille de plaider coupable.

— Et c'est ce qu'elle va faire à votre avis ?

— Certainement pas. Elle devrait courir le risque d'aller au procès. J'ai l'impression qu'on est loin de tout savoir aujourd'hui sur Alan, le fils de Ted Grant. D'après les rumeurs, il est complètement fauché.

— Comme chacun sait, quand il s'agit d'un meurtre, la première question qui se pose est : à qui profite le crime ? Le fait que son père ne soit plus de ce monde résout tous les problèmes financiers d'Alan Grant. Et bien sûr, l'argent dont sa belle-mère, Betsy, devrait hériter, lui reviendra si elle est déclarée coupable.

— J'y ai pensé, dit Alvirah.

— Il y a autre chose, ajouta Delaney, le bruit court dans les couloirs du tribunal que Robert Maynard, son avocat, a peut-être été une vedette du barreau à son époque, mais que sa gloire est passée. Il vit encore sur sa réputation parce qu'il a fait acquitter quelques escrocs notoires et se fait payer des honoraires astronomiques, mais il laisse l'étude des dossiers à de jeunes avocats inexpérimentés de son cabinet.

— Nous ne mettrons pas longtemps à savoir ce qu'il en est », dit Alvirah, en essayant en vain d'enrouler les linguine autour de sa fourchette, pour les voir retomber dans l'assiette.

7

Anthony Sharkey, plus connu dans certains milieux sous le nom de « Tony le Requin », examina le bracelet d'émeraudes et de diamants qu'il tenait entre ses doigts. Il était dans son petit appartement de Moonachie, New Jersey, situé au sous-sol d'une maison préfabriquée d'un étage à l'aspect dégradé et mal entretenu tant à l'extérieur qu'à l'intérieur. La moquette était crasseuse, les murs avaient désespérément besoin d'une couche de peinture, une odeur de moisi flottait dans l'air.

Tony était un gros buveur et un joueur invétéré. Aucun traitement n'était parvenu à enrayer sa soif ni son addiction aux dés. Parfois, après un séjour dans un centre, il restait tranquille pendant un an. Mais ensuite, il recommençait. Il perdait son job, trouvait une place d'aide-serveur ou de laveur de carreaux, et finissait sans un sou. Ce qui signifiait retourner à l'asile, et il n'y avait rien de pire. Puis il parvenait à se sevrer à nouveau et à trouver un autre job minable, à louer une piaule comme celle-ci et à avoir à peine de quoi manger.

Sa solution habituelle était d'accomplir quelques petits cambriolages, suffisamment pour garder la tête hors de l'eau, payer son loyer et mettre le cap sur les casinos d'Atlantic City plusieurs fois par mois. Il était habituellement bon au black jack mais il avait récemment traversé une mauvaise passe et était à court d'argent.

Il avait mis au point un système qui se retournait contre ses victimes. Il n'existait pratiquement aucun coffre-fort qui lui résistait, surtout ces coffres de pacotille que les gens gardaient dans la penderie de leur chambre. Il ne les vidait jamais complètement. Sa subtile connaissance de la nature humaine l'avait amené à conclure que si vous ouvriez votre coffre et le trouviez vide, vous compreniez aussitôt ce qui s'était passé et appeliez la police. Mais quand une nana s'aperçoit qu'il manque un bijou dans son coffre, même si c'est la pièce la plus importante, elle s'accuse elle-même et cherche à se rappeler la dernière fois qu'elle l'a porté, et où elle a pu l'oublier. Après tout, aucun cambrioleur un peu sensé ne laisserait tous les autres bijoux de valeur, hein ? Faux !

Chaque fois qu'il faisait un casse de ce genre, Tony prenait garde de ne rien déranger dans le coffre. S'il fallait déplacer un truc pour atteindre la pièce qu'il avait choisie, il le remettait exactement à sa place. La plupart des gens ne déclaraient pas à la police la disparition d'un collier de diamants ou d'une paire de boucles d'oreilles. Ils continuaient de croire qu'ils les avaient égarés et espéraient les voir réapparaître.

Les plus chanceux avaient une assurance pour des « disparitions inexpliquées ». Ils ignorent simplement que c'est moi Monsieur Disparitions, se dit Tony.

Les bureaux de Robert Maynard occupaient trois étages d'une tour resplendissante, l'immeuble le plus récent et le plus cher de l'Avenue of the Americas.

Quand il était apparu clairement que le procureur la soupçonnait du meurtre de Ted, Betsy avait demandé à son notaire, Frank Bruno, de lui recommander un avocat d'assises. Plus tard seulement, elle avait compris que Bruno la tenait pour coupable de l'assassinat de Ted. Il l'avait mise en contact avec ce type de soixante-quinze ans, qui avait la réputation d'être un des meilleurs avocats d'assises du pays. Et un des plus chers.

Betsy sortit de l'ascenseur au quarante-neuvième étage, où l'accueillit avec un gracieux sourire une réceptionniste en tailleur-pantalon noir et collier de perles. « Bonsoir, madame Grant. L'associé de maître Maynard va vous accompagner à la salle de conférences. »

Betsy savait que l'associé en question était un jeune avocat dont les honoraires s'élevaient à huit cents dollars de l'heure. Elle savait aussi qu'un deuxième associé serait présent dans la salle, et que Robert Maynard attendrait qu'elle ait pris place pour bien vouloir l'honorer de sa présence.

Cette fois, l'attente dura dix minutes. Pendant ce temps, le jeune avocat qui l'avait escortée… comment s'appelait-il déjà ? ah oui, Carl Canon… s'efforça de lui faire la conversation.

« Comment s'est passé le trajet depuis le New Jersey ?

— Comme d'habitude. Il y a généralement peu de circulation au milieu de la journée.

— Je suis originaire du Dakota du Nord. J'ai fait mes études universitaires et mon droit à la NYU. Dès l'instant où l'avion s'est posé à Kennedy, j'ai su que j'étais chez moi.

— J'imagine qu'il peut faire terriblement froid dans le Dakota du Nord en hiver. »

Quel blabla, pensait-elle.

« Le Dakota du Nord essaye d'attirer davantage de touristes. Quelqu'un a eu l'idée brillante de le rebaptiser la Floride du Nord. »

C'est un charmant jeune homme, pensa Betsy, bien qu'il me coûte huit cents dollars de l'heure et que la pendule tourne pendant que nous parlons de la pluie et du beau temps.

Elle se retourna au moment où la porte de la salle de conférences s'ouvrait et où Robert Maynard, accompagné de son deuxième larron, Singh Patel, faisait son entrée.

Comme à son habitude, Maynard était impeccablement habillé, costume gris à fines rayures, chemise blanche avec boutons de manchettes, cravate d'un

44

bleu subtil, le tout traduisant une réussite de bon aloi. Ses lunettes sans monture accentuaient la froideur de ses yeux gris. Il était d'un abord austère, comme s'il portait tout le fardeau du monde sur ses épaules.

« Betsy, commença-t-il, je suis désolé de vous avoir fait attendre, mais je crains de devoir vous demander de prendre une décision difficile. »

Quelle décision ? se demanda Betsy, saisie de panique. Ses lèvres ne parvinrent pas à formuler la question.

Maynard ne l'aida guère. « Vous connaissez Singh Patel, n'est-ce pas ? » demanda-t-il.

Betsy hocha la tête.

Maynard s'assit. Patel posa le dossier qu'il avait apporté devant lui sur la table et s'assit à son tour. Maynard regarda Betsy.

Sa voix était mesurée, comme s'il pesait chacune de ses paroles : « Betsy, je sais que nous avons souvent discuté de cette question, mais maintenant que nous sommes à la veille du procès, nous devons l'aborder une dernière fois. Vous avez toujours insisté pour comparaître en justice, mais je vous demande d'écouter ce que je vais vous dire. Les éléments à charge contre vous sont très probants. Il est certain que le jury sera sensible à tout ce que vous avez enduré, y compris le fait que votre mari vous a insultée et frappée durant le dîner qui a précédé son décès. Mais nous ne pouvons négliger le fait que les six personnes qui étaient présentes vous ont entendue sangloter et crier que vous "n'en pouviez plus". Ces personnes vont l'attester devant le procureur.

— C'est parce qu'il était malade qu'il m'a frappée, protesta Betsy. Ce n'est pas arrivé souvent. La journée avait été particulièrement difficile.

— Mais vous avez bien dit "Je n'en peux plus" ? insista Maynard.

— J'étais tellement bouleversée. Ted allait plutôt bien. Et j'avais cru qu'il serait content de voir quelques amis de son cabinet. Mais cela n'a fait que le mettre en rage.

— Quoi qu'il en soit, Betsy, après le départ des invités vous êtes restée seule dans la maison avec lui. Vous avez déclaré que vous aviez peut-être oublié de brancher l'alarme, ce qui était une façon de suggérer qu'un intrus pouvait être entré dans la maison. Mais l'aide-soignante témoignera que l'alarme était branchée le lendemain matin. Elle s'était soudain sentie indisposée et avait dû rentrer chez elle. Quelle a été la cause de ce malaise opportun ? Financièrement, la mort de votre mari vous est grandement profitable. Vous aviez aussi une liaison avec un autre homme du vivant de votre mari. »

Maynard ajusta ses lunettes. « Betsy, je dois vous informer que le procureur m'a appelé ce matin et qu'il vous propose un arrangement très généreux au cas où vous plaideriez coupable, ce que je vous conseille fortement d'accepter. »

Betsy sentit sa bouche se dessécher. Elle se raidit. « Vous me conseillez *fortement* d'accepter ? » Sa voix n'était plus qu'un murmure rauque.

« Oui, répondit Maynard avec fermeté. Je suis parvenu à négocier un accord avec le procureur vous permettant de plaider coupable de meurtre avec pré-méditation, avec une peine de quinze ans de prison. Vous en ferez sans doute douze. Je mesure à quel point tout ceci est douloureux. Mais si vous étiez déclarée coupable de meurtre par le jury, la sentence serait au minimum de trente ans sans liberté conditionnelle. Et le juge pourrait aller jusqu'à la perpétuité. »

Betsy se leva. « Douze ans de prison pour un acte que je n'ai pas commis ? Je ne suis pas coupable du meurtre de mon mari. J'aurais pris soin de lui jusqu'à ce qu'il meure de mort naturelle.

— Betsy, si vous êtes vraiment innocente, vous devez bien sûr aller au procès. Nous monterons la meilleure défense possible. Mais je vous en prie, sachez que vous courez des risques énormes », dit Maynard.

Betsy fit un effort pour conserver son calme. May-nard et elle s'appelaient par leurs prénoms, mais à cet instant précis, elle ne voulait pas que la moindre cordialité puisse s'insinuer dans ce qu'elle s'apprêtait à déclarer : « Maître Maynard, je n'ai aucunement l'intention de dire que j'ai tué mon mari. Je l'aimais sincèrement. J'ai passé huit années merveilleuses avec lui avant que la maladie d'Alzheimer fasse son apparition et nous avons eu de nombreux moments de bonheur durant les premières années. Comme vous le savez, plus le patient est atteint jeune, plus grandes sont ses chances de mourir dans un délai de dix ans. Sur le plan physique aussi bien que mental, l'état de Ted se détériorait rapidement. Les médecins pen-saient qu'il était temps de le placer dans une maison de santé. Je ne l'ai pas fait. Je l'ai gardé à la maison parce que, pendant ses rares moments de lucidité, il était heureux d'être avec moi. »

Les mots se bousculaient dans sa bouche. « Je crois que je peux en convaincre un jury sans parti pris. Je vous ai déjà payé une somme considérable pour me défendre. Alors *faites-le* ! Et ne donnez pas au jury l'impression que vous imaginez déjà qu'il rendra un verdict de culpabilité. »

Elle aurait voulu claquer la porte en sortant, mais n'en fit rien. Elle prit l'ascenseur jusqu'au rez-de-chaussée et sortit sur le trottoir sans prêter attention à la foule de piétons qui se dirigeaient dans des directions opposées.

Une heure plus tard, elle se rendit compte que sa marche sans but apparent l'avait conduite dans le haut de la ville. Elle se trouvait sur la Cinquième Avenue devant St. Patrick. Elle hésita, puis gravit les marches. Un moment plus tard, elle s'agenouillait au dernier rang pour prier en silence. « J'ai tellement peur. Aidez-moi, je vous en prie », furent les seuls mots qui lui vinrent à l'esprit.

9

La sélection du jury dura cinq jours. De nombreux jurés désignés avaient été dispensés parce qu'ils ne pouvaient pas consacrer au procès les trois à cinq semaines prévues. D'autres avaient avoué au juge qu'il s'étaient déjà forgé une opinion sur la culpabilité ou l'innocence de Betsy. La plupart indiquèrent qu'en raison de l'importante couverture médiatique ils étaient convaincus qu'elle était coupable. Les quatorze jurés qui avaient finalement été choisis, sept femmes et sept hommes, avaient déclaré qu'en dépit de ce qu'ils avaient lu sur l'affaire, ils n'avaient pas d'idées préconçues et sauraient se montrer objectifs envers les deux parties. Le juge leur avait expliqué, durant la procédure de sélection, que quatorze personnes allaient être retenues et qu'à la fin du procès, juste avant la délibération, deux d'entre elles seraient tirées au sort et nommées suppléantes.

Il était neuf heures moins dix ce mardi matin et le procès allait commencer. Dix-huit mois s'étaient écoulés depuis la mort du Dr Edward Grant. Delaney était assise avec d'autres journalistes au premier rang, réservé à la presse. La greffière était déjà à sa table.

49

La porte s'ouvrit et l'accusée, Betsy Grant, entra dans la salle d'audience, la tête haute, flanquée de ses trois avocats. Le procureur général, Elliot Holmes, chef du tribunal de première instance, en poste depuis vingt ans, avait déjà pris place au banc de l'État.

Delaney avait vu des vidéos sur Internet et des photos de Betsy Grant, mais elle s'étonna à nouveau qu'elle parût si jeune pour ses quarante-trois ans.

Betsy était vêtue d'un tailleur-pantalon bleu marine et d'un chemisier bleu clair, avec pour seuls bijoux un collier de chien en perles et des boucles d'oreilles assorties. Delaney avait entendu dire que Robert Maynard lui avait conseillé de choisir une tenue sobre et de s'abstenir d'exhiber sa bague de fiançailles, un solitaire de quarante mille dollars. Il lui avait dit qu'il serait approprié de porter son alliance, un large anneau d'or, rappelant ainsi au jury l'amour qui l'avait toujours unie à son mari.

Puis Delaney examina Robert Maynard. Il portait beau pour ses soixante-quinze ans, se dit-elle, avec sa chevelure argentée et son port militaire, même lorsqu'il était assis. Ses deux assistants semblaient âgés d'une trentaine d'années.

Les bancs du public étaient déjà pleins, ce qui n'avait rien d'étonnant étant donné le retentissement de l'affaire. Deux officiers de police se tenaient aux deux extrémités de la salle.

À neuf heures précises, l'huissier annonça : « Mesdames et messieurs, la cour. » Tout le monde se leva et le juge Glen Roth sortit de son cabinet et s'avança vers son banc.

« Bonjour, messieurs, dit-il à l'adresse de la défense et du ministère public. L'affaire "l'État contre Betsy Grant". L'audience va commencer. Êtes-vous tous les deux prêts à prononcer votre déclaration introductive ?

— Oui, Votre Honneur », répondirent-ils.

Le juge se tourna vers l'officier debout près de la porte du jury et dit : « Faites entrer les jurés, je vous prie. »

Les quatorze jurés prirent place l'un après l'autre sur le banc. Le juge Roth les salua et leur annonça que les avocats de la défense et le procureur allaient prononcer leurs déclarations introductives. Il expliqua que leur contenu était des arguments, et non des preuves. Il rappela que, le procureur ayant la charge de la preuve dans un procès d'assises, c'était à lui de prononcer sa déclaration en premier. Puis il se tourna vers lui et dit : « Vous pouvez commencer.

— Merci, Votre Honneur, dit Elliot Holmes en se levant et en s'avançant vers le banc des jurés.

« Bonjour, mesdames et messieurs. Mon nom est Elliot Holmes et je suis le premier procureur adjoint du bureau du procureur du comté de Bergen. Au cours des deux semaines à venir, je vous présenterai des témoignages et autres pièces à conviction concernant l'affaire "l'État du New Jersey contre Betsy Grant". Le juge vous a déjà fait part des charges retenues contre l'accusée, mais il convient, dans le cadre de cette déclaration, que le procureur lise au jury l'acte d'accusation qui a été rédigé par le grand jury. »

Delaney écouta Elliot Holmes donner lecture de l'acte d'accusation selon lequel le 22 mars, dix-huit mois plus tôt, Betsy Grant avait sciemment ou volontairement provoqué la mort de son mari, le Dr Edward Grant. « Il s'agit donc, mesdames et messieurs, d'une inculpation de meurtre. »

S'adressant au jury sur le ton de la conversation, Holmes expliqua que les éléments du dossier montreraient que Betsy Grant avait épousé le Dr Grant, alors veuf, presque dix-sept ans plus tôt. « L'État ne conteste pas le fait que ce fut longtemps un mariage heureux. Le Dr Grant était un chirurgien orthopédique réputé et le couple vivait confortablement dans sa maison d'Alpine. Vous apprendrez que l'accusée était professeur de lycée et avait pris un congé de longue durée environ deux ans avant la mort du Dr Grant.

« Vous apprendrez, en outre, qu'il y a un peu plus de neuf ans, des pertes de mémoire et des accès d'irritabilité ont affecté Edward Grant. Des symptômes qui ne correspondaient en rien à sa conduite et à son comportement antérieurs. Des tests neurologiques ont conduit à un diagnostic accablant – le Dr Grant souffrait de l'apparition précoce de la maladie d'Alzheimer.

« La maladie fut dévastatrice pour le Dr Grant car elle progressait rapidement, et au bout de quelques mois il se montra inapte à poursuivre son activité de chirurgien. Peu à peu, il ne fut plus capable de conserver son autonomie. Il vécut chez lui à Alpine avec Betsy Grant, aidée par une aide-soignante, Angela Watts, qui, ces dernières années, faisait sa toilette, l'habillait et lui donnait ses repas.

52

« Ces symptômes furent, naturellement, tout aussi dévastateurs pour Betsy Grant. Encore une fois, l'État ne conteste pas que leur mariage fut heureux pendant une longue période. Mais des preuves montreront que ce diagnostic tragique et ce déclin en constante progression amenèrent Betsy Grant à vouloir y mettre fin. Une fin qui lui laisserait la moitié de la considérable fortune d'Edward Grant, en tant que cohéritière avec Alan Grant, le fils de trente-cinq ans né du premier mariage du docteur. Et la laisserait également libre de mener sa propre vie, qui avait été bouleversée depuis l'apparition de la maladie. Sachez, mesdames et messieurs, que durant les deux années qui ont précédé la mort d'Edward Grant, l'accusée voyait régulièrement un autre homme en secret.

« Les éléments du dossier indiqueront aussi que le soir de la mort d'Edward Grant, Betsy Grant avait invité à dîner le fils d'Edward et deux autres médecins, ses anciens associés, ainsi que leurs épouses. Vous apprendrez de la bouche de ces témoins que, pendant la soirée, Edward Grant a montré des signes d'agitation et d'irritation, et qu'il a été incapable de reconnaître ses anciens collègues. Vous apprendrez qu'au cours du dîner, subitement et sans raison, Edward Grant s'est jeté en travers de la table et, comme Betsy Grant tentait de le retenir, il l'a frappée au visage. Il a ensuite été emmené dans sa chambre par son aide-soignante, le Dr Clifton et son fils. Cette chambre était située au rez-de-chaussée de la maison, et attenante à celle de l'aide-soignante. Les derniers mois, Betsy Grant s'était installée dans une chambre du rez-de-chaussée, plutôt que de dormir dans la chambre principale du premier étage. Ils le calmèrent et lui administrèrent un sédatif. L'aide-soignante le mit au lit et il s'endormit.

« Vous apprendrez encore que Betsy Grant, le visage tuméfié et choquée par le coup violent qui lui avait été asséné, resta à la table et dit en sanglotant : "Je ne peux plus supporter ça. Je n'en peux plus." »

« Vous saurez aussi que les médecins et leurs épouses ainsi que le fils d'Edward Grant, Alan, partirent peu de temps après. L'aide-soignante, qui restait en général la nuit et dormait dans la chambre voisine, s'était sentie subitement souffrante et était rentrée chez elle aux environs de vingt et une heures. Elle vous dira que Betsy Grant lui avait assuré qu'elle pouvait s'en aller et qu'elle s'occuperait de son mari si besoin était.

« Mesdames et messieurs, l'aide-soignante vous dira qu'elle s'était sentie mieux le lendemain matin et qu'elle avait regagné la maison vers huit heures et trouvé l'alarme branchée. Elle vous dira qu'elle s'était aussitôt rendue au chevet d'Edward Grant pour prendre de ses nouvelles et qu'il reposait dans son lit, comme endormi, mais qu'il était sans vie et froid au toucher. Qu'elle avait immédiatement composé le 911 et s'était précipitée auprès de Betsy Grant pour la prévenir et lui dire qu'elle avait appelé la police. »

Elliot Holmes s'interrompit un instant. « Mesdames et messieurs les jurés, les événements qui se sont déroulés ce matin-là et durant les deux jours suivants ont révélé qu'Edward Grant n'est pas décédé de mort naturelle. Vous entendrez le policier témoigner qu'il n'avait pour sa part observé aucune blessure visible sur le corps d'Edward Grant, et qu'il avait été informé par Betsy Grant et l'aide-soignante que l'état physique et mental du docteur s'était depuis peu considérablement aggravé. L'officier de police a alors décidé de contacter le médecin traitant du Dr Grant, qui a confirmé cette information.

« Vous apprendrez que le corps d'Edward Grant a été transporté par Paul Hecker, le directeur des pompes funèbres Hecker, jusqu'à son salon funéraire. M. Hecker vous dira qu'en préparant le corps il a remarqué que l'arrière du crâne d'Edward Grant était très contusionné, sans être sanglant, ce qui indiquait la présence d'une lésion probablement produite par un coup brutal. Ceci, mesdames et messieurs, fut la première constatation indiquant que le Dr Edward Grant n'était pas mort de la maladie d'Alzheimer.

« Le médecin légiste, le Dr Martin Caruso, témoignera que le corps a été transporté à son cabinet depuis le funérarium et qu'il en a fait l'autopsie. Il vous dira que, selon lui, Edward Grant est mort d'un coup porté à l'arrière du crâne par un instrument contondant qui a induit une hémorragie cérébrale fatale. Il expliquera aussi que ce genre de blessure ne provoque pas toujours de saignement externe, ce qui explique pourquoi la blessure est d'abord passée inaperçue.

« Mesdames et messieurs, Edward Grant est mort entre le moment où ses invités sont partis et celui où son aide-soignante l'a trouvé le lendemain matin.

Pendant cette nuit-là et jusqu'au début de la matinée, une personne et une seule se trouvait dans la maison à l'exception d'Edward Grant. Et cette personne, mesdames et messieurs les jurés, dit-il en se tournant et pointant du doigt l'accusée, c'est Betsy Grant !

« Sachez, je le redis, que l'alarme de la maison était branchée et parfaitement opérationnelle le lendemain matin et qu'il n'y avait aucun signe d'effraction dans la maison. Ni serrures forcées ni fenêtres brisées.

« Mesdames et messieurs, vous aurez connaissance de bien d'autres détails. Ce que je vous ai exposé est un aperçu des arguments du ministère public. Je gage donc qu'après avoir entendu l'ensemble des témoignages, vous serez convaincus, au-delà de tout doute raisonnable, que l'accusée Betsy Grant a assassiné Edward Grant. Elle l'a assassiné pour échapper aux contraintes provoquées par sa maladie et pour entamer une vie nouvelle et meilleure.

« J'aurai à nouveau l'occasion de m'adresser à vous au cours de ma plaidoirie à la fin de ce procès. Une fois encore l'État vous remercie d'avoir bien voulu vous mettre à son service. »

Holmes regagna son banc.

Le juge Roth se tourna vers Robert Maynard : « Maître, la parole est à vous. »

Delaney regarda avec attention Robert Maynard se lever et se diriger vers le banc des jurés. Cette déclaration introductive était plutôt solide, admit-elle à regret.

Robert Maynard commença : « Mesdames et messieurs les jurés, si le dossier à charge était aussi simple et aussi convaincant que le procureur vient à l'instant de le proclamer, vous pourriez aussi bien commencer à délibérer dès maintenant. Déclarez l'accusée coupable et nous pourrons tous rentrer chez nous.

« Ce que vous n'avez pas entendu dans la déclaration du procureur, c'est que Betsy Grant a été une épouse et une compagne totalement dévouée à son mari, Edward Grant. Elle a certes été assistée par l'aide-soignante Angela Watts, à laquelle le procureur a fait allusion, mais il est indiscutable que pendant les huit années qui ont vu la condition physique et mentale de son mari décliner, Betsy Grant a toujours, toujours été à ses côtés.

« Sachez que les médecins aussi bien que ses amis lui avaient conseillé de le placer dans une résidence médicalisée. En tant que tutrice légale elle en avait le pouvoir, mais elle ne l'a pas voulu. Sachez aussi que sa maladie avait amené son mari à exercer sur elle des violences physiques aussi bien que morales bien avant ce dernier soir, mais qu'elle avait continué à le traiter avec affection et compréhension. Quand vous aurez eu connaissance de *tous* les éléments du dossier, vous serez convaincus qu'en disant « "Je n'en peux plus", Betsy Grant ne pensait certainement pas à mettre fin à la vie de son mari. Elle avait la possibilité de le faire entrer dans une maison de repos quand le fardeau serait devenu trop lourd, comme ce soir-là, dit-il d'une voix douce, un choix qu'elle aurait pu faire des années plus tôt, mais elle l'aimait et savait qu'il voulait rester chez lui. Et ce choix était toujours possible quand elle a dit : "Je n'en peux plus." Personne ne l'en aurait blâmée. Dans ce cas, pourquoi l'aurait-elle tué ?

« Mesdames et messieurs les jurés, le procureur n'est pas en mesure de citer un témoin qui puisse assurer avoir vu ce qui est arrivé à Edward Grant. Si un objet a été utilisé pour le frapper, cet objet a disparu. On vous dira qu'il existe quatre clés ouvrant la porte d'entrée de la maison des Grant, mais on n'en a retrouvé que trois. On vous dira également que personne ne sait avec certitude combien de personnes connaissaient le code de l'alarme. Ma thèse est qu'il est très plausible qu'une autre personne soit entrée dans la maison ce soir-là, ait désactivé l'alarme et soit repartie après l'avoir rebranchée.

« Je vous confie aussi une réflexion que vous pourriez garder à l'esprit pendant le procès. Betsy Grant n'est pas la seule héritière d'Edward Grant. Vous apprendrez ainsi qu'Alan Grant, qui a connu de grosses difficultés financières, devait hériter de la moitié de la fortune de son père, estimée à quinze millions de dollars. Si Betsy Grant est condamnée, il héritera de la totalité. Dans tous les cas, la mort d'Edward Grant fait d'Alan Grant un homme riche. Et vous verrez que l'enquête du procureur concernant Alan Grant peut au mieux être considérée comme superficielle.

« Mesdames et messieurs, je m'adresserai à nouveau à vous à la fin de ce procès. Je vous rappelle que Betsy Grant n'a pas à prouver son innocence, bien que nous soyons prêts à réfuter vigoureusement les charges de l'accusation. Comme dans tout procès d'assises, l'État a la charge de la preuve au-delà de tout doute raisonnable, ce qui signifie que le jury doit être fermement convaincu que l'accusée est coupable. Les éléments à charge qui vous seront présentés sont loin de valider cette obligation. »

10

Après que Robert Maynard se fut rassis, le juge Roth s'adressa au procureur : « Maître, veuillez appeler votre premier témoin. »

Il s'agissait de l'agent de police d'Alpine, Nicholas Dowling, qui était arrivé sur les lieux peu après l'appel de l'aide-soignante. Âgé de trente ans, avec à peine cinq ans d'ancienneté dans le service, il était visiblement un peu nerveux à la barre, car c'était la première fois qu'il témoignait au tribunal du comté.

De taille et de carrure moyennes, les cheveux brun coupés court, l'air juvénile, il était sanglé dans son uniforme. Après avoir prêté serment, il prit place à la barre des témoins.

Répondant aux questions du procureur, il expliqua qu'il patrouillait en voiture le 22 mars de l'année précédente. Quelques minutes après huit heures du matin, le dispatcheur du commissariat lui avait demandé de se rendre chez le Dr Edward Grant. On l'avait informé que l'aide-soignante pensait que le docteur était mort pendant son sommeil.

Il était arrivé chez les Grant moins d'une minute plus tard.

« Étiez-vous déjà entré dans cette maison ? demanda le procureur.

— Oui. Deux mois plus tôt, j'étais de service et on m'y a envoyé vers quatre heures du matin. Ce jour-là, j'ai été accueilli à la porte par une personne qui m'a dit être l'épouse du docteur, Betsy Grant.

— Comment était-elle habillée ?

— Elle portait un peignoir de bain.

— Quel était son comportement ?

— Elle était calme mais visiblement angoissée. Elle a dit que son mari était tombé en voulant enjamber le portillon de l'escalier qui menait à l'étage. Mme Grant m'a dit que l'aide-soignante et elle n'arrivaient pas à le soulever pour le remettre dans son lit.

— Vous a-t-elle dit à ce moment-là quel était son état physique et mental ?

— Elle m'a dit qu'il était à un stade avancé de la maladie d'Alzheimer et que sa santé s'était sérieusement dégradée.

— Qu'avez-vous fait alors ?

— Mme Grant m'a conduit jusqu'au pied de l'escalier où il était étendu sur le sol et gémissait. L'aide-soignante, Angela Watts, était accroupie à son côté et lui tenait la main, essayant de le réconforter.

« L'aide-soignante m'a dit qu'elle l'avait entendu tomber, mais qu'il était plus commotionné que blessé. Je leur ai demandé si elles désiraient que j'appelle une ambulance. Elles ont refusé, elles ne pensaient pas que ce soit nécessaire. Je l'ai alors aidé à se mettre debout et nous l'avons conduit à sa chambre et mis au lit. J'ai attendu quelques minutes pour être sûr que tout allait bien et on m'a dit qu'il s'était endormi.

— Avez-vous d'autres souvenirs du comportement de Mme Grant à ce moment-là ?

— Eh bien, comme je partais, elle m'a remercié. Elle était calme et semblait très triste et très fatiguée. Elle a dit que c'était affreusement dur de voir son mari dans cet état en comparaison de ce qu'il avait été.

— Revenons à cette journée du 22 mars. Que s'est-il passé quand vous êtes arrivé à la maison ?

— Cette fois, j'ai été accueilli par l'aide-soignante, la personne que j'avais rencontrée deux mois plus tôt. Selon elle, le Dr Grant était décédé pendant son sommeil. Elle m'a annoncé que Mme Grant était dans la chambre avec lui.

— Qu'est-il arrivé ensuite ?

— Elle m'a conduit dans une chambre située au rez-de-chaussée.

— La chambre où vous l'aviez ramené deux mois auparavant ?

— Oui.

— Qu'avez-vous remarqué en entrant ?

— Le Dr Grant était couché, étendu sur le dos. Sa tête reposait sur un oreiller. La couverture était remontée sur sa poitrine et ses bras étaient allongés par-dessus. Il portait un haut de pyjama à manches longues. Mme Grant était assise sur le bord du lit et lui caressait le visage et les cheveux. Elle a levé les yeux au moment où je suis entré et a seulement secoué la tête. Je lui ai demandé de s'écarter légèrement pour que je puisse vérifier ses signes vitaux. Ce qu'elle a fait.

— Quelles ont été vos observations ?

— Il ne respirait pas et il était froid au toucher. Ayant une formation de secouriste en tant qu'agent de police, j'ai conclu qu'il était décédé.

— Avez-vous remarqué des blessures sur son visage ou ses mains ?

— Aucune.

— Des traces de sang ou autres meurtrissures ?

— Non, aucune.

— Des marques témoignant d'une lutte ou d'autres signes laissant supposer l'usage de la force ?

— Non.

— Avez-vous examiné l'arrière de son crâne ?

— Non.

— Aviez-vous une raison quelconque de penser qu'il avait une blessure à l'arrière du crâne ?

— Non, aucune raison. Comme je l'ai dit, il n'y avait aucune trace de sang, rien qui indique qu'il aurait souffert d'un traumatisme crânien.

— Et vous étiez déjà venu dans cette maison deux mois plus tôt, n'est-ce pas ?

— Oui.

— Vous saviez qu'il était très malade, n'est-ce pas ?

— Oui.

— Et dans ces conditions, vous avez cru qu'il était décédé de mort naturelle pendant son sommeil ?

— Oui, en effet. Je n'avais aucune raison de penser qu'il puisse en être autrement.

— Qu'avez-vous fait ensuite ?

— J'ai appliqué la procédure habituelle et demandé à son épouse qui était son médecin traitant pour pouvoir le contacter. Mme Grant m'a indiqué le nom du Dr Mark Bevilacqua que j'ai aussitôt appelé.

— Lui avez-vous parlé en personne ?

— Oui. Je lui ai exposé la situation et le docteur a demandé à parler à Mme Grant. Elle a pris le téléphone et expliqué que son mari avait été très agité avant de s'endormir le soir précédent vers vingt et une heures.

— Qu'est-il arrivé ensuite ?

— J'ai repris le Dr Bevilacqua au téléphone. Il m'a dit qu'à son avis le Dr Grant était mort de mort naturelle et qu'il allait établir le certificat de décès. Puis j'ai demandé à Mme Grant quelle entreprise de pompes funèbres elle désirait contacter afin de faire transporter le corps. Elle m'a dit qu'elle allait appeler le directeur du funérarium Hecker, à Closter.

— Et après ?

— Après, je suis resté sur place pendant l'heure suivante en attendant son arrivée.

— Où se tenait Mme Grant alors ?

— Elle était restée dans la chambre avec le Dr Grant. Elle a passé la plus grande partie de son temps au téléphone. Je me souviens qu'elle a appelé le fils du docteur et une ou deux autres personnes.

— Où vous teniez-vous pendant ce temps ?

— À l'extérieur, devant la porte de la chambre, je voulais lui laisser un peu d'intimité.

— Pendant que vous attendiez, quelqu'un d'autre est-il venu dans la maison ?

— Oui, une femme qui m'a dit qu'elle était la femme de ménage et s'appelait Carmen Sanchez.

— Comment a-t-elle réagi en apprenant la mort du Dr Grant ?

— Elle a eu l'air très triste. Elle a dit : "Que Dieu ait son âme. Ses souffrances sont terminées."

— Et durant tout ce temps, quelle était l'attitude de Betsy Grant ?

— Très calme. Elle ne pleurait pas, mais elle était très sombre.

— Qu'avez-vous fait quand le directeur du funérarium est arrivé ?

— Je me suis entretenu brièvement avec lui et il a déclaré qu'il allait s'occuper du corps. Je l'ai entendu expliquer à Mme Grant, à l'aide-soignante et à la femme de ménage qu'il serait préférable qu'elles attendent dans une autre partie de la maison pendant que lui et son assistant préparaient le corps avant de l'emmener.

— Votre Honneur, je n'ai plus d'autres questions », dit Elliot Holmes.

Après un dernier coup d'œil à son bloc-notes, Maynard se leva et s'approcha du banc des témoins.

« Monsieur l'agent, vous avez déclaré vous être rendu dans la maison du Dr Grant deux mois avant sa mort. Est-ce exact ?

— Oui monsieur.

— Et est-il justifié de dire que Mme Grant paraissait très soucieuse de l'état de son mari ce soir-là ?

— En effet.

— Le Dr Grant semblait-il bien soigné ?

— Oui, certainement.

— Quand vous êtes parti, Mme Grant vous a-t-elle exprimé sa tristesse de le voir souffrir ainsi ?

— Oui.

— Vous a-t-elle dit alors qu'elle ne pouvait plus supporter cette situation ?

— Non, pas du tout.

— Vous est-elle apparue fatiguée, voire à bout de forces ?

— Oui, c'est ce que je dirais.

— Mais elle n'a jamais manifesté de colère ni de ressentiment, n'est-ce pas ?

— Non, absolument pas.

— Et l'aide-soignante et elle vous ont aidé à le soulever du sol et à le recoucher, n'est-ce pas ?

— Oui.

— Et elle n'a cessé de le réconforter pendant tout ce temps, n'est-ce pas ?

— Oui, c'est ce qu'elle a fait.

— Maintenant venons-en au matin où on vous a rappelé dans cette maison. Vous avez été accueilli à la porte par l'aide-soignante, est-ce exact ?

— C'est exact.

— À un moment quelconque pendant que vous étiez là, a-t-elle paru avoir des soupçons envers Mme Grant, ou des doutes concernant l'origine naturelle de cette mort ?

— Non.

— Avez-vous pu observer les rapports qui existaient entre Mme Grant et l'aide-soignante ?

— Oui.

— Y avait-il une certaine tension entre elles ?

— Non.

— Elles paraissaient donc se réconforter mutuellement ?

— Oui, c'est ça.

— Vous n'avez pas remarqué non plus une certaine tension entre Mme Grant et la femme de ménage, Carmen Sanchez ?

— Aucune.

— Diriez-vous aussi qu'elles se réconfortaient mutuellement ?

— Oui.

— Vous avez dit que Mme Grant semblait calme. Diriez-vous qu'elle avait l'air très triste ?

— Elle semblait l'être.

— Est-il vrai qu'elle montrait des signes d'épuisement ?

— Non, pas à ma connaissance.

— Quelque chose pouvait-il suggérer qu'elle avait participé à une agression ou à des actes de violence ?

— Je n'ai rien remarqué de tel.

— Et l'aspect du corps du Dr Grant montrait-il qu'il avait été blessé ou agressé ?

— Absolument pas.

— Une dernière question, monsieur l'agent, si vous aviez remarqué quelque chose d'anormal, qu'auriez-vous fait ?

— Si j'avais soupçonné un acte criminel, j'aurais prévenu l'officier de service au commissariat qui aurait contacté l'inspecteur de garde de la brigade criminelle au bureau du procureur.

— Mais vous n'en avez rien fait puisque vous n'aviez aucune raison d'avoir des soupçons. N'est-ce pas ?

— C'est exact, monsieur.

— Votre Honneur, je n'ai plus d'autres questions. »

11

Le témoin suivant cité par l'accusation était Paul Hecker, le directeur du funérarium. Il déclara qu'il avait été appelé au domicile des Grant par Mme Betsy Grant, qui l'avait informé que son mari, atteint de la maladie d'Alzheimer, était mort pendant son sommeil. Il ajouta qu'il avait aussitôt prévenu son assistant technique, qui l'avait rejoint peu après à la résidence des Grant.

Hecker témoigna que Betsy Grant l'avait accueilli à la porte et conduit dans la chambre du Dr Grant. Un jeune agent de la police d'Alpine se tenait à la porte et l'avait salué à son arrivée.

« La personne qui vous a accueilli et s'est présentée comme étant Betsy Grant est-elle dans la salle d'audience aujourd'hui ?

— Oui.

— Voulez-vous la désigner ?

— Elle est assise à ma droite, à ce banc.

— Pouvez-vous décrire l'attitude de Betsy Grant à ce moment-là ?

— Elle était aimable, très simple.

— Décrivez ce que vous avez observé dans la chambre.

— J'ai vu le défunt sur le lit. Il portait un pyjama.

— Avez-vous remarqué au premier abord des traces ou des marques de blessure ?

— Non, aucune.

— Qu'avez-vous fait ensuite ?

— J'ai expliqué à Mme Grant qu'il vaudrait mieux qu'elle et l'aide-soignante, Angela Watts, se retirent pendant que mon assistant et moi préparions le corps et le transportions dans le fourgon, qui était garé à l'extérieur.

— C'est ce qu'elles ont fait ?

— Oui.

— Pouvez-vous décrire le comportement des deux femmes quand elles ont quitté la chambre ?

— Mme Grant est sortie calmement. L'aide-soignante sanglotait bruyamment.

— Avez-vous transporté le corps au funérarium ?

— Oui.

— À ce moment-là, soupçonniez-vous que le Dr Grant avait reçu un coup à la tête ? demanda le procureur.

— Non. Selon toute apparence, il était mort pendant son sommeil.

— Pendant que vous étiez dans la chambre, avez-vous remarqué quelque chose d'inhabituel ?

— Je ne dirais pas "inhabituel". Mais j'ai remarqué que quelque chose n'était pas à sa place, si on peut dire.

— Qu'entendez-vous par là ?

— Eh bien, je savais naturellement qu'Edward Grant était médecin. Sur la table de nuit près de son lit, monté sur un socle de granit, il y avait un mortier de pharmacie ancien. Sur une plaque à sa base était inscrit : HÔPITAL DE HACKENSACK, AU TRÈS HONORÉ DOCTEUR EDWARD GRANT.

— Et alors ?

— Il manquait le pilon.

— Je ne sais pas si tout le monde dans cette salle sait ce qu'est un pilon ni à quoi cela ressemble. Pouvez-vous nous l'expliquer ?

— Les apothicaires, les anciens pharmaciens, utilisaient un mortier et un pilon pour réduire en poudre les produits qui entraient dans leurs préparations. En termes simples, on peut dire que le pilon ressemble à une batte de baseball, mais en beaucoup plus court. C'est souvent un objet lourd, arrondi au sommet et à la base, mais plus lourd et plus épais vers le bas.

— De quelle matière étaient faits le mortier et sa base que vous avez vus ?

— De marbre noir. »

Le procureur saisit à deux mains un objet qui était posé sur une table derrière son siège. Il l'apporta au témoin et dit : « Voici l'objet répertorié sous la référence "État, pièce n° 25". L'avez-vous déjà vu ?

— Oui, monsieur. Il semble que ce soit le mortier en question, auquel il manque le pilon. La plaque gravée porte le nom du Dr Grant.

— Est-il dans l'état où vous l'avez vu ce matin-là ?

— Exactement le même, monsieur. Il manque toujours le pilon.

— Peut-on présumer que ce pilon était fait du même matériau que le mortier ?

71

— Normalement, oui.

— Et était-il assez lourd pour être utilisé comme arme ? »

Robert Maynard se leva brusquement. « Objection, objection.

— Objection accordée, dit rapidement le juge.

— Quel peut être le poids du pilon dans un ensemble de cette dimension ?

— C'est un objet en marbre, environ cinq cents grammes.

— Et le pilon est généralement posé sur son extrémité la plus lourde dans le mortier ?

— C'est exact. Encore une fois, c'est son absence qui a attiré mon attention.

— Monsieur Hecker, poursuivit le procureur, avez-vous transporté le corps du Dr Grant depuis sa chambre jusqu'à votre funérarium ?

— Oui.

— À quel moment ?

— Peu après mon arrivée.

— Vous avez déclaré qu'il y avait une aide-soignante à domicile ?

— Oui. On m'a informé que l'aide-soignante, dès son arrivée à la maison, s'était immédiatement rendue dans la chambre du Dr Grant et avait constaté qu'il ne respirait plus. Elle avait alors appelé le 911.

— Saviez-vous que l'agent de police d'Alpine était sur place et qu'il avait prévenu le médecin personnel du Dr Grant, qui avait accepté de signer le certificat de décès ?

— Oui, j'étais au courant.

— Selon vous, à partir de ce moment-là, existait-il des éléments permettant d'envisager la possibilité d'un acte criminel ?

— Non, pas à mon avis.

— Que s'est-il passé après l'arrivée du corps du Dr Grant au funérarium ?

— Nous avons entamé le processus habituel de préparation du corps, avant l'exposition et l'inhumation.

— Avez-vous participé vous-même à la préparation ?

— Oui, avec l'aide d'un de mes techniciens.

— Et avez-vous alors remarqué quelque chose d'anormal ?

— Oui. L'arrière du crâne du Dr Grant était très souple au toucher. Il était évident qu'il avait subi un choc traumatique dans cette région.

— À ce moment, avez-vous imaginé ce qui avait pu provoquer ce choc ?

— J'ai immédiatement pensé au pilon manquant.

— Vu l'emplacement et la nature de la blessure, aurait-elle pu avoir été infligée par le Dr Grant lui-même ?

— Certainement pas.

— Qu'avez-vous fait alors ?

— J'ai cessé de m'occuper du corps du Dr Grant et j'ai appelé le médecin légiste, le Dr Martin Caruso, qui a dit qu'il allait prévenir la police et envoyer une ambulance pour transporter le corps à son service, à la morgue du comté.

— Et ensuite ?

— Ensuite, j'ai cru comprendre qu'une autopsie avait été pratiquée, et deux jours après le corps a été rapporté à mon établissement pour les funérailles.

— Merci, monsieur Hecker. Je n'ai pas d'autres questions. »

Delaney écouta Robert Maynard poser une seule question au témoin :

« Avez-vous l'habitude d'observer les objets qui se trouvent dans une pièce dans le cadre de votre activité professionnelle ?

— C'est une chose que je fais toujours automatiquement. Lorsque je viens chercher le défunt, j'observe avec attention son environnement matériel, ça fait partie de mon travail. »

Sachant qu'il n'avait absolument rien à tirer de ce témoin, Maynard dit : « Je n'ai pas d'autres questions, Votre Honneur. »

Delaney regarda Betsy Grant, qui semblait surprise que l'avocat ne pose pas davantage de questions.

Le procureur appela alors à la barre le Dr Martin Caruso, le médecin légiste du comté. Après avoir résumé sa longue expérience médicale et rappelé qu'en vingt ans de carrière il avait effectué des milliers d'autopsies, il rapporta ce qu'avait révélé l'examen du Dr Grant. Il témoigna que le crâne du défunt avait été fracturé en quatre endroits différents, provoquant un gonflement du cerveau et une hémorragie cérébrale.

« Est-il possible que le Dr Grant soit tombé et se soit blessé à la tête ?

— Je dirais qu'il est presque impossible que ce type de blessure soit consécutif à une chute.

— Pour quelle raison ?

— Parce que dans ce cas, le traumatisme causé par le choc aurait été si sévère qu'il aurait presque certainement perdu connaissance. Et il aurait été incapable de regagner son lit sans aide.

— Docteur Caruso, je vous demande de considérer qu'au cours de ce procès il a été établi qu'un pilon de marbre pesant environ cinq cents grammes avait disparu de la chambre de la victime. Selon votre opinion d'expert médical, la lésion que vous avez observée pourrait-elle être le résultat d'un coup porté à l'arrière du crâne du Dr Grant avec ce type d'objet ?

— Oui. C'est tout à fait possible. Laissez-moi vous expliquer. Si la victime avait été frappée par un objet plus volumineux, comme un marteau ou une batte de baseball, la blessure externe aurait été beaucoup plus étendue et on aurait constaté un saignement important. Une blessure causée par un objet plus petit, comme un pilon, endommagerait le cerveau, souvent sans saignement apparent.

— Donc, pas d'hémorragie externe ?

— Non. »

Comme l'interrogatoire se poursuivait, Delaney tenta d'analyser les réactions des jurés à l'écoute de ce témoignage. Certains d'entre eux avaient les yeux braqués sur Betsy Grant. Des larmes coulaient doucement le long de ses joues tandis qu'elle était confrontée à la réalité du coup porté à son mari.

Delaney écouta Robert Maynard poser quelques rares questions au médecin légiste. Il était clair que pour ce témoin il n'y avait pas le moindre doute : Edward Grant était mort du coup reçu à la tête, et non des suites d'un quelconque accident.

Il était presque une heure de l'après-midi lorsque l'interrogatoire du témoin prit fin. Le juge Roth se tourna vers les jurés et leur annonça que l'audience était suspendue pour le déjeuner. « Mesdames et messieurs, nous reprendrons à quatorze heures quinze. Pendant cette suspension vous ne devez commenter ce témoignage ni entre vous ni avec quiconque. Je vous souhaite un agréable déjeuner. »

À la reprise de l'audience, le procureur appela Frank Bruno, le notaire chargé de la succession du Dr Grant. Soixante ans, l'air réservé et sérieux, il expliqua qu'après la mort de la première épouse du Dr Grant, leur fils, Alan Grant, était le seul héritier de leurs biens. Le docteur avait modifié son testament après son mariage avec Betsy Grant, née Ryan, et les avait désignés colégataires à égalité, à l'exception de la maison et de son contenu, dont Mme Grant conserverait seule la propriété. Il avait également stipulé qu'au cas où il serait frappé d'incapacité sa femme aurait tout pouvoir pour prendre des décisions légales, financières et médicales à sa place.

Répondant aux questions du procureur, il témoigna que la valeur de l'ensemble du patrimoine, en excluant la maison et son contenu, était d'environ quinze millions de dollars. Il déclara également que deux personnes n'appartenant pas à la famille, Angela Watts et Carmen Sanchez, figuraient dans le testament. Chacune disposerait de vingt-cinq mille dollars. Frank Bruno ignorait si les deux femmes avaient eu connaissance de ce legs avant la mort du Dr Grant.

Robert Maynard commença ensuite son contre-interrogatoire.

« Maître Bruno, quel âge a Alan Grant à présent ?

— Il a trente-cinq ans.

— Et est-il juste de dire que, pour diverses raisons, il connaît depuis de nombreuses années de grosses difficultés financières ?

— C'est en effet la réalité.

— Et que son père lui accordait des aides financières considérables ?

— C'est exact.

— Est-il également exact que son père, il y a un peu plus de dix ans, lui a reproché son mode de vie ?

— Oui. Sa seule activité a toujours été la photographie publicitaire, et il ne travaille pas très régulièrement.

— Savez-vous si Betsy Grant avait émis une opinion à ce propos ?

— Oui, certainement. Elle pensait que son allocation annuelle devait se limiter à cent mille dollars, c'est-à-dire moins de la moitié de ce qu'il recevait jusque-là.

— Le Dr Grant a-t-il effectué ce changement ?

— Oui.

— À votre connaissance, quelle a été la réaction d'Alan Grant ?

— Il a été furieux et est resté des mois sans adresser la parole à son père.

— Quels étaient ses sentiments envers Mme Grant ?

— Il la tenait pour responsable de la décision de son père et lui en a beaucoup voulu.

— Maître Bruno, vous êtes un expert en matière de successions, je crois ?

— Je l'espère, après avoir exercé dans ce domaine pendant trente-cinq ans.

— Si un individu est condamné pour meurtre avec préméditation, peut-il hériter de la victime ?

— Non, il ne peut profiter d'un homicide.

— Ainsi, si Betsy Grant est condamnée pour meurtre, Alan Grant devient le seul héritier, est-ce exact ?

— C'est exact. »

Robert Maynard se tourna alors vers le jury avec un demi-sourire. « Maître Bruno, pourriez-vous nous rappeler à combien s'élèverait l'héritage d'Alan Grant si sa belle-mère était condamnée ?

— Il aurait droit à l'ensemble des biens de son père qui, à part la maison, sont évalués à quinze millions de dollars. Il recevrait aussi la demi-part de son père dans la maison d'Alpine, qui vaut actuellement environ trois millions de dollars. Enfin, il hériterait de toutes les possessions personnelles de son père, vêtements et bijoux, par exemple.

— Je vous remercie », dit Maynard.

Le procureur Elliot Holmes se leva. « Votre Honneur, il est quinze heures passées. Puisque l'audience sera suspendue au milieu de l'après-midi, je demande la permission de faire comparaître notre prochain témoin demain matin.

— Requête accordée », répondit le juge.

Après qu'on eut rappelé aux jurés les règles de confidentialité – ils ne devaient ni discuter de l'affaire, ni consulter la presse –, la séance fut levée.

Robert Maynard avait commandé une voiture pour ramener sa cliente chez elle. « Je viendrai vous chercher demain matin à huit heures, dit-il, mais j'ai pensé que vous voudriez être un peu tranquille sur le chemin du retour ce soir.

— Oui, c'est vrai. Merci », dit doucement Betsy.

Tandis que la portière se refermait, elle se sentit la cible des photographes, qui continuèrent à la mitrailler tandis que la voiture démarrait. Elle s'inclina en arrière et ferma les yeux. Cette journée d'audience lui avait paru surréaliste. Comment pouvait-on la croire capable d'avoir fait du mal à Ted ? Elle gardait en mémoire tant de souvenirs des jours heureux qu'ils avaient passés ensemble. Le jour où ils s'étaient connus, quand elle s'était cassé la jambe à la patinoire. C'était une mauvaise fracture, on avait demandé à Ted de venir l'examiner dans la salle des urgences de l'hôpital de Hackensack.

Elle avait eu l'impression que sa présence remplissait toute la pièce. Il tenait la radio de sa jambe devant lui. « Vous avez bien arrangé votre jambe, dites-moi, s'était-il exclamé d'un ton jovial. Mais on va remettre tout ça à neuf. »

Elle avait alors vingt six-ans. Elle enseignait l'histoire au lycée de Pascack Valley à Hillsdale et vivait à quelques kilomètres, à Hackensack. Elle apprit bientôt que Ted était veuf et habitait Ridgewood, également distant de quelques kilomètres. Leur attirance avait été réciproque et immédiate. Ils s'étaient mariés un an plus tard.

Alan était en première année à Cornell et l'avait accueillie à bras ouverts. Certes, sa mère lui manquait, mais il était conscient que Betsy avait redonné le goût du bonheur à son père. La vérité, se rappelat-elle avec amertume, c'est qu'il me déteste depuis que j'ai persuadé Ted de réduire sa pension. Mais il sait très bien que jamais je n'aurais pu faire de mal à son père.

Elle secoua la tête. Elle avait la bouche sèche et s'empara d'une bouteille d'eau placée dans le support près d'elle. Elle revoyait le jour où Ted l'avait emmenée à Alpine visiter la maison. Quand Ted avait fait une offre, l'agent immobilier avait déclaré que le propriétaire serait prêt à signer dans les deux semaines. Douze jours plus tard, par une belle journée de printemps, la maison était devenue la leur.

Ils y avaient été heureux pendant quatre ans. Puis cela avait commencé. Ted avait cinquante et un ans quand les premiers signes de la maladie étaient apparus.

Au début, il était souvent distrait. Puis il s'était mis à s'inquiéter pour des détails, à s'irriter pour un changement de rendez-vous. Il oubliait des patients, se plaignait d'avoir trop de choses en tête, semblait abattu. Mais c'était le jour où, au volant de sa voiture, il ne s'était plus souvenu du chemin de la maison en rentrant de la ville voisine qu'elle avait compris que c'était vraiment sérieux.

La voiture s'était engagée sur Palisades Parkway et approchait d'Alpine. Betsy savait que Carmen aurait préparé le dîner. Elle avait hâte d'être seule, au calme chez elle, mais à son arrivée elle trouva trois de ses anciennes collègues du lycée de Pascack Valley en train de l'attendre. Elles l'embrassèrent à tour de rôle et Jeanne Cohen, qui était maintenant proviseure, dit avec chaleur : « Betsy, tout ça sera bientôt de l'histoire ancienne. C'est horrible. Tous ceux qui te connaissent savent de quelle manière tu t'es occupée de Ted.

— Je l'espère, dit doucement Betsy. Je commençais à ressembler à un monstre au tribunal. »

Elles l'avaient attendue dans la salle de séjour. Ce séjour où elle et Ted s'étaient tenus enlacés de si nombreuses fois. Les ombres s'allongeaient au-dehors. Elle avait l'impression qu'elles se rassemblaient au-dessus d'elle. Elle regarda le fauteuil club qui était le siège favori de Ted. La dernière fois qu'il y avait pris place avait été le dernier soir de sa vie. Mais alors qu'ils étaient tous réunis avant le dîner, il s'était levé, était venu vers elle et lui avait pris la main. Il l'avait implorée : « Betsy, aide-moi à le trouver. »

82

Une heure plus tard, il était devenu ingérable. Mais, dans cet instant singulier de lucidité, il lui avait semblé qu'il essayait de dire quelque chose.

Alvirah et Willy suivirent avec intérêt le reportage de Delaney consacré au procès de Betsy Grant. À la fin, ils échangèrent un regard. Willy parla le premier : « On ne peut pas dire que la journée d'aujourd'hui ait été favorable à Betsy.

— C'est le début, dit Alvirah avec optimisme. Le procureur en a fait des tonnes.

— Tu regrettes toujours de ne pas couvrir le procès ?

— Oh, j'irai en spectatrice quand ce sera le tour de la défense. Mais il y a une chose sur laquelle je veux me concentrer. Delaney a un réel besoin de retrouver sa mère biologique. Maintenant que ses parents adoptifs ont déménagé, elle estime qu'elle peut faire des recherches sans craindre de heurter leurs sentiments.

— Ça n'a pas beaucoup de sens, dit Willy.

— Détrompe-toi. Quand Delaney se rendait chez eux, si elle abordait le sujet de l'adoption, elle savait que Jennifer Wright se sentait rejetée. Ils ont visiblement falsifié son certificat de naissance en y inscrivant leurs noms en tant que parents. Voyons ce que je peux découvrir, en bonne détective. »

Alvirah ne s'habituait toujours pas à utiliser un ordinateur. Elle avait le don de se tromper quand elle faisait des recherches en ligne. Mais elle était déterminée à trouver les mentions portées sur le certificat de naissance de Delaney. Avec l'aide de Willy, elle finit par obtenir des renseignements, qui étaient loin de suffire. Ils mentionnaient seulement que vingt-six ans auparavant, à 4 heures 06 du matin le 16 mars était né un enfant de sexe féminin dénommé Delaney Nora Wright. Le lieu de naissance indiqué était le 22 Oak Street à Philadelphie. Les noms et adresse du père et de la mère étaient James Charles Wright, cinquante ans, et Jennifer Olsen Wright, quarante-neuf ans, Oyster Bay, Long Island.

« La seule information que les Wright ont pu donner à Delaney est le nom de la sage-femme, Cora Banks, et le lieu de naissance. Delaney m'a dit qu'il y avait quatre Cora Banks dans l'annuaire du secteur de Philadelphie. Elle a téléphoné à chacune d'entre elles, mais elles étaient toutes beaucoup plus jeunes que la sage-femme le serait aujourd'hui, et elles ont toutes déclaré qu'elles ne savaient rien. »

Willy imprima les informations concernant le certificat de naissance. Alvirah contempla le document d'un air morose. « Ça ne va pas nous aider autant que je l'espérais.

— Et si on regardait ce qu'il y a à cette adresse sur Google Maps ? » dit Willy.

La vue aérienne montrait un immeuble industriel situé à côté de maisons plus petites dans Oak Street.

14

Les débats reprirent le lendemain matin à neuf heures trente.

« Votre Honneur, commença Elliot Holmes, l'État appelle Alan Grant à la barre. »

La porte de la salle d'audience s'ouvrit, et le jury et les spectateurs regardèrent le fils de la victime s'avancer lentement vers le banc des témoins. Bel homme, vêtu d'une veste de sport bleu marine et d'un pantalon gris visiblement coûteux, avec une chemise au col ouvert, il prêta serment et prit place.

Le procureur posa un certain nombre de questions sur le passé du témoin. Diplômé de l'université Cornell, Alan Grant était photographe professionnel, divorcé de la mère de ses deux enfants et père d'un fils de dix ans né d'une relation précédente.

Holmes s'intéressa ensuite aux relations entre les différents membres de la famille.

« Étiez-vous heureux du mariage de votre père avec Betsy Ryan ?

— Très heureux, répondit aussitôt Alan. Mon père n'avait que quarante ans à la mort de ma mère. Pendant les années qui ont suivi je savais qu'il se sentait très seul. Quand il a rencontré Betsy et l'a épousée, j'ai été ravi.

— Étiez-vous présent au dîner le soir où votre père a été assassiné ?

— Oui, j'étais là.

— Qui d'autre y assistait ?

— Betsy, bien sûr. C'était l'anniversaire de mon père et elle avait invité les deux autres médecins qui avaient ouvert le cabinet d'orthopédie avec lui, ainsi que leurs épouses. Le Dr Kent Adams, sa femme, Sarah, et le Dr Scott Clifton avec sa femme, Lisa.

— Décrivez-nous la conduite de votre père ce soir-là.

— Au début, il a été très calme. Il paraissait heureux de voir tout le monde, même si je ne suis pas certain qu'il nous ait tous reconnus. C'est difficile à dire.

— Votre belle-mère a-t-elle fait des commentaires sur son comportement ?

— Oui. Elle a dit qu'il s'était montré très agité les deux jours précédents, qu'il avait ouvert les tiroirs, répandu leur contenu sur le sol puis vidé tous les livres des étagères. Elle avait failli annuler le dîner, mais il s'était réveillé de bonne humeur et calme ce matin-là et elle avait maintenu l'invitation.

— Quand vous êtes arrivé, avez-vous vu une ecchymose sur le visage de votre belle-mère ?

— Oui. Elle avait essayé de la maquiller, mais elle était encore visible.

— Lui avez-vous demandé d'où elle provenait ?

— Oui.

— Que vous a-t-elle répondu ?

— Que mon père l'avait frappée deux jours auparavant.

— Semblait-elle en colère ?

— Non, plutôt résignée.

— Le comportement de votre père a-t-il changé au
cours de la soirée ?

— Oui. Au début nous avons pris un apéritif dans
le salon. Il n'a pas bu bien sûr. Mais au moment de
passer à table, il est soudain devenu très agité.

— Qu'a-t-il fait ?

— Subitement, sans dire un mot, il a paru saisi de
panique et nous a tous pointés du doigt.

— Et que s'est-il passé alors ?

— Betsy est allée vers lui, l'a pris dans ses bras et
a essayé de l'apaiser. Il s'est aussitôt calmé.

— Et ensuite ?

— Nous avons eu un dîner très agréable. Il était
tranquille et a bien mangé. Puis, au moment du des-
sert et du café, il s'est levé d'un coup et a littérale-
ment plongé en travers de la table en direction du
Dr Clifton et de sa femme.

— Et ensuite ?

— Betsy l'a saisi par le bras pour l'arrêter mais
il s'est retourné et l'a giflée. Très violemment. Elle
s'est effondrée sur sa chaise et s'est mise à sangloter. Le Dr Clifton, l'aide-soignante Angela Watts et
moi-même avons ramené mon père dans sa chambre.
Il s'est soudain écroulé, comme épuisé. Angela lui a
donné un sédatif. Nous lui avons enfilé son pyjama
et l'avons mis au lit. Au bout de quelques minutes, il

a fermé les yeux, sa respiration est devenue régulière et il s'est endormi.

— Qu'avez-vous fait ensuite ?

— J'ai remarqué qu'Angela était très pâle et lui ai demandé ce qu'elle avait. Elle m'a dit qu'elle avait sans doute attrapé un virus car elle avait très mal à l'estomac.

— Quelle a été votre réaction ?

— Je lui ai suggéré de rentrer chez elle. »

Delaney avait regardé Alan Grant attentivement pendant qu'il témoignait. Le chagrin que trahissait son visage paraissait sincère.

« Comment a-t-elle réagi ?

— Elle a dit qu'elle partirait si son malaise ne se dissipait pas rapidement.

— Monsieur Grant, saviez-vous comment était aménagée la chambre de votre père ?

— Bien sûr.

— Sur la table de chevet, y avait-il un objet particulier, un prix ou une décoration ?

— Oui. Il y avait un mortier d'apothicaire avec son pilon. Un prix attribué à mon père par l'hôpital de Hackensack. J'assistais au banquet le soir où il l'a reçu.

— Quand vous étiez dans la chambre de votre père ce soir-là, vous rappelez-vous si le pilon était à sa place ?

— Il y était. J'en suis absolument certain. Le Dr Clifton, Angela Watts et moi-même nous efforcions de calmer mon père. Je me souviens clairement d'avoir désigné le mortier et de lui avoir dit à peu près : "Papa, c'était vraiment chouette cette soirée de remise du prix. Tu as fait un discours formidable." Qui sait s'il a compris un mot de ce que je lui racontais. Mais je lui désignais le mortier tout en lui parlant.

— Et le pilon était bien dans le bol ?

— Oui, sans aucun doute.

— Reprenons. Après avoir conseillé à Mme Watts de rentrer chez elle, qu'avez-vous fait ?

— Je suis retourné dans la salle à manger. Le Dr Adams avait posé un linge humide sur le visage de Betsy. Elle était assise à la table et sanglotait en pressant le linge contre sa joue.

— Vous a-t-elle dit quelque chose ?

— Elle a dit : "Je ne peux plus supporter ça. Je n'en peux plus."

— Et comment avez-vous réagi à cette déclaration ?

— J'étais navré pour elle. Mon père venait de la frapper. Elle était à bout de nerfs.

— Vous est-il venu à l'esprit que ces mots : "Je ne peux plus supporter ça" étaient une menace à l'égard de votre père ?

— Sur le moment, non. Pas une seconde. Ce n'est que plus tard que je me suis posé la question.

— Quand avez-vous appris que votre père était mort ?

— Le lendemain matin.

— Qui vous a prévenu ?

— Betsy m'a téléphoné.

— Comment décririez-vous son état d'esprit quand vous avez entendu le son de sa voix ?

— Elle semblait très détachée.

— Vous rappelez-vous ses paroles exactes ?

— Oui. Elle a dit : "Alan, ton père est décédé dans la nuit. Je suis certaine que tu penseras comme moi que c'est une délivrance pour lui."

— Comment avez-vous réagi ?

— J'ai d'abord éprouvé une grande tristesse, bien sûr. Mais ensuite je crois avoir dit : "Le père que j'ai connu n'existait plus depuis plusieurs années. Tu connais mes sentiments, Betsy. Je suis heureux que ses souffrances soient terminées."

— À ce moment, avez-vous imaginé qu'il pouvait s'agir d'un meurtre ?

— Absolument pas.

— Quelle a été votre réaction quand vous avez appris que son corps avait été transféré chez le médecin légiste ?

— J'ai été stupéfait. J'ai pensé qu'il s'agissait d'une erreur.

— Et quand vous avez appris qu'il avait été victime d'un coup porté à l'arrière du crâne ? »

Alan Grant regarda le procureur sans détourner les yeux. « Ma première pensée a été que c'était Betsy qui l'avait assommé. »

Robert Maynard se dressa sur son banc et s'écria : « Objection, Votre Honneur, réponse déplacée et préjudiciable.

— Objection retenue, déclara le juge Roth. La réponse est rayée du procès-verbal. Le jury n'en tiendra pas compte.

— Je vais reformuler ma question. Pouvez-vous décrire le comportement de votre père durant les six derniers mois ?

— Il était devenu de plus en plus difficile. Le dernier soir, les mots de Betsy, "Je n'en peux plus", trahissaient visiblement un vrai désespoir.

— Comment définiriez-vous vos rapports avec Betsy Grant depuis la mort de votre père ?

— Pendant les vingt-quatre heures qui ont suivi, nous avons été très proches. Nous nous sommes consolés mutuellement et avons organisé ensemble les funérailles.

— À quel moment cette entente a-t-elle cessé ?

— Lorsque j'ai appris qu'on avait asséné un coup fatal à mon père et que le pilon manquait dans le mortier sur la table de chevet.

— Quand avez-vous su que votre belle-mère fréquentait un autre homme ?

— Je ne l'ai su qu'après la mort de mon père.

— Quelle a été votre réaction ?

— J'ai été bouleversé. Scandalisé. Affreusement déçu.

— Dans les mois qui ont précédé la mort de votre père, comment se comportait Betsy avec lui ?

— Elle était très affectueuse. Compatissante. Mais le médecin lui avait suggéré de le faire admettre dans une résidence médicalisée.

— Pour quelle raison ?

— Il craignait qu'il n'ait un accident.

— Pouvez-vous préciser ?

— Papa s'aventurait souvent à l'étage et se penchait par-dessus la balustrade. Il vidait tous les tiroirs de la chambre.

— Quelle a été la réaction de Mme Grant quand le médecin lui a fait cette suggestion ?

— Elle a fait poser une barrière en bas des marches et s'est installée au rez-de-chaussée, dans la chambre utilisée jadis par la domestique du propriétaire précédent. En d'autres termes, elle s'est efforcée de contrôler ses faits et gestes.

— Objection ! s'écria Maynard.

— Votre Honneur, j'aimerais demander à M. Grant ce qu'il entend par "contrôler ses faits et gestes", dit Holmes.

— Le témoin est autorisé à s'expliquer, dit calmement le juge.

— Monsieur, voulez-vous je vous prie préciser votre réponse ?

— Certainement. Je veux dire qu'elle essayait de l'empêcher de se blesser.

— Mme Grant a-t-elle décidé seule de garder votre père à la maison, même après le conseil du médecin ?

— Oui, c'était sa décision.

— En a-t-elle donné les raisons ?

— Elle a dit que mon père avait besoin d'elle. Elle a dit qu'il avait parfois des moments de lucidité et qu'il la suppliait alors de ne pas le quitter. Elle m'a dit également que quelqu'un chez qui on avait diagnostiqué un alzheimer précoce ne vivait en général pas beaucoup plus longtemps que les huit années que mon père avait déjà endurées.

— Cependant, n'est-ce pas la nuit où votre père a reçu ce coup mortel que Betsy Grant s'est plainte qu'elle n'en pouvait plus ?

— Objection. La question est tendancieuse. »

Cette fois, c'était un des associés de Maynard qui s'était interposé.

« Objection retenue », dit le juge à nouveau.

Elliot Holmes se tourna vers les jurés. Delaney vit qu'il avait marqué des points. « Pas d'autres questions, Votre Honneur », dit-il posément.

« Maître Maynard, dit le juge Roth, vous pouvez procéder au contre-interrogatoire du témoin.

— Merci, Votre Honneur, répondit Maynard. Monsieur Grant, quel âge avez-vous ?

— Trente-cinq ans.

— Après avoir obtenu votre diplôme, avez-vous suivi un troisième cycle universitaire ou êtes-vous directement entré dans la vie professionnelle ?

— J'ai tout de suite travaillé.

— Ce qui signifie que vous travaillez depuis treize ans ?

— Oui.

— Quel type de travail faites-vous ?

— J'ai toujours été photographe indépendant.

— Par indépendant, vous voulez dire que vous n'avez pas de salaire fixe. Vous n'êtes payé qu'à la commande. C'est ça ?

— C'est ça.

— Quelle est la moyenne annuelle de vos gains ?

— Entre cinquante et quatre-vingt mille dollars.

— Est-il exact que, dès le début de votre carrière, vous avez reçu une aide financière de la part de votre père ?

— Oui. Il m'aimait. J'étais son fils unique et il voulait m'aider.

— Et sous quelle forme vous aidait-il ? Vous donnait-il de l'argent chaque fois que vous le demandiez ou existait-il une autre sorte d'arrangement ?

— Lorsque j'ai quitté l'université et pendant plusieurs années ensuite, il m'a souvent fallu du nouveau matériel photographique, des objectifs, des filtres, etc., pour mon travail. En général, quand je demandais de l'argent à mon père, il me l'accordait.

— Cet arrangement a-t-il changé ?

— Trois ou quatre ans après leur mariage, Betsy l'a persuadé de m'octroyer une somme fixe une fois par an. À Noël, mon père me donnait un chèque de cent mille dollars.

— Et vous avez reçu ce chèque de cent mille dollars tous les ans à Noël, y compris le dernier ?

— Oui.

— Bien, cent mille dollars à Noël et une moyenne de soixante-cinq mille dollars de gains par an, cela signifie que vous disposez d'environ cent soixante-cinq mille dollars par an pour toutes vos dépenses. C'est exact ?

— Oui. »

Delaney prenait consciencieusement des notes pendant que Maynard s'intéressait de près aux problèmes financiers d'Alan Grant. Elle regretta d'avoir prêté si peu d'attention à ses cours de comptabilité quand elle était à l'université. Si Maynard voulait prouver que les finances personnelles de Grant étaient catastrophiques, il y parvenait sans mal.

En réponse aux questions de l'avocat, Grant reconnut qu'il devait supporter la charge d'un divorce coûteux et l'obligation de verser une pension alimentaire à la mère de ses deux enfants ainsi qu'un soutien financier pour son autre enfant. Il avait hypothéqué l'appartement que son père lui avait acheté quand il était étudiant. Il devait payer les mensualités de l'emprunt, plus l'entretien de l'appartement, l'assurance maladie et les frais de la voiture et du garage. Sans compter un train de vie plutôt élevé comprenant trois périodes de vacances par an. Grant reconnut, à contrecœur, que ses dépenses d'environ dix-huit mille dollars par mois dépassaient de loin les cent soixante-cinq mille dollars dont il disposait par an.

Maynard poursuivit :

« Votre père ne vous a-t-il pas conseillé de chercher un autre métier ?

— Il disait que la photographie ne rapportait pas assez et que c'était un travail trop irrégulier. Il désirait que je trouve un job qui m'assurerait un revenu régulier.

— Avez-vous suivi son conseil ?

— Non.

— Revenons à votre déficit budgétaire. Vous êtes-vous endetté pour joindre les deux bouts ?

— En plus de l'emprunt pour mon appartement, des amis m'ont prêté de l'argent.

— Payez-vous un intérêt sur ces prêts ?

— J'en paye pour l'appartement. La plupart de mes amis ont accepté que je les rembourse lorsque j'aurai hérité.

— Vous avez témoigné plus tôt que vous aviez reçu votre allocation annuelle à Noël dernier, même après la mort de votre père. Est-ce exact ?

— Oui. J'ai parlé au notaire de la succession qui a demandé à la cour de la chancellerie l'autorisation de débloquer l'argent.

— Et Betsy Grant ne s'y est pas opposée. N'est-ce pas ?

— Je ne l'ai pas mise au courant. Le notaire s'en est chargé. Il m'a informé qu'elle n'y voyait pas d'objection.

— Il y a trois mois, avez-vous à nouveau demandé qu'une certaine somme soit débloquée ?

— En effet. La succession étant gelée en attendant l'issue du procès, je ne peux pas entrer en possession de mon héritage. On m'a dit que je pouvais solliciter un déblocage partiel des fonds pour subvenir à mes besoins.

— La cour vous a autorisé un retrait de quel montant ?

— Cent cinquante mille dollars.

— Monsieur Grant, vous hériterez de la moitié d'un héritage de quinze millions de dollars si Betsy Grant n'est pas condamnée, et de la totalité de cette somme dans le cas contraire. Est-ce exact ?

— C'est ce que j'ai compris.

— Monsieur Grant, permettez-moi de revenir dix-huit mois en arrière, lorsque votre père était en vie. Est-il exact que vous étiez dans une situation financière désespérée, mais que vous saviez être aussi l'héritier de plusieurs millions de dollars que vous toucheriez à la mort de votre père ?

— C'est exact, mais j'aimais mon père et je ne pensais pas à sa mort. »

Delaney regarda Alan Grant s'agiter sur son banc en répondant aux questions. Il était visiblement mal à l'aise.

« Monsieur Grant, après le dîner d'anniversaire de votre père, où êtes-vous allé ?

— Je suis rentré à New York. J'avais un rendez-vous dans un bar près de chez moi.

— À quelle heure y êtes-vous arrivé ?

— Vers dix heures du soir.

— Combien de temps êtes-vous resté ?

— Deux heures. Je suis parti vers minuit.

— Vous y avez retrouvé une de vos anciennes amies. N'est-ce pas ?

— C'est exact.

— Comment s'appelle-t-elle ?

— Josie Mason.

— Êtes-vous partis ensemble ?

— Oui.

— Où êtes-vous allés ?

— Chez elle, à deux blocs de là.

— Avez-vous passé la nuit dans son appartement ?

— Oui. »

Le visage d'Alan était rouge de colère. « Je sais où vous voulez en venir, maître. Or je peux justifier de toutes mes allées et venues, depuis le moment où j'ai quitté le domicile de mon père jusqu'au lendemain matin quand j'ai reçu un appel téléphonique de Betsy m'annonçant que mon père était décédé. Le bar a une caméra de surveillance ainsi que l'immeuble de mon amie. Le procureur a déjà tout vérifié.

— C'est normal de sa part, ironisa Maynard. Et dites-moi, monsieur Grant, connaissiez-vous le code du système d'alarme du domicile de votre père ?

— Non.

— Y avait-il une raison particulière pour que vous l'ignoriez ?

— Je n'avais jamais eu l'occasion de l'utiliser.

— Possédiez-vous une clé de la maison ?

— Non, je n'en ai jamais eu. Pour la même raison.

— Donc, en cas d'urgence ou d'accident, vous n'aviez ni la clé ni le code de l'alarme.

— Comme je vous l'ai déjà dit, je n'en ai jamais eu besoin. Il y avait toujours quelqu'un à la maison, la femme de ménage, l'aide-soignante. Je n'avais aucune nécessité d'avoir une clé ou de connaître le code.

— Vous rendiez fréquemment visite à votre père, n'est-ce pas ?

— Oui, au moins une fois tous les quinze jours, y compris quand il était malade.

100

« — Au cours des deux dernières années, votre père avait des moments de lucidité, n'est-ce pas ?

— Oui, c'étaient des instants précieux pour moi.

— Et même alors, vous ne lui avez jamais demandé quel était le code de l'alarme ?

— Absolument pas.

— Il a été établi qu'une des nombreuses clés de la maison n'a pas été retrouvée. C'était la clé de votre père ?

— Je ne suis pas au courant.

— Votre Honneur, dit Maynard d'un ton sarcastique. Je n'ai pas d'autres questions pour le témoin.

— Bien, répondit le juge. L'audience est suspendue pour le déjeuner. »

15

Delaney avait pris des notes discrètement pendant toute la matinée. Elle avait l'habitude de déjeuner à la cafétéria du tribunal où se rassemblaient toujours une partie des spectateurs. Elle aimait les entendre échanger leurs opinions sur les témoignages qu'ils venaient d'entendre. Ni Betsy Grant et ses avocats ni le procureur et ses assistants n'étaient dans la salle.

La cafétéria était bruyante, et elle choisit une petite table à côté de cinq femmes qu'elle avait repérées au procès et qui discutaient des événements de la matinée. C'étaient de vieilles dames aux cheveux gris qui parlaient fort à cause du bruit. Leur échange n'avait rien de surprenant. « C'est elle, disait l'une. J'en suis presque certaine. Ma grand-mère avait un alzheimer, et ma mère a failli faire une dépression nerveuse à force de s'occuper d'elle. Nana était la personne la plus douce, la plus gentille et la plus drôle du monde. Mais vers la fin, elle soupçonnait la terre entière, elle pensait que ma mère voulait la tuer et recrachait tous ses médicaments. Sa mort a été un vrai soulagement parce que nous n'arrivions même plus à nous souvenir de la femme merveilleuse qu'elle avait été, nous avions oublié sa gaieté et ses éclats de rire.

— Ta mère n'a jamais essayé de la tuer, Louise ?

— Oh, bien sûr que non, s'offusqua ladite Louise.

— Mais tu crois que Betsy Grant a tué son mari ?

— Oui. En tout cas, je crois qu'elle y a songé. Son mari avait cinquante et un ans quand sa maladie a été diagnostiquée. Elle n'en avait que trente-trois. On peut imaginer qu'elle était au bout du rouleau. Si tu veux mon avis, Betsy Grant est quelqu'un de bien, mais elle a tout simplement craqué. »

Une troisième femme intervint : « Et n'oubliez pas, non seulement elle devait hériter d'un gros paquet de fric, mais elle voyait un autre type. J'ai lu quelque part que l'amour et l'argent sont les deux motivations principales de la plupart des crimes. Betsy Grant cumule. »

Une quatrième femme secouait la tête. « Et le fils ? Il était pourri-gâté par son père et Betsy a convaincu celui-ci de réduire l'argent qu'il lui refilait. Il paraît qu'il est endetté jusqu'au cou. Il était obligé d'attendre la mort de son père pour rembourser ses emprunts.

— Mais ils se sont renseignés sur lui, il est resté en ville pendant toute la nuit.

— Il pouvait peut-être charger quelqu'un de commettre le crime à sa place, non ?

— Il aurait fallu qu'il connaisse le code de l'alarme et qu'il ait une clé.

— Et il ignorait que l'aide-soignante allait rentrer chez elle parce qu'elle se sentait mal.

— Ce n'est pas un type intéressant, mais je ne crois pas qu'il soit impliqué.

— Votons. Elle l'a tué, oui ou non ? »

Delaney frissonna en entendant le résultat du vote : coupable à quatre contre un.

L'après-midi, les premiers témoins appelés à la barre furent les épouses des deux médecins qui avaient assisté au dîner d'anniversaire. Elles répétèrent plus ou moins ce qu'Alan Grant avait rapporté au cours de sa déposition.

Le troisième témoin était Josie Mason. Elle était âgée d'une trentaine d'années. Elle certifia qu'elle était sortie de temps en temps avec Alan Grant pendant les deux années écoulées. Le 21 mars de l'année précédente, elle l'avait rejoint dans un bar à New York vers dix heures du soir. Il sortait d'un dîner chez son père. Vers minuit, ils étaient allés à pied jusqu'à son appartement, quelques rues plus loin, et avaient passé la nuit ensemble.

Josie Mason affirma qu'il n'avait pas bougé de chez elle et était parti à huit heures, le lendemain matin. Elle indiqua que les inspecteurs du bureau du procureur étaient venus interroger le gérant de son immeuble et avaient obtenu les enregistrements de la caméra de surveillance les montrant tous les deux pénétrant dans son immeuble cette nuit-là et Alan en train de sortir au matin.

À la fin de l'audience, Delaney alla directement à son bureau pour préparer l'émission de dix-huit heures. Elle fit défiler le film où l'on voyait Betsy entrer dans la salle du tribunal et la quitter. Sur les séquences de la fin de l'après-midi, elle avait les traits tirés et semblait accablée.

Elle a l'air trop épuisée pour se tenir droite, pensa Delaney avec un soudain élan de compassion. Pourvu qu'elle ait des amis pour l'accueillir quand elle rentrera chez elle.

16

La femme de ménage de Betsy, Carmen Sanchez, fut le premier témoin appelé à la barre le lendemain matin. Les mains moites, la voix tremblante, elle déclina son nom, celui de sa ville natale et répondit aux premières questions concernant son arrivée chez les Grant à Alpine.

« J'ai commencé à travailler pour le Dr Ted juste après la mort de sa première femme, dit Carmen.

— Il y a combien de temps ?

— Dix-neuf ans.

— Et au bout de combien de temps le Dr Grant s'est-il remarié ?

— Environ deux ans. » Spontanément, Carmen ajouta avec enthousiasme : « Vous n'imaginez pas la différence chez le Dr Ted. Il était si heureux. Sa première femme avait souffert d'un cancer pendant tellement d'années.

— Madame Sanchez, contentez-vous de répondre à la question qui vous est posée, ordonna le juge.

— Oh, excusez-moi, dit Carmen, penaude. C'est juste que je pense au Dr Ted et à Mme Betsy et à la façon dont ils étaient l'un avec l'autre… »

Cette fois le juge prit un ton plus sévère : « Madame Sanchez, encore une fois, veuillez ne pas commenter vos réponses.

— Oh, Votre Honneur, je suis désolée », s'excusa Carmen. Elle regarda le procureur et soupira : « Je savais que je ne serais pas à la hauteur.

— Madame Sanchez, le soir de la mort du Dr Grant, étiez-vous tous à la maison ?

— Oui, Mme Betsy donnait un dîner d'anniversaire pour le Dr Ted et j'ai fait la cuisine et le service.

— À un moment durant la soirée, le docteur est-il devenu très agité ?

— Oui, mais j'étais dans la cuisine quand c'est arrivé. J'ai entendu du brouhaha et j'ai couru dans la salle à manger. J'ai vu qu'il était très énervé et ensuite le Dr Clifton, Alan Grant et Angela l'ont emmené dans la chambre.

— Qu'avez-vous fait alors ?

— Eh bien, le Dr Ted était tombé sur la table et il y avait des assiettes et des verres cassés. J'ai tout nettoyé et j'ai dit que j'allais apporter le café et le gâteau, mais personne n'en voulait. J'ai fini mon travail et je suis partie. Les invités étaient en train de dire au revoir. Je crois qu'ils ont quitté la maison peu après moi.

— Avez-vous remarqué qu'Angela Watts s'était éclipsée à un certain moment ?

— Oui, elle ne se sentait pas bien et elle a préféré rentrer chez elle.

— Mme Grant vous a-t-elle demandé de rester à la place d'Angela Watts pendant la nuit ?

— Je le lui ai proposé, mais elle m'a remerciée et a dit que ce n'était pas nécessaire.

— Madame Sanchez, à quelle heure êtes-vous arrivée le lendemain matin ?

— J'arrive toujours vers huit heures et demie.

— Était-il exactement huit heures trente lorsque vous êtes entrée dans la maison le jour où on a trouvé mort le Dr Grant ?

— Eh bien, j'étais restée un moment coincée derrière un bus scolaire et il était à peu près neuf heures moins vingt. »

Carmen jeta un regard vers Betsy qui lui adressa un sourire d'encouragement. Oh mon Dieu, aidez-la, pensa Betsy.

Le procureur continua : « Vous êtes donc arrivée à huit heures quarante le matin où le Dr Grant a été retrouvé mort ? »

Contente-toi de répondre à la question, s'exhorta Carmen. « Oui, c'est ça.

— Quand vous êtes entrée dans la maison, quelles étaient les personnes présentes ?

— Il y avait un officier de police dans la chambre. Ainsi qu'Angela Watts. Et Mme Betsy bien sûr. C'est Angela qui m'a dit que le Dr Ted était mort.

— Qu'avez-vous fait alors ?

— Je suis montée dans la chambre principale.

— Pourquoi ?

— Je voulais me rendre utile. C'était la seule chose à laquelle je pensais. J'étais sûre que Mme Betsy souhaiterait revenir dans son ancienne chambre maintenant que le Dr Ted n'était plus là. Je savais qu'elle y serait beaucoup mieux installée.

— Qu'avez-vous fait dans cette pièce ?

— J'ai changé les draps. Je me suis assurée que sa salle de bains était en ordre. J'ai passé l'aspirateur et fait la poussière.

— En dehors du matin où on a retrouvé le Dr Grant mort, quand aviez-vous mis les pieds dans cette pièce pour la dernière fois ?

— Oh, j'y montais une fois par semaine pour m'assurer qu'elle était bien entretenue.

— Donc, je répète, quand y avez-vous fait le ménage pour la dernière fois ?

— Je l'avais fait la veille. »

Carmen s'interrompit. Elle faillit dire qu'elle s'était souvenue qu'elle avait trouvé de la terre sur la moquette, mais elle se rappela que le juge l'avait sommée de ne répondre qu'aux questions. Je me demande comment je n'ai pas vu cette trace avant, pensa-t-elle. Mais je crois savoir ce qui s'est passé. Les laveurs de vitres sont venus juste après que j'ai passé l'aspirateur la semaine précédente.

« Après avoir fini de nettoyer la pièce, qu'avez-vous fait ?

— Je suis descendue au rez-de-chaussée et j'ai préparé du café. J'ai essayé de persuader Mme Betsy de manger un morceau, mais elle n'a rien voulu entendre. Angela et moi sommes restées avec elle dans la petite salle à manger quand le directeur des pompes funèbres a emmené le corps du Dr Ted.

— Comment s'est comportée Mme Grant ?

— Pardon ? demanda Carmen

— Quel était l'état d'esprit de Mme Grant à ce moment-là ?

— Elle était si paisible. Elle est restée à la fenêtre à regarder les gens des pompes funèbres placer le corps de son mari dans le fourgon.

— Vous a-t-elle dit quelque chose ?

— Elle a dit : "C'est fini. Dieu merci, c'est fini." »

Je n'ai pas dit ça, pensa Betsy. J'ai dit : « Dieu merci, c'est fini *pour lui*. »

« Pas d'autres questions », dit le procureur.

Robert Maynard se leva. « Pas de questions, Votre Honneur. »

Le juge Roth se tourna vers le jury et déclara : « Mesdames et messieurs les jurés, l'audition des témoins est terminée pour cette semaine. Nous reprendrons mardi prochain à neuf heures du matin. »

18

La une du journal télévisé de dix-huit heures fut consacrée à la mort de Steven Harwin, le fils de vingt et un ans du célèbre metteur en scène Lucas Harwin, qui avait succombé à une overdose dans son appartement de SoHo. La nouvelle était d'autant plus tragique que Steven avait survécu à une leucémie à l'adolescence et était devenu un ardent collecteur de fonds pour la recherche sur le cancer du sang. Il avait lancé une souscription de « Cinq dollars par mois » qui comptait maintenant trois cent mille soutiens. À peine une semaine avant sa mort, il avait déclaré à un gala de charité : « Il est temps pour ma génération de prendre ses responsabilités et de s'impliquer dans la recherche contre le cancer. »

« Quel affreux gâchis », murmura Delaney à Don tandis qu'ils étaient assis côte à côte sur leurs sièges en attendant qu'on leur donne le signal de passer à l'antenne.

« Je viens d'apprendre qu'il est arrivé la même chose à l'un de mes camarades de fac, répondit tranquillement Don. Trente-six ans et deux gosses. J'aimerais pouvoir ramasser tous ces dealers et les envoyer sur Mars.

— Moi aussi. »

La publicité était terminée. « Et maintenant, place au sport », commença Don en se tournant vers le commentateur sportif, Rick Johnson. « Quelles sont les prévisions pour les Giants cette saison, Rick ? »

À la fin du JT, Delaney rentra chez elle par le chemin habituel. Il lui arrivait souvent d'aller dîner avec des amis dans l'un des restaurants du coin, mais pas ce soir. Elle avait envie d'être au calme, chez elle. C'était son refuge, il la réconfortait lorsqu'elle était prise par ce « besoin de savoir », de trouver qui était sa mère biologique.

Ce besoin s'était à nouveau emparé d'elle quand on avait diffusé à l'antenne l'histoire des retrouvailles du fils et de sa mère. Mais la discussion sur le sujet avec Alvirah et Willy chez Patsy l'avait encore ravivé. Alvirah parlait-elle sérieusement quand elle avait proposé de se lancer dans une de ses enquêtes ? se demandait-elle en traversant la Sixième Avenue. Un sourire involontaire lui vint aux lèvres. Si Alvirah dit qu'elle va faire quelque chose, elle le fera. Alors qui sait ? Peut-être trouvera-t-elle un moyen de retrouver la sage-femme.

Rassérénée par cette perspective, elle tourna ses pensées vers le procès. L'accusation parvenait sans mal à accumuler des preuves qui désignaient Betsy Grant comme la meurtrière de son mari. La défense, à l'inverse, avait un problème avec Alan Grant, car l'accusation pouvait prouver qu'il avait passé la nuit à New York.

113

Mais où était passé le pilon ? Betsy avait eu largement le temps de s'en débarrasser, soit. Mais où ? D'après les articles parus dans la presse, le médecin légiste avait contacté la police après avoir reçu l'appel du directeur des pompes funèbres, et il avait rapporté la présence d'une blessure suspecte. La police avait aussitôt obtenu un mandat d'arrêt et était retournée dans la maison, qu'elle avait fouillée de fond en comble, ainsi que les alentours. Mais au moins trente heures s'étaient écoulées entre le moment où le corps du Dr Grant était arrivé au funérarium, la découverte de sa blessure à la tête, l'autopsie, la demande par la police d'un mandat de perquisition et la fouille de la maison.

Que penser de la femme de ménage ? Elle ne semblait pas dans son assiette à la barre des témoins. Était-ce simplement parce qu'elle était très nerveuse et essayait de reformuler ses réponses ? Le juge l'avait visiblement déstabilisée en lui rappelant de se contenter de répondre aux questions.

Delaney attendait pour traverser au croisement quand elle sentit une main se glisser sous son bras et entendit une voix familière demander : « Puis-je vous inviter à dîner, ma'me ? »

Interloquée, elle leva les yeux. C'était Jonathan Cruise, qu'elle avait rencontré au mariage d'une amie à Boston deux mois plus tôt. Il était journaliste d'investigation au *Washington Post*, et ils s'étaient rendu compte qu'ils avaient beaucoup en commun. Ils avaient dîné ensemble quand il était venu voir sa sœur à Manhattan un mois auparavant. Il avait téléphoné pour lui dire qu'il avait été ravi de passer la soirée avec elle, et ensuite plus rien. Plus aucune nouvelle. Mais elle avait souvent pensé à lui. Elle était déçue qu'il ne se soit pas intéressé davantage à elle.

Elle avait chaussé ses sneakers pour rentrer à pied chez elle et le trouva soudain très grand, puis elle se rappela qu'elle portait des talons hauts à leurs deux rencontres et qu'il lui avait paru d'une taille normale. Ses cheveux noirs étaient parsemés de quelques fils gris, et elle se souvenait qu'il avait dit qu'il aurait sans doute les cheveux blancs à quarante ans. « Comme mon père, avait-il ajouté d'un ton léger. Mais cela me donnera peut-être l'air distingué. »

Voilà ce qui traversait l'esprit de Delaney tandis qu'elle levait les yeux vers lui.

« Jon. Est-ce dans vos habitudes de surgir ainsi de nulle part ? » demanda-t-elle.

Un sourire chaleureux et spontané éclaira le visage du jeune homme qui pouvait paraître sévère au premier abord.

« Non, pas vraiment. Je suis arrivé de Washington à cinq heures. J'ai vu que vous passiez à l'antenne ce soir. Ma super idée était d'attendre devant le studio que vous sortiez, mais la circulation a fichu mon plan en l'air. Je me demandais si vous aviez des projets pour ce soir.

— Je crois en avoir maintenant », dit Delaney avec un sourire.

19

Alvirah et Willy entrèrent le « 22 Oak Street, Philadelphie », dans le système de navigation et prirent la route de la Pennsylvanie.

« Chérie, souviens-toi que selon la carte satellite cette maison n'existe plus », répéta Willy alors que le GPS indiquait qu'ils étaient à trois kilomètres de leur destination.

« Peu importe, dit Alvirah, écartant négligemment cet obstacle potentiel. Il y a toujours un moyen d'obtenir une information en reniflant un peu autour de soi. Et n'oublie pas, même si les constructions d'origine ont disparu, certains des habitants qui vivaient là il y a vingt-six ans sont peut-être encore dans le coin. »

Willy faillit répéter que l'adresse n'indiquait plus une maison mais un commerce ou quelque chose de ce genre, mais il préféra se taire. Il savait qu'Alvirah allait se donner corps et âme pour trouver la mère biologique de Delaney et il savait aussi à quel point elle serait déçue si elle n'y parvenait pas.

Oak Street se trouvait dans un quartier de piètre apparence où les anciennes petites maisons individuelles avaient été peu à peu détruites et remplacées par des magasins d'usine.

Le numéro 22 était aujourd'hui un bâtiment de deux étages avec une enseigne qui indiquait CHEZ SAM : FABRIQUE DE CARRELAGE DISCOUNT. Dans la vitrine étaient exposés des échantillons de carrelage de diverses couleurs et formes. Il y avait au moins deux employés et quatre clients à l'intérieur du magasin.

« Laisse-moi faire », murmura Alvirah en poussant la porte.

Un vieil homme au cheveu rare, arborant un badge au nom de Sam, s'avança rapidement vers eux.

« Bienvenue chez Sam », dit-il d'une voix chaleureuse, avec un sourire visiblement sincère. « Que puis-je faire pour vous ?

— Je ne vais pas vous faire perdre votre temps en prétendant que j'ai l'intention d'acheter quelque chose, dit Alvirah, bien que la vue de ces beaux carreaux en vitrine m'ait rappelé que notre cuisine a besoin d'un coup de neuf. »

Oh je t'en prie, Alvirah, pensa Willy, nous n'avons pas besoin de refaire la cuisine.

Sam sourit à nouveau. « C'est ce que disent beaucoup de nos clients. Ils entrent parce qu'ils ont vu notre publicité. Ils pensent qu'ils sont juste curieux, mais ensuite ils veulent réellement redécorer leur cuisine ou leur salle de bains. Peut-être est-ce le cas pour vous ?

— Peut-être, admit Alvirah de bon cœur. Mais si vous avez une minute ou deux… »

Même sourire aimable. « Bien sûr.

— Depuis combien de temps êtes-vous installé ici ?

— Depuis seize ans.

— L'immeuble est-il tel que vous l'avez acheté ?

— Non. Nous avons acheté deux maisons voisines qui étaient en vente, puis nous les avons démolies et nous avons fait construire ce bâtiment.

— Vous rappelez-vous, par hasard, le nom des gens à qui vous les avez achetées ?

— Je me souviens du nom de l'une des propriétaires, Cora Banks. Une drôle d'histoire.

— Pourquoi ? »

Alvirah avait du mal à contenir son excitation.

« Elle nous avait dit qu'elle était infirmière. Mais très vite, après la vente de la maison, avant la démolition, un policier s'est présenté avec un mandat d'arrêt contre cette femme. Il paraît qu'elle était sage-femme et qu'elle vendait les bébés après les accouchements.

— Savez-vous si elle a jamais été arrêtée ?

— Je ne crois pas. Elle avait quitté la ville. »

C'est donc ça, pensa Willy.

Après avoir remercié Sam, Alvirah lui dit qu'elle aimerait jeter un coup d'œil à son choix de carreaux.

Ils suivirent Sam au premier étage, où étaient exposés plusieurs échantillons de carreaux, accompagnés de photos les montrant en situation dans une cuisine ou une salle de bains.

Il s'avéra que Sam était bavard : « Tout le monde n'a pas apprécié la transformation du quartier, dit-il. Certains ont même manifesté quand ils ont appris qu'il avait été reclassé en zone commerciale. La propriétaire de la maison voisine était réellement inquiète. Elle a dit qu'elle habitait là depuis trente ans et qu'elle ne voulait pas qu'une fabrique de carreaux s'installe près de chez elle. Elle était tellement bouleversée que je lui ai offert d'acheter aussi sa maison, mais elle a dit qu'elle ne partirait pas, qu'il faudrait la mettre dehors de force. »

Willy remarqua qu'Alvirah avait failli lâcher le carreau de couleur crème qu'elle tenait à la main.

« Est-ce qu'elle habite toujours ici, Sam ? demanda-t-elle.

— Oh, vous parlez si elle est là ! Elle s'appelle Jane Mulligan. Elle est veuve maintenant et vit seule. Elle doit avoir plus de quatre-vingts ans, mais chaque fois que je la rencontre, elle me répète que le quartier où elle a grandi a été complètement détruit. »

Alvirah était impatiente de voir si la voisine était chez elle. Elle fit mine de s'attarder encore quelques minutes, examinant différents modèles de carreaux. Puis elle remercia Sam et promit de réfléchir aux échantillons qu'il tint à lui offrir.

Quand ils quittèrent le magasin, elle dit avec entrain : « Willy, si cette Jane Mulligan nous donne une piste qui nous conduit à Cora Banks, je reviendrai ici, j'achèterai des carreaux et tu pourras rénover la cuisine et les salles de bains. »

Lorsqu'ils arrivèrent devant la maison mitoyenne, Alvirah s'arrêta. « Willy, à notre époque et à son âge, si Jane Mulligan est chez elle, elle hésitera peut-être à laisser entrer deux inconnus. Tu ferais mieux d'attendre dans la voiture. »

Willy savait qu'Alvirah avait raison, mais il détestait la voir entrer seule dans cette maison, même s'il n'y avait probablement qu'une vieille dame de quatre-vingts ans passés à l'intérieur. Mais sachant qu'il était inutile de discuter avec Alvirah, il rebroussa chemin et regagna leur toute nouvelle Mercedes d'occasion.

Après avoir sonné à la porte, Alvirah attendit un moment avant que quelqu'un regarde à travers le judas.

« Qui êtes-vous et qu'est-ce que vous voulez ? demanda une voix hargneuse.

— Je m'appelle Alvirah Meehan. Je suis journaliste au *Daily Standard*, et j'aimerais écrire une série d'articles sur les transformations qui ont eu lieu dans le voisinage et les réactions des résidents de longue date », dit Alvirah, élevant sa carte de presse à la hauteur du judas.

Elle entendit le cliquetis de la clé dans la serrure. Puis Jane Mulligan entrebâilla la porte et l'examina de la tête aux pieds. Satisfaite, elle ouvrit en grand.

« Entrez, dit-elle vivement. J'en ai un paquet à raconter sur ce sujet. »

Elle conduisit Alvirah dans un petit salon d'une propreté immaculée, meublé d'un canapé rembourré, de fauteuils club assortis, avec un piano droit et une table ronde couverte de photographies.

Jane Mulligan l'invita à s'asseoir, mais Alvirah jeta d'abord un regard aux photos. Sûrement des petits-enfants, pensa-t-elle.

« Quelle belle brochette ! s'exclama-t-elle, sincère. Ce sont vos petits-enfants ?

— Tous les dix. » La voix de Jane Mulligan était pleine de fierté à présent. « Vous aurez beau chercher, vous n'en trouverez pas de plus merveilleux et de plus gentils au monde.

— Bien sûr, dit Alvirah en prenant un siège.

— Que voulez-vous que je vous dise sur ces quartiers saccagés par les bâtiments commerciaux qu'on a construits en plein milieu ? »

Sans laisser à Alvirah le temps de répondre, elle se lança dans une longue tirade, expliquant qu'il n'existait pas rue plus exquise que celle-ci autrefois. « Tout le monde connaissait tout le monde. Personne ne fermait jamais sa porte à clé. »

Alvirah parvint à placer une question : « On m'a dit que deux maisons avaient été démolies pour permettre la construction de cette fabrique de carreaux. Connaissiez-vous les personnes qui y habitaient ?

— Bien sûr que je les connaissais. La maison deux numéros plus loin appartenait à des amis. Ils ont vendu pour se rapprocher de leur fille. Elle vit dans le Connecticut.

— Et l'autre ?

— La première propriétaire avait déménagé pour aller dans une maison de retraite. La femme à laquelle elle l'a vendue n'était pas quelqu'un de bien.

— Pourquoi ?

— C'était une sage-femme.

— Il y a combien de temps ?

— Une trentaine d'années. »

Alvirah fit un calcul rapide. Donc, Cora Banks était encore dans cette maison à la naissance de Delaney.

« Je savais qu'il se passait des choses douteuses, dit Jane Mulligan. Je voyais des gens entrer et sortir, toujours selon le même scénario. Une ou deux personnes accompagnaient une fille enceinte dans la maison et, au bout d'une à dix heures, ils ressortaient avec la fille, la soutenant jusqu'à la voiture.

« J'ai mis un certain temps à comprendre ce qui se passait. Les personnes qui repartaient avec le bébé n'étaient pas les mêmes que celles qui arrivaient avec la fille enceinte. D'abord, j'ai cru que Cora Banks dirigeait une agence d'adoption. Cela a duré quatorze ans. Un jour les policiers ont débarqué avec un mandat d'arrêt contre elle, et j'ai appris qu'elle vendait les bébés. J'ai cru mourir.

— Savez-vous où elle est allée ?

— Non, je n'en sais rien. Je ne veux pas le savoir.

— Avait-elle des amis qui venaient lui rendre visite ?

— Elle était plutôt du genre solitaire. »

Tâchant de dissimuler sa déception, Alvirah insista : « Donc vous ne pensez à personne qui aurait eu des liens avec elle ?

— Qui voudrait se lier avec quelqu'un qui vend des bébés ? s'écria Mulligan. La vie sociale de Cora Banks, si elle en avait une, n'avait pas lieu dans cette maison. »

Sur ce, Alvirah salua Jane Mulligan et regagna la voiture. « Rentrons à la maison », dit-elle à Willy.

Au ton de sa voix, il comprit que sa conversation avec Jane Mulligan n'avait pas donné grand-chose. Il l'écouta lui résumer la situation.

« Donc tu n'as rien appris qui pourrait aider Delaney à retrouver sa mère naturelle ?

— Non, rien, mais je sais pourquoi Jennifer Wright a du mal à parler de l'adoption avec Delaney. Elle ne veut pas qu'elle apprenne qu'ils ont payé pour l'avoir.

— C'était peut-être la seule façon pour eux d'avoir un bébé, suggéra Willy. Ils approchaient de la cinquantaine quand ils l'ont adoptée. Cela prouve combien ils la désiraient.

— Peut-être, oui, admit Alvirah. Mais à mon avis, c'est une chose pour une jeune femme d'abandonner son bébé, c'en est une autre de le vendre au plus offrant. »

Elle se tut avant d'ajouter : « Je n'en parlerai pas à Delaney. Je lui dirai simplement que j'ai fait chou blanc.

— Tu vas renoncer ou continuer ?

— Bien sûr que je vais continuer. Je sais que la femme qui a adressé les Wright à Cora Banks est décédée, mais on peut espérer qu'elle avait la langue bien pendue et qu'elle a parlé à ses amis ou à sa famille. Je vais consulter sa notice nécrologique. Quelques-uns des membres de sa famille doivent y être mentionnés. Je commencerai par là. »

Ils franchirent le pont de Pennsylvanie pour entrer dans le New Jersey et ils se trouvaient sur le Turnpike en direction de Manhattan quand Alvirah lâcha soudain : « Tu sais, Willy, j'ai vraiment beaucoup aimé quelques-uns de ces carreaux. Les photos montrant l'effet qu'ils feraient dans la cuisine et la salle de bains m'ont fait rêver. Je me suis fait une promesse. Si nous retrouvons la trace de la mère de Delaney, je ferai quelques petites améliorations. Mais seulement si nous la retrouvons. »

Willy poussa un soupir. « Chérie, tu veux dire que je ferai quelques améliorations et que tu me regarderas faire. »

Alvira se tourna vers lui et sourit, espiègle. « Les grands esprits se rencontrent. »

20

Delaney et Jon descendirent jusqu'au croisement avec la 57ᵉ Rue Est, prirent à gauche et, un peu avant d'atteindre la Première Avenue, entrèrent chez Neary's.

« Quand je vivais à New York avec mes parents, mon grand-père m'emmenait souvent dans ce restaurant », dit pensivement Jon tandis qu'on les conduisait à une table au fond du restaurant. Il regarda autour de lui. « L'endroit est intemporel. Rien n'a changé.

— Je ne suis jamais venue, avoua Delaney.

— Oh, il y a eu de grands moments ici. C'était le restaurant favori du gouverneur Carey. On raconte qu'il a déclaré un jour : "Le Seigneur a changé l'eau en vin et Jimmy Neary a fait le contraire." »

Delaney rit, il lui semblait connaître Jon depuis toujours. Et elle ne se cachait pas qu'elle était heureuse de le revoir après un mois sans nouvelles.

Cette soirée serait l'occasion de mieux le connaître. La première fois, elle lui avait dit qu'elle était chroniqueuse judiciaire et passionnée par son métier. Elle lui annonça aujourd'hui qu'on venait de lui proposer de coprésenter le JT de dix-huit heures.

« Belle promotion, commenta Jon. À propos, je me souviens que vous avez un faible pour le chardonnay.

— Et vous pour la vodka-Martini », répliqua Delaney.

Elle était assise sur la banquette. En face d'elle, il ne la quittait pas des yeux.

Après avoir passé commande, il fit remarquer : « J'ai cru déceler une hésitation dans votre voix à l'idée de vous retrouver coprésentatrice. Vous êtes déçue ?

— Pas du tout. C'est formidable. Mais j'ai pris beaucoup de plaisir à tenir la chronique judiciaire, je me demande combien de gens comprennent à quel point il est passionnant de suivre un procès, de regarder et d'écouter les témoins, de voir l'accusation porter le coup fatal.

— Vous couvrez le procès de Betsy Grant ? J'en ai entendu parler.

— Oui, en effet.

— L'affaire est pliée d'avance à mon avis. Elle était seule à la maison avec son mari. L'aide-soignante prise d'un malaise, obligée de rentrer chez elle…

— Êtes-vous en train d'insinuer que Betsy Grant pourrait lui avoir refilé un truc qui l'ait rendue malade ? demanda Delaney, étonnée par la colère soudaine qui l'envahissait.

— Ne vous fâchez pas, protesta Jon. Comme le dit Will Rogers : "Je ne sais que ce que je lis dans la presse." »

Delaney se radoucit. « Bien sûr. Désolée de m'être emportée, mais en voyant cette pauvre femme écouter

126

le témoignage du directeur des pompes funèbres puis celui de son beau-fils, je me suis sentie humiliée pour elle. Quand le médecin légiste a commenté la force du coup qui avait tué son mari, elle n'a cessé de secouer la tête comme pour nier. »

Jon la regarda sans répondre.

« Je sais ce que vous pensez, dit Delaney, sur la défensive. Que sa réaction serait exactement la même qu'elle soit coupable ou innocente. »

Il acquiesça en silence.

Elle comprit qu'il était préférable de changer de sujet. J'ai toujours su être complètement objective à un procès, pensa-t-elle. Pourquoi tenait-elle tellement à défendre une femme qui était peut-être coupable d'homicide sur la personne de son mari atteint de la maladie d'Alzheimer ? C'était inexplicable. Le serveur posait leurs boissons sur la table.

« Quand je vous ai demandé ce qui vous amenait à New York, vous avez répondu que c'était moi, ce qui est un gentil compliment, mais faux. Pour quelle raison êtes-vous venu de Washington ? »

Jon attendit que le serveur fût hors de portée de voix.

Il baissa le ton au point que Delaney dut faire un effort pour l'entendre : « De Washington en passant par la côte Est et jusqu'à Boston, il y a un réseau de pharmaciens qui obtiennent des prescriptions illégales de médecins et les revendent à une clientèle huppée, des célébrités et des types de Wall Street... La consultation dure une minute, voire n'a pas lieu, les médecins rédigent des ordonnances pour de puissants analgésiques opiacés comme le Percocet, l'Oxycodon et d'autres, et le tour est joué. Les pharmaciens sont légalement tenus de prévenir les autorités quand ils relèvent quelque chose de suspect. Certains regardent ailleurs et font du fric. Un procédé qui crée et alimente des milliers de toxicomanes.

— Ces toxicomanes sont-ils au départ des consommateurs d'euphorisants ?

— Certains commencent comme ça et deviennent accros. D'autres prennent des médicaments pour soulager de véritables douleurs. Quand leur médecin ne joue plus le jeu, ils en trouvent un autre plus conciliant. J'enquête sur une filière pour le *Washington Post*. Je sais que la police a certains des pharmaciens et des médecins dans le collimateur à Washington et à Boston.

— Vous voulez dire qu'ils ont des gens comme Steven Harwin pour clients ? demanda Delaney.

— Exactement. Il a probablement été soigné avec des calmants très puissants pendant le traitement de sa leucémie. Ce qui l'a rendu toxicomane.

— Avez-vous des noms de suspects ?

— Quelques-uns. Pas beaucoup, mais assez pour un début. »

Tandis qu'on leur tendait la carte, Jon dit vivement : « À propos de célébrités. Quand Bloomberg était maire de New York, il téléphonait à l'avance pour dire à Jimmy Neary que Diana et lui étaient en route et qu'il pouvait mettre le poulet au four.

— C'est exactement ce que j'ai l'intention de prendre. »

Après avoir choisi, Jon but sa vodka-Martini et Delaney savoura son vin. Lors de leur premier dîner le mois précédent, ils avaient parlé hobbies. Quand Delaney avait confié à Jon son intérêt pour l'équitation, la randonnée et le ski, Jon avait répondu : « Même chose de mon côté pour les deux derniers, mais je n'ai jamais eu l'occasion de monter à cheval. Je montais surtout dans le métro. Mon père et mon grand-père étaient inspecteurs dans la police de New York. »

Ce soir-là, ils se dévoilèrent davantage. Jon avait deux ans de plus qu'elle, ce qu'elle savait déjà, mais il ajouta cette fois : « J'avais un jumeau. Mon frère est mort à la naissance. Je sais que ma mère l'a toujours pleuré. Je revois ses larmes à chacun de mes anniversaires. »

Delaney lui avait dit qu'elle était une enfant adoptée, mais ce fut presque inconsciemment qu'elle confia : « Je me demande si ma mère biologique est triste à chacun de mes anniversaires.

— Je suis sûr que oui. »

Deux heures plus tard, il régla l'addition et la raccompagna jusqu'à son immeuble. Elle se sentait particulièrement détendue, heureuse de donner le bras à Jon. Comme souvent en septembre, la soirée était fraîche.

« La saison du ski va arriver plus tôt que d'habitude, dit Jon avec satisfaction.

— Tant mieux », dit Delaney.

Arrivée devant chez elle, elle l'invita à prendre une dernière tasse de café, mais il refusa d'un signe de

21

Angela Watts, l'aide-soignante, fut le témoin suivant. Elle paraissait tout aussi nerveuse que Carmen Sanchez avant elle. Après avoir exposé ses antécédents et son expérience professionnelle d'aide-soignante à domicile, le procureur l'interrogea sur ses liens avec la famille Grant.

Contrairement à Carmen, elle répondit strictement aux questions.

« Vous étiez l'aide-soignante du Dr Grant ?

— Oui.

— Combien de temps avez-vous travaillé pour lui ?

— Trois ans, deux mois et quatre jours.

— Quels étaient vos horaires quand vous vous occupiez du Dr Grant ?

— Je travaillais six jours par semaine, vingt-quatre heures sur vingt-quatre, j'étais libre le dimanche.

— Qui prenait soin du Dr Grant le dimanche ?

— Mme Grant.

— Étiez-vous dans la maison le soir de la mort du Dr Grant ?

— Oui, un petit dîner avait été organisé pour son anniversaire.

— Qui assistait au dîner ?

— Le Dr et Mme Grant, Alan Grant et deux médecins qui étaient ses associés et leurs épouses.

— Comment était le Dr Grant ce soir-là ?

— Pendant l'apéritif dans le salon, il est soudain devenu très agité, il s'est levé et s'est mis à marmonner et à s'en prendre à tout le monde.

— Que s'est-il passé ensuite ?

— Mme Betsy l'a pris dans ses bras et il s'est calmé sur-le-champ. Quelques minutes après nous sommes passés à table.

— Étiez-vous présente ?

— Oui. Carmen avait préparé et servi le dîner.

— Comment s'est comporté le Dr Grant pendant le dîner ?

— Normalement, au début. Il était silencieux mais bien.

— Et ensuite ?

— Il s'est brusquement levé. Il avait le visage rouge de colère, presque déformé. Il a repoussé sa chaise si fort qu'elle est tombée en arrière. Il s'est jeté en travers de la table et a renversé une grande partie des assiettes et des verres.

— Quelle a été la réaction de Mme Grant ?

— Elle a essayé de le retenir, mais il s'est retourné et l'a giflée violemment. Puis les autres médecins et son fils se sont emparés de lui et ont essayé de le calmer. Il était très énervé et il pleurait. Comme ils s'efforçaient de le consoler, j'ai suggéré de le ramener dans sa chambre et de le mettre au lit.

— Et après ?

— Le Dr Clifton, Alan et moi, nous l'avons conduit dans sa chambre.

— Qu'est-il arrivé alors ?

— Je l'aidais à enfiler son pyjama quand j'ai soudain été prise d'un malaise.

— Comment cela s'est-il manifesté ?

— J'ai eu des nausées et la tête qui tournait. Je me suis sentie très mal.

— Vous dites que c'est arrivé soudainement ?

— Comme un coup de massue.

— Qu'avez-vous fait ?

— Tout le monde m'a dit de rentrer me reposer chez moi, m'assurant qu'on s'occuperait du Dr Grant. Ils m'ont demandé si j'étais en état de conduire. Je leur ai dit que oui et je suis partie. Quand je suis arrivée chez moi, je suis allée me coucher immédiatement. Je me suis endormie presque aussitôt. Je me suis réveillée à l'heure habituelle, six heures du matin. Mon malaise s'était dissipé. Je me sentais en forme.

— Savez-vous si quelqu'un d'autre que Mme Grant a passé la nuit dans la maison ?

— Mme Grant m'a dit que tous les autres invités sont restés environ une heure et qu'ils sont partis quand ils ont été sûrs que le Dr Grant s'était endormi.

— Donc Mme Grant était seule avec son mari, n'est-ce pas ?

— Oui.

— Êtes-vous revenue le lendemain matin ?

— Oui.

— À quelle heure ?

— Huit heures.

— Aviez-vous une clé de la porte d'entrée ?

— Oui, j'en ai une.

— Et vous connaissiez le code à quatre chiffres pour activer et couper le système d'alarme ?

— Oui.

— Quand vous êtes arrivée ce matin-là, la porte d'entrée était-elle fermée à clé ou non ?

— Fermée à clé.

— Dans quelle position était le système d'alarme ?

— Il était branché. J'ai utilisé le code pour le couper.

— Qu'avez-vous fait une fois entrée ?

— J'ai ôté mon manteau et suis allée directement dans la chambre du Dr Grant. J'ai d'abord cru qu'il dormait, mais ensuite, quand je me suis approchée du lit, je me suis aperçue qu'il ne respirait pas. J'ai touché son cou et son visage. Ils étaient très froids. J'ai compris qu'il était mort.

— Qu'avez-vous fait quand vous vous êtes rendu compte qu'il était mort ?

— J'ai composé le 911, puis je me suis précipitée dans la chambre de Mme Grant pour la prévenir.

— Mme Grant était-elle encore au lit ?

— Elle était dans sa salle de bains. Lorsque je l'ai appelée, elle a ouvert la porte. Elle tenait son séchoir à la main. Elle était visiblement en train de se sécher les cheveux. Je lui ai dit que le Dr Grant était mort dans son sommeil.

— Comment a-t-elle réagi ?

— Elle n'a rien dit. Elle m'a juste regardée. Elle a lancé le séchoir sur le lit et s'est précipitée hors de la pièce en me bousculant. Je l'ai suivie dans la chambre du Dr Grant.

— Qu'est-ce qu'elle a fait ?

— Elle a posé ses mains sur son visage et l'a caressé.

— A-t-elle dit quelque chose ?

— Oui, elle a dit : "Que Dieu ait son âme, ses souffrances sont terminées."

— Comment était-elle ?

— Calme, très calme. Elle a dit : "Angela, vous dites que vous avez appelé le 911 ? Alors, je ferais mieux d'aller m'habiller." Elle a quitté la chambre du Dr Grant sans même un regard pour lui. »

À l'entendre, j'ai l'air d'un monstre, pensa Betsy, affolée. J'étais bouleversée. Pendant plusieurs années, j'ai vécu avec cette épée de Damoclès au-dessus de la tête. Je voyais cet homme merveilleux se dégrader peu à peu, mais j'avais décidé de ne pas le placer dans une maison de santé tant qu'il n'était pas dangereux pour lui ou pour les autres. Qu'il meure avant de m'obliger à le faire a été un soulagement.

La gorge de Betsy se serra ; dans ses moments de lucidité, Ted l'avait suppliée de le garder à la maison.

« Et qu'est-il arrivé ensuite ?

— Mme Grant s'est habillée très rapidement. Elle était de retour dans la chambre du Dr Grant au moment où le policier est arrivé. »

Elliot Holmes garda un moment le silence avant de continuer : « Madame Watts, revenons à ce qui s'est passé immédiatement après le dîner. Vous dites que vous, Alan Grant et le Dr Scott Clifton avez aidé le Dr Grant à regagner sa chambre après sa crise au dîner. Avez-vous remarqué un objet particulier à côté de son lit ?

— Oui, il y en avait un.

— Pouvez-vous le décrire, je vous prie ?

— C'était un mortier d'apothicaire offert en témoignage de reconnaissance au Dr Grant par l'hôpital de Hackensack.

— Et le pilon pouvait être retiré du bol du mortier, n'est-ce pas ?

— Oui.

— Madame Watts, vous rappelez-vous si le pilon était sur la table de chevet quand vous avez aidé le Dr Grant à se coucher après le dîner ?

— Oui. Il y était. Il était bien dans le bol.

— Vous en êtes certaine ?

— Oui.

— Madame Watts, je vais maintenant vous poser une question d'un autre ordre. Avez-vous déjà rencontré un certain M. Benson ?

— Non.

— Est-ce un nom qui vous est familier ?

— Tout à fait.

— Savez-vous si Mme Grant voyait souvent ce M. Benson ?

— Oui. Je veux dire qu'elle dînait avec lui de temps en temps et elle m'avait donné le numéro de son téléphone portable si je n'arrivais pas à la joindre elle en cas d'urgence.

136

— Quand vous utilisez les mots "de temps en temps", que voulez-vous dire ?

— Je dirais environ deux fois par mois.

— Quand a-t-elle dîné avec lui pour la dernière fois ?

— La veille du dîner d'anniversaire.

— Mme Grant vous a-t-elle parlé de Peter Benson ?

— Non, sinon pour dire que c'était un ami d'enfance, du lycée. Elle ne s'est jamais étendue sur le sujet. Mais elle semblait heureuse quand elle allait le retrouver.

— Pas d'autres questions », dit le procureur avec un sourire narquois tout en échangeant un regard avec le président du jury.

La salle resta silencieuse tandis que le procureur regagnait son banc. Delaney se demanda comment la défense allait conduire son contre-interrogatoire. Le juge dit : « Maître Maynard, le témoin est à vous. »

« Madame Watts, vous avez indiqué que vous résidiez chez M. et Mme Grant six jours par semaine. Vous avez dit vingt-quatre heures sur vingt-quatre. Est-ce exact ?

— Oui.

— Lorsque Mme Grant sortait pour aller retrouver Peter Benson, à quelle heure quittait-elle la maison habituellement ?

— En général entre seize heures trente et dix-sept heures.

— Et à quelle heure rentrait-elle ?

— Vers vingt-deux heures trente, vingt-trois heures au plus tard.

— Vous rappelez-vous qu'elle soit restée sortie plus longtemps, voire ne soit pas rentrée de la nuit ?

— Eh bien, pour être franche, je m'endormais souvent vers vingt-deux heures. Mais j'ai le sommeil très léger, et en général, je l'entendais rentrer quand la porte du garage se soulevait. Mais je ne peux pas jurer qu'elle ne soit jamais rentrée plus tard.

— Vous a-t-elle déjà prévenue qu'elle ne rentrerait pas à la maison après un de ces dîners ?

— Non, elle est toujours rentrée.

— Et elle dormait toujours dans la petite chambre du rez-de-chaussée, afin d'être près du Dr Grant au cas où il se réveillerait pendant la nuit ?

— Oui. Elle voulait m'aider à prendre soin de lui s'il se levait durant la nuit.

— Madame Watts, vous avez déclaré que vous aviez votre propre clé de la porte d'entrée et que vous connaissiez le code du système d'alarme. C'est exact ?

— Oui.

— À votre connaissance, quelqu'un d'autre a-t-il une clé et connaît-il le code de l'alarme ?

— Mme Grant a sa clé, naturellement. Ainsi que la femme de ménage, Carmen, et elles connaissent toutes les deux la combinaison.

— Cela fait trois clés en tout. Quelqu'un d'autre en a-t-il une ou existait-il des doubles ?

— En fait, il y avait quatre clés quand j'ai commencé à travailler. Le Dr Grant en possédait une.

138

Mais il l'a perdue il y a plusieurs années, ou égarée. Nous ne l'avons jamais retrouvée.

— Madame Watts, la plupart des systèmes d'alarme modernes sont munis d'un dispositif électronique qui enregistre avec précision le moment où l'alarme a été activée, celui où elle a été coupée et quelle clé a été utilisée. La maison Grant en possède-t-elle un ?

— Non, c'est un vieux système. Il ne comporte rien de tout ça.

— Il n'a jamais été question de l'améliorer ou de le remplacer par un nouveau ?

— J'en ai parlé à Mme Grant, mais elle a dit qu'il valait mieux ne rien changer, que c'était plus facile pour le Dr Grant. Lorsque j'ai commencé à m'occuper de lui, il était capable d'ouvrir la porte lui-même et, les bons jours, il pouvait même brancher l'alarme. Mais durant les deux dernières années, il ne pouvait plus le faire.

— Dans un de ses bons jours, avez-vous vu le Dr Grant introduire seul le code de l'alarme ?

— Oui.

— Quand il tapait les quatre chiffres de l'alarme, comment s'y prenait-il ?

— Il les prononçait à voix haute.

— Assez fort pour que vous puissiez les entendre ?

— Oui.

— Vous témoignez donc que durant le temps où vous avez travaillé au domicile des Grant il y a eu quatre clés au total et que le code de l'alarme n'a jamais été changé. Qu'une de ces quatre clés a disparu voilà plusieurs années. Et que le Dr Grant avait l'habitude de prononcer à voix haute les quatre chiffres du code de telle façon que quelqu'un se trouvant à proximité aurait pu l'entendre. C'est exact ?

— Oui. »

Maynard resta un instant silencieux face au jury avant de se retourner vers le juge. « Je n'ai plus de questions, Votre Honneur. »

22

Le père de Steven Harwin convoqua la presse deux jours après la mort de son fils.

« À vingt-trois ans, Steven avait affronté et vaincu la leucémie. Il était sorti diplômé de l'université Bowdoin avec mention très bien et avait fondé le club "Cinq dollars par mois" parce qu'il voulait inciter les jeunes à s'investir dans la lutte contre la leucémie. Obligé de prendre des médicaments contre la douleur au début de sa maladie, il est devenu dépendant, un état qu'il a courageusement combattu mais n'a pas pu surmonter. Les drogues découvertes dans son appartement étaient puissantes. Je trouverai la ou les personnes qui les lui ont vendues et poursuivrai en justice ces ignobles salauds. »

Ému, le réalisateur de quatre films primés aux Oscars ravala un sanglot et se détourna des appareils photo.

Delaney était dans le studio avec Don Brown. Ils regardèrent ensemble la conférence.

« Je ne voudrais pas être le type qui a vendu de la drogue au fils de Lucas Harwin, fit observer Delaney.

— J'aurais la même réaction s'il s'agissait de mon fils, dit Don, véhément. Sean a seize ans, l'âge où les gosses commencent à avoir des problèmes. Ça coûte une fortune de l'envoyer dans un établissement privé, et je sais que rien ne garantit qu'il sera protégé des dealers. L'année dernière ils ont renvoyé un élève de terminale de son ancien lycée parce qu'il vendait de la drogue dans les vestiaires. »

Vince Stacey, le directeur de la régie, commença le décompte. À « un », ils étaient de retour à l'antenne et Delaney commentait le procès pour meurtre de Betsy Grant.

« La déposition d'Angela Watts, l'aide-soignante de feu Edward Grant, n'a pas été favorable à l'accusée aujourd'hui, commença Delaney. En particulier quand elle a déclaré que Betsy Grant avait dîné avec un ancien camarade de classe, Peter Benson, la veille du dîner d'anniversaire. »

Elle fit ensuite un résumé de l'autre partie du témoignage de l'aide-soignante. « L'alarme était branchée lorsque Angela Watts est arrivée à la maison ce matin-là, déclaration favorable à l'accusation. La défense aura du mal à soutenir qu'un intrus est entré dans la maison.

— Comment vous a paru Betsy Grant quand elle a entendu ce témoignage ? demanda Don.

— Elle semblait très calme, rapporta Delaney, mais chacun réagit à sa façon.

— Excellent reportage, Delaney. Merci. » Don se tourna vers la caméra numéro un. « La police de New York est mobilisée pour... »

Chacun réagit-il vraiment à sa façon ? se demanda Delaney tandis qu'une page de publicité interrompait le programme. De toute sa vie elle n'avait jamais été confrontée au chagrin de voir mourir un proche ou un ami. Même quand ses parents adoptifs avaient fêté le soixante-quinzième anniversaire de sa mère, elle avait préféré penser que les gens vivaient de plus en plus vieux et que tous deux avaient encore quinze ou vingt ans devant eux.

Quand l'émission prit fin, elle fit part de ses réflexions à Don.

« Tu as pourtant ta part de chagrin », répondit-il comme s'il s'agissait d'une évidence. « Tu te souviens de ton émotion lorsqu'on a diffusé la séquence des retrouvailles de cette mère avec son fils ? Ça t'a rappelé ta propre situation, ni plus ni moins.

— Tu as sans doute raison, convint Delaney. C'est vrai. »

Un souvenir lui traversa l'esprit. Une histoire diffusée sur les réseaux sociaux six mois auparavant. Une petite fille de deux ans était sortie de sa maison au milieu de la nuit. La mère, paniquée, était apparue à l'écran tôt le lendemain matin, suppliant qu'on l'aide à la chercher. Elle avait été retrouvée saine et sauve à un kilomètre de chez elle, dormant sur le banc d'un parc. Delaney se rappelait la joie de la mère serrant son enfant dans ses bras tout en remerciant avec effusion la femme qui l'avait découverte.

L'espoir qu'Alvirah parviendrait peut-être d'une façon ou d'une autre à provoquer ces retrouvailles qui lui tenaient tellement à cœur la réconforta un peu.

Alvirah avait assisté aux débats au cours desquels l'aide-soignante du Dr Grant avait témoigné. Elle n'eut pas l'occasion de s'entretenir avec Delaney car celle-ci était pressée de regagner le studio.

La température s'était radoucie, et Willy et elle savouraient leur apéritif habituel sur le balcon de leur appartement. Songeuse, elle contemplait le parc, de l'autre côté de la rue.

« Willy, que ressentirais-tu si tu apprenais que tes parents t'avaient acheté ?

— Je suppose que je serais flatté que quelqu'un ait bien voulu payer pour m'avoir.

— Mais comment te sentirais-tu si ta mère biologique, ou plutôt ses parents puisqu'elle était jeune, avaient décidé de te vendre des mois avant ta naissance ?

— Je ne penserais pas beaucoup de bien d'eux, dit Willy d'un ton sévère.

— Moi non plus. C'est ce qui me tracasse. Écoute, suppose que je retrouve la mère biologique de Delaney. Delaney sera-t-elle heureuse de savoir qu'à peine née elle a été vendue comme un vêtement ou un objet quelconque ?

— Difficile à dire. Mais si sa mère n'était qu'une gamine, ses parents ont peut-être pensé qu'elle était trop jeune pour s'occuper d'un bébé.

— Alors pourquoi n'ont-ils pas fait appel à une agence d'adoption normale qui aurait soigneusement passé au crible les parents adoptifs ?

— Chérie, je suis de ton avis. Mais d'un autre côté, les Wright n'avaient-ils pas un certain âge quand ils ont adopté Delaney ? Delaney a vingt-six ans aujourd'hui et sa mère vient de fêter son soixante-quinzième anniversaire. Elle avait donc quarante-neuf ans à l'époque. Je sais que le père de Delaney a un ou deux ans de plus. Ils ont certes assoupli les règles mais je parie qu'il y a vingt-six ans une agence d'adoption classique les aurait éconduits. »

Willy avala une gorgée de son scotch. Sachant qu'il n'en aurait pas un deuxième, il le dégustait lentement.

Alvirah, en revanche, s'accordait parfois un second verre de vin.

La fraîcheur du soir se fit soudain sentir. « J'ai un peu froid, emportons nos verres à l'intérieur », suggéra-t-elle.

Comme toujours, Willy acquiesça. Quand il fut installé dans son confortable fauteuil de cuir, Alvirah prit sa place habituelle sur le canapé, plongée dans ses pensées.

Quelques minutes passèrent. Willy surveillait la pendule. Il ne voulait pas manquer les informations de dix-huit heures, en particulier le reportage de Delaney sur le procès.

Au moment où il s'emparait de la télécommande pour allumer la télévision, Alvirah dit : « Willy, j'ai bien regardé Betsy Grant. C'est une très belle femme mais il y a quelque chose chez elle… » Elle se tut.

« Qu'est-ce qui cloche chez Betsy Grant ? demanda Willy.

— Je ne sais pas, dit Alvirah lentement, mais je trouverai. Je trouve toujours. »

Le Dr Kent Adams fut le témoin suivant appelé à la barre. À soixante-deux ans, avec ses cheveux blancs clairsemés parfaitement coiffés, des yeux couleur noisette derrière des lunettes sans monture, une silhouette mince mise en valeur par un costume gris à fines rayures, il donnait une impression de calme et d'assurance.

Après qu'il eut prêté serment, le procureur commença son interrogatoire. Son attitude était manifestement moins agressive qu'elle ne l'avait été avec Carmen et Angela.

Adams déclara qu'il était chirurgien orthopédique et avait été l'associé du Dr Edward Grant et du Dr Scott Clifton pendant de longues années.

« Docteur, à un moment donné, avez-vous constaté certains changements chez le Dr Grant ?

— Malheureusement oui. Nous les avons tous remarqués.

— En quoi consistaient ces changements ?

— Ted avait été un chirurgien exceptionnel, adulé de ses patients. Toujours attentionné avec eux, toujours respectueux et chaleureux avec le personnel de notre équipe. Mais tout a changé peu à peu. Il a commencé à perdre la mémoire, ensuite il est devenu de plus en plus irritable et impatient avec nous tous. Cette évolution s'est accélérée avec le temps.

— Qu'avez-vous fait ?

— Le Dr Scott Clifton et moi-même sommes allés voir Betsy et nous lui avons exprimé notre inquiétude.

— Quelle a été sa réaction ?

— Elle a été très troublée, mais pas fâchée contre nous. Elle a reconnu qu'il y avait quelque chose d'alarmant dans le comportement de Ted et nous avons tous décidé d'aller lui parler ensemble.

— Vous l'avez fait ?

— Oui. Ç'a été un moment très désagréable.

— En quoi ?

— C'était un drôle de mélange. Je crois que Ted nous en voulait de soulever ce sujet mais qu'en même temps il nous était reconnaissant de lui dire la vérité et de nous inquiéter pour lui.

— Étiez-vous aussi inquiets pour ses patients ?

— Certainement. Le Dr Clifton et moi-même devions envisager ce problème.

— Qu'est-il arrivé ensuite ?

— Ted s'est soumis à contrecœur à une série de tests qui ont confirmé le diagnostic inquiétant d'une maladie d'Alzheimer précoce.

— A-t-il continué à exercer après ce diagnostic ?

— Il a continué pendant un moment à venir régulièrement au cabinet, mais il ne pratiquait plus d'interventions, et il n'était plus responsable d'aucun malade. Au fur et à mesure, sa présence parmi nous s'est considérablement réduite.

— Cela a-t-il affecté le reste du service ?

— Bien sûr. Ted étant de moins en moins en état de travailler, le temps est venu d'une réévaluation. Le Dr Clifton et moi avions des points de vue différents sur la façon de diriger le cabinet. Après moult discussions, j'ai décidé de m'en aller et de créer mon propre service. Certains des patients du Dr Grant m'ont suivi, d'autres sont restés avec le Dr Clifton.

— Depuis quand, approximativement, avez-vous quitté le cabinet ?

— Environ sept ans. J'ai ouvert ma clinique à quinze cents mètres de là, toujours à Fort Lee. Le Dr Clifton est resté sur place.

— Avez-vous continué à voir le Dr Ted Grant et sa femme après ça ?

— Oui. Je leur rendais visite chez eux.

— Savez-vous si le Dr Grant a continué de venir dans votre ancien cabinet où opérait encore le Dr Clifton ?

— Betsy Grant m'a dit qu'elle l'y amenait encore de temps en temps, environ une fois toutes les six semaines. Il aimait bavarder avec le personnel et se retrouver dans son ancien univers.

— Docteur Adams, je vais vous demander à présent de revenir au 21 mars de l'année dernière, la veille du jour où le Dr Grant a été trouvé mort. Où étiez-vous ce soir-là ?

— Eh bien, l'épouse du Dr Grant, Betsy, avait décidé de donner un dîner d'anniversaire en son honneur. Ma femme et moi y étions conviés. »

Les réponses aux questions suivantes confirmèrent les informations données par les témoins précédents, y compris les deux moments où le Dr Grant avait été extrêmement agité. Le Dr Adams rappela qu'il avait cru entendre Ted Grant s'écrier : « Betsy, aide-moi à le trouver ! », pendant l'apéritif.

Interrogé sur la gifle que le Dr Grant avait donnée à Betsy, il répondit que Betsy avait sangloté en disant : « Je n'en peux plus. » Il ajouta qu'en voyant Ted Grant se jeter en travers de la table, il avait eu l'impression qu'il cherchait à s'en prendre à Lisa Clifton.

« Docteur Adams, j'ai encore deux autres questions concernant cette soirée. Où était assise Angela Watts à la table du dîner ?

— C'était une table ronde. Angela Watts était assise à la droite de Ted. Son fils était assis à sa gauche.

— Où était assise Mme Betsy Grant ?

— Entre Angela à sa gauche et moi à sa droite.

— Merci, docteur. Je n'ai pas d'autres questions. »

Je vois où il veut en venir, pensa Delaney. Betsy aurait été en mesure de verser quelque chose dans le verre d'Angela Watts pour provoquer un malaise. Mais si elle avait l'intention de tuer son mari, pourquoi organiser un dîner ce soir-là ? Au fond, le procureur avait peut-être raison. Cette gifle l'avait peut-être poussée à bout.

Ce fut au tour de Robert Maynard de se lever. « Votre Honneur, je serai bref, pour ma part. Docteur Adams, diriez-vous que Betsy mettait tout en œuvre pour que son mari soit heureux ?

— Oui.

— Alors que sa santé commençait à décliner sérieusement, pouvez-vous nous décrire la façon dont elle s'occupait de lui ?

— Elle était toujours pleine de sollicitude envers lui. Le voir dans cet état lui brisait le cœur, en particulier parce que, pendant longtemps, il avait été conscient des progrès de sa maladie. Ted Grant avait été un merveilleux mari et un médecin exceptionnel. Mais il a fini par devenir complètement dépendant d'elle et de son aide-soignante.

— Vous avez témoigné qu'il l'avait agressée pendant le dîner et qu'elle avait dit : "Je n'en peux plus." L'avez-vous jamais entendue le menacer ou lui causer du tort d'une façon ou d'une autre ?

— Jamais.

— Comment avez-vous considéré sa réaction ce soir-là ?

— J'ai été navré pour elle. Elle semblait épuisée. Il l'avait frappée très violemment. Tout le monde en aurait dit autant dans des circonstances pareilles. »

Le procureur Holmes pinça les lèvres tandis que Robert Maynard concluait : « Pas d'autres questions, Votre Honneur. »

Ce fut ensuite le tour du Dr Scott Clifton. Son témoignage fut pratiquement identique à celui du Dr Kent Adams mais son ton et son attitude furent nettement plus réservés et moins empathiques quand il parla de Betsy. Il déclara aussi que son attention était concentrée sur Ted Grant qu'il s'efforçait de calmer et qu'il n'avait pas remarqué le mortier sur la table de chevet. Il ne pouvait pas dire si le pilon était ou non dans le bol.

Lorsque le Dr Clifton eut terminé, le juge déclara l'audience levée jusqu'au mardi suivant.

25

De son côté, Alvirah poursuivait son enquête, déterminée à retrouver la trace de la mère biologique de Delaney. « Étape numéro deux », dit-elle à Willy pendant qu'ils roulaient vers Oyster Bay, sur la côte nord de Long Island. « Je veux avoir une vision exacte de la maison où Delaney a grandi », dit-elle, élevant la voix pour dominer celle du système de navigation.

« Tournez à droite dans cent cinquante mètres. » Willy tâchait de se concentrer sur le volant dans cette région qu'il ne connaissait pas.

Il exécuta le virage et vit que la carte indiquait une ligne droite pendant au moins un kilomètre et demi tandis que l'irritante voix mécanique disait : « À mille cinq cents mètres tournez à droite. »

« C'est un joli coin, dit Alvirah, admirative. Tu te souviens qu'il y a des années on m'a offert un job de femme de ménage à temps plein dans une maison à Oyster Bay, mais c'était trop compliqué d'y aller sans voiture, et tu avais besoin de la nôtre pour tes dépannages.

— Je n'ai pas oublié, dit Willy. À cette époque, jamais je n'aurais imaginé que nous gagnerions un jour à la loterie.

— Moi non plus », soupira Alvirah, se remémorant l'époque où elle était femme de ménage, passait l'aspirateur, faisait la poussière, trimballait des tonnes de draps et de serviettes dans les escaliers jusque dans la buanderie du sous-sol.

Le dernier virage menait à Shady Nook Lane. Une voie sans issue bordée de spacieuses maisons nichées au milieu de terrains d'un demi-hectare ou davantage. Les arbres n'avaient pas encore perdu leurs feuilles et des plates-bandes d'azalées et de chrysanthèmes ornaient les allées. D'élégantes demeures Tudor de brique et stuc succédaient à de véritables manoirs avec leurs galeries en façade.

Willy regardait attentivement les numéros sur les boîtes aux lettres. « Nous y voilà », dit-il en ralentissant et en s'arrêtant devant une longue résidence à un seul étage.

« Elle me rappelle Mount Vernon, la maison de George Washington », dit Alvirah d'un ton admiratif. Puis elle ajouta : « On voit qu'elle n'est pas occupée car il n'y a pas de rideaux aux fenêtres. Mais Delaney m'a expliqué qu'elle vient d'être vendue, j'en déduis que les nouveaux propriétaires vont emménager bientôt.

— En tout cas, Delaney a eu de la veine d'être adoptée par des gens comme les Wright, fit remarquer Willy. Vu les circonstances de son adoption, c'était un pur hasard de tomber sur des parents corrects.

— Sans doute, mais maintenant allons nous entretenir avec la vieille nounou de Delaney. C'est une chance qu'elle vive encore sur l'île. »

Trente minutes plus tard, ils se garaient devant une maison de style ranch à Levittown, une communauté urbaine construite après la Seconde Guerre mondiale pour loger les vétérans.

Bridget O'Keefe, l'ancienne nounou de Delaney, vint leur ouvrir la porte. C'était une femme à l'air vigoureux pour son âge avec de fortes hanches et des cheveux blancs coupés court. Elle les accueillit avec chaleur et les invita à entrer dans son salon où était disposé sur une table basse un plateau chargé de tasses et d'une assiette de biscuits. « Vous prendrez bien une tasse de thé, dit-elle. Installez-vous, je reviens tout de suite. »

Elle disparut dans la cuisine.

« Pas étonnant que Delaney soit très attachée à elle », murmura Willy.

Bridget revint quelques minutes plus tard portant une théière dont le bec laissait échapper un filet de vapeur. « Je n'aime pas tous ces sachets de thé à la mode, déclara-t-elle, et puis, quand vous faites du vrai thé, vous pouvez lire l'avenir dans les feuilles. »

Quand elle eut servi le thé et passé le pot de crème, le sucre et les biscuits, elle aborda le sujet sans détour. « Vous essayez donc de retrouver la trace de la mère biologique de Delaney. » C'était une affirmation et non une question.

« C'est exact, confirma Alvirah. Nous avons eu l'occasion de parler avec une femme qui habite près de l'endroit où vivait la sage-femme autrefois, mais elle ignore où cette dernière se trouve aujourd'hui. » Elle omit délibérément de mentionner que la sage-femme vendait les bébés qu'elle aidait à mettre au monde.

« J'ai commencé à travailler pour les Wright le jour où ils ont ramené Delaney chez eux, dit-elle. Je n'avais jamais vu de bébé aussi ravissant. Les nouveau-nés ne sont pas toujours jolis les premiers jours, mais elle était exquise, avec ses grands yeux marron et sa peau ivoire.

— Vous ont-ils parlé de son origine ?

— C'est une amie de Mme Wright, Victoria Carney, qui s'était occupée de l'adoption. Elle avait dit à Mme Wright que la mère était très jeune et qu'elle était d'origine irlandaise, des deux côtés de la famille.

— Vous n'en avez jamais su davantage sur sa mère biologique ?

— Non. D'ailleurs, je crois que les Wright n'en savaient pas beaucoup plus. Mais quand elle a eu trois ans et appris qu'elle avait été adoptée, Delaney s'est mise à rêver de sa mère.

— Oui, c'est ce qu'elle nous a confié, dit Alvirah. Parlez-nous de l'amie qui a arrangé l'adoption.

— Victoria Carney. C'était une dame très gentille. Quand elle est morte, Delaney avait dix ans. Je sais que les Wright ont été très tristes.

— Delaney nous a aussi parlé d'elle. Elle est restée en contact avec la nièce de Victoria Carney, mais celle-ci ne lui a jamais donné de détails sur sa naissance et s'est débarrassée des papiers de sa tante après sa mort. »

La déception perçait dans le ton d'Alvirah. Elle insista : « Nous sommes au courant de tout ça, et nous savons aussi qu'elle avait des doutes au sujet de la sage-femme. Voyez-vous quelqu'un d'autre qui pourrait avoir des informations sur les origines de Delaney ?

— J'y pensais lorsque vous m'avez téléphoné, dit Bridget. » Elle reposa sa tasse et se dirigea vers le secrétaire, dans un coin de la pièce. Elle sortit une photo d'un tiroir. « J'ai trouvé ça. J'ignorais que je l'avais gardée. Un jour Mme Carney est venue à la maison. Elle m'a demandé de prendre une photo d'elle et de son amie Edith Howell, qui l'accompagnait, avec Delaney. Elle m'a dit qu'elle lui avait tellement vanté la beauté de Delaney que Mlle Howell avait voulu qu'on les photographie toutes les trois.

Bref, j'ai pris les photos avec l'appareil de Mme Carney. Une de Mme Carney tenant Delaney dans ses bras ; et une de Mlle Howell avec elles deux. Elle a eu la gentillesse de m'envoyer un double des deux clichés. Elle avait écrit leurs noms au dos. »

Alvirah saisit vivement les photos. Au dos de l'une était inscrit : « Delaney et moi » et la date ; sur l'autre : « Delaney, Edith Howell et moi ».

L'autre femme était visiblement plus jeune que Victoria Carney.

« Avez-vous une idée de l'endroit où vivait Edith Howell alors ? demanda Alvirah.

— Je sais seulement qu'elle habitait la maison voisine de celle de Mme Carney à Westbury, dit Bridget. J'ai vérifié dans l'annuaire. Si c'est la même Edith Howell, elle vit encore là. »

Alvirah se résigna. La piste était très ténue, mais si Edith Howell était la voisine de Victoria Carney, il restait toujours l'espoir que Victoria ait évoqué devant elle quelques détails sur l'adoption.

Elle remercia Bridget O'Keefe avec effusion puis, au moment de partir, elle ajouta : « Bridget, vous avez souvent l'occasion de parler avec Delaney, n'est-ce pas ?

— Oui.

— S'il vous plaît, ne lui dites rien de la voisine de Victoria Carney. Si elle en entend parler, elle pourrait reprendre espoir et ensuite être déçue s'il n'en sortait rien. »

Bridget promit, puis déclara en riant : « Lorsque nous étions gosses et que nous promettions quelque chose, nous disions : "Croix de bois, croix de fer, si je mens je vais en enfer." »

Quand ils regagnèrent la voiture, Willy dit : « Chérie, pourquoi ne pas appeler cette femme maintenant et lui demander si nous pouvons lui rendre visite tout de suite ?

— J'y ai réfléchi, dit Alvirah. Mais je pense que ce n'est pas une bonne idée. Tu as entendu ce qu'a dit Bridget, que mon appel avait ravivé ses souvenirs. Si je dois téléphoner à Edith Howell, je veux lui donner le temps de raviver les siens après lui avoir expliqué l'objet de mon appel.

— Ça se tient », approuva Willy tout en remarquant que la circulation vers l'ouest était soudain devenue plus dense.

158

Se résignant à la perspective d'un long trajet, il alluma la radio pour apprendre qu'un accident s'était produit sur le Long Island Expressway dans leur direction et qu'il fallait s'attendre à des embouteillages monstres.

26

Après avoir décidé au téléphone qu'ils avaient tous deux un faible pour la cuisine du nord de l'Italie, Jon et Delaney se retrouvèrent au Primola. C'était seulement leur troisième rendez-vous mais Delaney était consciente de l'attirance qu'elle éprouvait pour lui. Elle se sentait bien en sa présence.

Elle lui demanda où en était son enquête.

« J'ai rendu visite à Lucas Harwin, dit-il. Je lui ai dit que je menais une enquête pour le *Washington Post* sur des réseaux à Washington, New York et dans le New Jersey que nous soupçonnions de vendre des ordonnances à des gens de la haute société. Il m'a assuré qu'il garderait l'information confidentielle.

— Comment était-il quand vous lui avez parlé ?

— Son visage était l'image même du chagrin. Sa femme était présente. Des deux, elle semblait la moins abattue, bien que cela ne signifie pas grand-chose. Steven était leur fils unique. Elle m'a confié qu'elle avait rêvé d'avoir un jour des petits-enfants et que ce rêve était brisé. Pour elle l'overdose n'a pas seulement tué Steven, mais aussi sa descendance.

— Lucas Harwin a-t-il une idée de la façon dont son fils a pu se procurer ces drogues ?

— Comme il l'a dit dans sa déclaration, ce n'est pas le genre de drogues que vous achetez au coin de la rue. Il avait presque certainement une ordonnance, mais toutes les pilules qu'on a retrouvées dans son appartement étaient contenues dans de banals flacons. Ce qui signifie que la pharmacie qui les lui procurait était assez prudente pour ôter les étiquettes. La police épluche le téléphone portable de Steven pour y rechercher la trace d'appels à un médecin ou à un pharmacien. L'interview de Harwin sera mon premier article dans le *Washington Post* et sortira demain. Il traitera de la vie de Steven et du choc provoqué par sa perte sur sa famille et ses proches, mais sans aborder notre enquête.

— Et ensuite ? »

Jon baissa la voix : « J'ai l'intention de faire un tour dans deux de ces boîtes fréquentées par quelques célébrités plus ou moins populaires.

— Des célébrités qui ont la réputation de se droguer ?

— Exactement. Les rumeurs vont bon train chez les utilisateurs friqués. Certains d'entre eux ne vous seraient pas inconnus, mais pas le genre à se déplacer avec des gardes du corps. Je vais essayer d'en approcher aimablement un ou deux et de voir ce que ça donnera. »

Tandis que le serveur débarrassait leurs assiettes, Jon changea de sujet : « J'ai pu regarder votre reportage sur le procès de Betsy Grant à la télévision. Vous avez fait preuve d'impartialité, bien sûr, mais maintenant dites-moi le fond de votre pensée. »

Delaney resta silencieuse pendant un moment puis le regarda franchement. « Il m'a semblé voir un cercueil se refermer sur elle. Le témoignage était dévastateur. Chaque mot prononcé était un clou. Sa réaction après que Ted Grant l'a giflée. L'aide-soignante qui tombe soudain malade. Le système d'alarme qui est branché. Et ensuite le Pr Peter Benson, son petit ami. Elle avait dîné avec lui la veille du dîner d'anniversaire.

— Y a-t-il une possibilité que ce soit lui qui ait commis le crime ?

— Aucune. Il a un alibi : il était à Chicago au moment du meurtre. Il avait une réunion avec des professeurs qu'il recrutait pour plusieurs postes à Franklin.

— D'après ce que vous me dites, tout ça n'est pas très favorable à Betsy Grant.

— En effet. Mais si vous la voyiez, Jon, elle est vraiment ravissante. On ne lui donnerait jamais quarante-trois ans. Elle est très mince et, assise à côté de cette célébrité du barreau qui la défend, elle a l'air tellement… » Delaney s'interrompit. « Quel est le mot qui convient ? Oui… Tellement vulnérable. J'ai eu le cœur serré pour elle.

— J'ai lu qu'elle a été professeur d'histoire dans un lycée du New Jersey.

— Pascack Valley. J'ai téléphoné à la directrice. Jeanne Cohen. Elle m'a dit, sans ambages, que Betsy Grant était une enseignante merveilleuse, que les

162

élèves l'adoraient, et qu'elle était appréciée par les autres professeurs et par les parents. Elle a ajouté que Betsy avait pris un congé pour s'occuper de son mari environ deux ans avant sa mort. Elle a été catégorique : Betsy Grant n'aurait jamais tué qui que ce soit, surtout son mari qu'elle aimait tendrement. Tous, au lycée, en auraient mis leur main à couper.

— Catégorique comme avis, en effet, fit remarquer Jon.

— Vous savez, Jon, je crois que Robert Maynard ne se donne pas à fond pour la défendre. Par exemple, si elle a tué son mari, et je dis bien "si", pourquoi ce coup porté à l'arrière de sa tête ? D'après tous les rapports, le Dr Grant avait reçu un calmant puissant après sa crise au dîner. Faisons une supposition : elle va dans sa chambre, l'aide à s'asseoir dans son lit, le frappe violemment par-derrière et ensuite retourne se coucher. Ça n'a aucun sens.

— Delaney, c'est vous qui devriez être l'avocate de Betsy.

— Si seulement c'était possible. Il y a un petit problème cependant. Je n'ai aucun diplôme de droit. Mais je crois que je ferais du meilleur travail. »

Ils sourirent, puis Jon murmura : « Je vous ai parlé de "coup de foudre" la dernière fois, vous vous souvenez ?

— Une figure de style, j'en suis sûre. En tout cas, c'est une belle formule.

— Pas vraiment, mais c'était sans doute un peu prématuré. »

Delaney rit. « De mieux en mieux. » Pendant un bref instant les images des hommes avec lesquels elle était sortie depuis l'université défilèrent dans son esprit. Deux d'entre eux lui avaient plu, mais pas suffisamment pour s'engager dans une relation sérieuse.

« Ce n'est pas une formule, reprit Jon, mais nous en resterons là. »

Ils se regardèrent un long moment en silence. Puis Jon effleura la main que Delaney avait tendue vers lui sans s'en rendre compte.

27

Alan Grant faisait souvent la tournée des boîtes de SoHo avec son copain Mike Carroll. Ils avaient grandi ensemble à Ridgewood et avaient beaucoup en commun. Mike était lui aussi divorcé, ce qui l'avait « libéré de ses chaînes », ainsi qu'il le faisait volontiers remarquer.

Comme Alan, il habitait l'ouest de Manhattan, près du Lincoln Center. Mais, contrairement à lui, il était associé dans une firme d'ingénierie et, bien que subvenant aux besoins de son ex-femme et de leurs deux enfants, il était en mesure de vivre confortablement.

Le teint fleuri, un peu empâté pour ses trente-sept ans, il avait un vrai sens de l'humour et un sourire chaleureux qui séduisaient les femmes qu'il abordait dans les bars. Il en plaisantait avec Alan : « Tu as la classe ; j'ai l'air sexy. C'est ça qui compte. »

Mais ils avaient beau être amis, Mike avait été stupéfait en lisant dans le *Post* qu'Alan avait empoché cent cinquante mille dollars trois mois plus tôt. Lorsqu'ils se retrouvèrent, il sortit sans attendre une feuille pliée en deux de son portefeuille. « C'est l'heure des comptes, mon vieux », fit-il, gaiement mais d'un ton ferme.

Alan écarquilla les yeux en voyant le total des prêts et des intérêts, soixante mille dollars. « Je ne savais pas que ça se montait à tant, s'étonna-t-il.

— Et pourtant si, affirma Mike. N'oublie pas que tu as eu la tête sous l'eau pendant des années. Je t'ai aidé à t'en sortir. Et tu as promis de me rembourser dès que tu serais en possession d'une partie de la fortune de ton père. »

L'euphorie qui avait gagné Alan quand il avait touché le chèque de la succession se volatilisa. Pourquoi fallait-il que l'information soit sortie dans la presse au moment du procès ? Après avoir lu l'article du *Post*, la mère de Justin l'avait aussitôt appelé en réclamant les arriérés de sa pension alimentaire. Son ex-femme, Carly, avait téléphoné le même jour. Elle aussi avait lu le journal.

Dès qu'il était entré en possession de l'argent, il avait réglé à Carly les arriérés de cinquante mille dollars, mais il ne lui avait rien versé au cours des trois derniers mois. Il avait payé à la mère de Justin huit mille dollars d'arriérés. De plus, il était en retard pour son prêt bancaire et pour les charges de son appartement, et il avait des montagnes de factures qui traînaient. En comptant ses dépenses personnelles des trois derniers mois et la somme qu'il devait rembourser maintenant à Mike, il lui resterait à peine dix mille dollars pour vivre. Et, le procès terminé, il ne savait pas combien de temps il lui faudrait attendre

166

avant de pouvoir empocher le reste de son argent ; des semaines, des mois ?

Il faut que je trouve davantage de commandes, se dit-il en glissant à Mike un chèque de soixante mille dollars. Les magazines ne se bousculaient pas pour l'engager. Dans le milieu, il avait la réputation d'être très doué mais peu fiable.

« J'ai l'impression que ta belle-mère ne s'en sortira pas », dit Mike en faisant signe au barman de lui resservir la même chose. « J'ai lu dans le journal qu'elle avait un petit ami. Ça ne va pas l'aider. Tu étais au courant ?

— Non, absolument pas, s'emporta Alan. En réalité, elle jouait toujours le rôle de la femme douce et aimante avec papa. Puis la voilà qui prend du bon temps et qui a probablement une liaison avec ce type. J'ai été estomaqué en l'apprenant. »

Mais il se sentit rasséréné. Mike était un malin et si c'était comme ça qu'il interprétait la situation, c'était formidable. Quand ils auront déclaré Betsy coupable, j'aurai tout, se réjouit-il, jusqu'au dernier centime.

Le barman déposait un deuxième verre devant Mike. Soudain regonflé à bloc, Alan repoussa la pensée qu'il était quasiment fauché. « Ne m'oubliez pas », dit-il au barman en désignant son verre vide.

Trois heures plus tard, d'un pas mal assuré, il rentra chez lui. Sur son téléphone, le témoin clignotait. « Appelez-moi d'urgence demain matin », disait le bref message.

Il dormit d'un sommeil agité. Le lendemain à huit heures, il téléphona.

À la fin de la conversation, il enfouit sa tête dans ses mains et éclata en sanglots.

Delaney voyait l'anxiété marquer chaque jour davantage le visage de Betsy Grant. Livide, elle entrait dignement dans la salle du tribunal, marchant comme un automate. Elle portait toujours la même tenue discrète, une veste et une jupe bleu foncé ou gris foncé. Avec un simple rang de perles, des boucles d'oreilles en perles, et sa large alliance en or.

Elle semblait amaigrie, et Delaney fut frappée par l'impression de fragilité qu'elle dégageait. Malgré tout, elle était assise très droite sur son siège, et ne se départait pas de son calme, sauf quand les témoignages faisaient allusion au coup qui avait tué son mari. Delaney la voyait alors fermer les yeux comme si elle s'efforçait d'effacer cette image de son esprit.

L'assistance était tous les jours aussi nombreuse et Delaney commença à identifier certaines des personnes venues soutenir Betsy, des parents de l'école où elle avait enseigné et des amis. Pendant la suspension d'audience, à l'heure du déjeuner, elle en interviewa quelques-uns et ils déclarèrent tous avec la même ferveur qu'il était inconcevable que Betsy Grant puisse être une meurtrière.

Elle savait qu'elle devrait s'en tenir aux faits, quand elle présenterait le journal de dix-huit heures, et se garder d'exprimer l'opinion dont elle ne pouvait se défaire, le sentiment grandissant que, en dépit de tous les indices, Betsy Grant était innocente.

« Ce que j'ai remarqué », dit-elle à Don Brown lorsqu'ils eurent quitté l'antenne, « c'est que Betsy semble n'avoir aucun soutien familial. J'ai découvert qu'elle était enfant unique, que sa mère est morte il y a une vingtaine d'années, et que son père s'est remarié et vit en Floride. Tu ne crois pas qu'il devrait être là en ce moment, aux côtés de sa fille ? »

Don répondit sans hésitation : « Bien sûr qu'il devrait être là. » Il s'interrompit. « À moins, naturellement, qu'il soit trop âgé ou malade pour faire le voyage. »

Delaney tourna son ordinateur vers Don.

« Regarde, c'est sorti hier sur Facebook. Voilà le père de Betsy, Martin Ryan, avec ses petits-fils à un match de football de leur école à Naples. »

La photo montrait un vigoureux septuagénaire arborant un large sourire, les bras passés autour des épaules de deux adolescents. Le post, sous la photo, disait : « Je suis tellement fier de mes petits-fils ! Tous les deux membres d'une équipe toujours gagnante. Je suis le plus heureux des grands-pères ! »

Don Brown se tourna vers Delaney, incrédule. « Sa fille est jugée pour le meurtre de son mari, et cet abruti chante les louanges de ses petits-fils ?

— Ses petits-fils par alliance, le corrigea Delaney. Et sa fille, la chair de sa chair, sa seule enfant, n'a pas un seul parent pour la soutenir. »

Elle se tut pendant que Don relisait le post de Facebook avec une incrédulité grandissante, puis elle dit : « Don, j'ai l'impression que cet éloignement entre Betsy Grant et son père n'est pas étranger à l'affaire. Je vais faire quelques investigations pendant mon temps libre. »

29

Vêtu avec une élégance décontractée, Jon Cruise faisait le tour des boîtes branchées de SoHo. Son allure séduisante, sa coûteuse Rolex bien en vue à son poignet et de généreux pourboires dispensés aux aimables – ou moins aimables – portiers lui assuraient l'entrée dans les clubs les plus fermés, même ceux où on lui annonçait : « Il n'y a aucune table disponible, mais vous êtes le bienvenu au bar, monsieur. »

Au bout d'une semaine, il commença à repérer les habitudes des célébrités les plus en vue, ainsi que celles des clients ordinaires, dont beaucoup lui parurent sous l'emprise de la drogue. Après quelques questions discrètes, il lui fut conseillé tout aussi discrètement de rencontrer dans les toilettes quelqu'un qui serait à même de lui procurer ce qu'il désirait.

Avec l'argent avancé par le *Washington Post*, Jon effectua deux transactions. Une analyse effectuée par un laboratoire privé montra que le produit qu'il avait acheté était dilué, et non de haute qualité comme on le lui avait assuré.

Dix jours après avoir interviewé Lucas Harwin et sa femme, Jon fut surpris de recevoir un appel du secrétariat de cette légende du cinéma le priant de passer à son bureau le plus rapidement possible.

« Je suis en train de réaliser un documentaire », expliqua Harwin. « Les délais sont très serrés, ce qui est une bonne chose en soi. Je dois me rendre sur le tournage dans le Massachusetts pendant le week-end, mais avant je voudrais vous parler de certaines pistes qui pourraient conduire au dealer de Steven. » Jon le comprenait. Le meilleur moyen de combattre le chagrin, c'était de s'occuper.

Quand il arriva dans les bureaux de la production, il s'étonna de les trouver relativement petits et meublés simplement. Mais il se souvint que le quartier général de Harwin Enterprises se trouvait à Hollywood.

La réceptionniste l'accueillit avec le sourire : « M. Harwin vous attend. Vous pouvez entrer. »

Lucas Harwin était en tenue décontractée, chemise à col ouvert et pull à manches longues. Son bureau était celui d'un producteur toujours sur la brèche, jonché de scénarios recouverts de Post-it.

Des photos sur papier glacé de visages familiers ornaient les murs. Jon se demanda s'ils apparaissaient dans le documentaire.

Des rides profondes marquaient le visage de Harwin et la tristesse se lisait dans son regard, mais c'est avec une vigoureuse poignée de main qu'il accueillit Jon. Il saisit une pile de papiers sur le coin de son bureau et la poussa vers le journaliste. « J'ai fouillé dans les affaires de Steven, expliqua-t-il. J'espérais y trouver quelque chose, un indice, n'importe quoi ayant un lien avec son fournisseur.

— Et alors ? demanda vivement Jon.

— Je ne sais pas. Peut-être cela ne mènera-t-il à rien, mais voici les relevés des trois derniers mois de son abonnement au péage de l'autoroute. Ainsi que celui du mois où il a failli mourir d'une overdose, il y a un an et demi. Examinez-les et voyez si quelque chose vous frappe. »

Jon éplucha soigneusement la facture qui correspondait au dernier mois de la vie de Steven Harwin puis relut celle concernant le mois antérieur à son overdose précédente.

Il comprit alors ce qui avait fait tiquer Lucas. Au cours des trois semaines avant sa mort, la carte de Steven indiquait deux passages dans le New Jersey. La facture précédant sa première rechute montrait qu'il avait franchi le pont George-Washington trois fois en moins de trois semaines.

Jon leva les yeux, perplexe : « Il se rendait dans le New Jersey ?

— Oui. Bien sûr, Steven avait des amis là-bas, mais pourquoi y serait-il allé si souvent dans une aussi courte période ?

— Vous pensez que son dealer pourrait résider dans le New Jersey ?

— Oui, j'en suis convaincu.

— La police vous a-t-elle dit si elle avait des enregistrements de ses appels téléphoniques ?

— Oui. Ils m'ont dit qu'ils avaient obtenu une ordonnance du tribunal et avaient analysé ses appels de la dernière année et qu'aucun médecin ou pharmacien n'y apparaissait. Mais ils ont fait remarquer qu'il pouvait avoir utilisé un téléphone à carte prépayée, anonyme donc. Soyons réalistes, dit Harwin avec lassitude, le dealer vendait de la drogue illégalement et Steven l'achetait illégalement. Il ne voulait laisser aucune trace.

— D'autres indications qui mènent au New Jersey ?

— Oui. » Lucas Harwin ouvrit le tiroir supérieur de son bureau. « Ce relevé de sa carte Visa vient d'arriver et il peut limiter le champ de nos recherches. Steven a déjeuné au Garden State Diner à Fort Lee il y a seulement une semaine. »

En tendant le document à Jon, Harwin ajouta : « Steven utilisait sa carte de crédit pour tous ses achats, même pour un café dans un Starbucks. Il disait en plaisantant que c'était un moyen d'accumuler des miles supplémentaires pour ses voyages en avion. »

Tandis que Jon étudiait la facture en détail, Harwin fouilla à nouveau dans le tiroir et en sortit deux relevés bancaires, l'un du mois de la première rechute de son fils et le second couvrant les dernières semaines. « Jon, regardez ça et dites-moi ce qui vous frappe. »

Jon parcourut des yeux les transactions et revint au premier relevé sur lequel apparaissaient deux retraits de six cents dollars chacun. Ils étaient datés de la veille et du jour même où il s'était rendu à Fort Lee, un jour avant sa première rechute. Le deuxième relevé montrait un retrait de treize cents dollars juste avant sa dernière visite à Fort Lee, trois jours avant sa mort.

Harwin se fit véhément. Il suffoquait de colère.

« Mon fils n'avait aucune raison de se rendre à deux reprises à Fort Lee dans le New Jersey, et encore moins d'avoir une telle somme en poche, sinon pour voir son dealer.

— La piste semble mener à Fort Lee, reconnut Jon. Mais je crains que ça ne nous aide pas beaucoup. Fort Lee est plein de grands et luxueux immeubles. Avec vue sur l'Hudson. Il y a aussi beaucoup de maisons individuelles et d'entreprises.

— Il y a autre chose qui pourrait nous aider. Steven assistait très régulièrement aux réunions des Narcotiques anonymes. Son conseiller m'a téléphoné hier. À sa première rechute, il l'avait averti que ces drogues étaient dangereuses en toutes circonstances, mais qu'en plus, s'il les achetait à un dealer dans la rue, il ne pouvait savoir ce qu'elles contenaient. »

Lucas serrait les lèvres comme pour retenir un flot d'invectives. « Steven lui avait dit qu'il n'avait pas à s'inquiéter. Son fournisseur était un médecin.

— C'est courant, malheureusement, dit froidement Jon. Nous découvrons souvent que le fournisseur est un médecin.

— Est-ce qu'il leur arrive de se rappeler qu'ils ont prêté le serment d'Hippocrate ? s'indigna Lucas.

— Monsieur Harwin, dit Jon, le service d'investigation du *Washington Post* est le meilleur qui existe. Vous soupçonnez un médecin de Fort Lee d'avoir fourni des stupéfiants à votre fils, je vais les informer. Nous allons consulter la liste des médecins que nous suspectons d'être complices de ce trafic, en particulier ceux qui exercent près du Garden State Diner.

176

Nous aurons peut-être la chance de trouver certaines connexions. »

Comme Jon s'apprêtait à partir, Lucas lui tendit la main : « Jon, je le répète, je ne veux pas que le misérable salopard qui a tué mon fils fasse d'autres victimes. »

30

Dès qu'ils furent rentrés chez eux, Alvirah téléphona à Edith Howell, la voisine de Victoria Carney.

« Oh, elle se sentait tellement coupable des circonstances de cette adoption, dit-elle aussitôt à
Alvirah. Elle disait que même toute petite, Delaney
posait des questions sur sa mère biologique. Victoria
regrettait d'avoir arrangé cette adoption en secret. Si
les Wright avaient pu adopter Delaney par l'intermédiaire d'une agence de bonne réputation, elle aurait eu
la possibilité de retrouver la trace de sa mère. Je sais
que Victoria est retournée à Philadelphie peu avant
sa mort dans l'espoir d'obtenir quelques indications.

— Il y a combien de temps ? demanda vivement
Alvirah.

— Très peu de temps après que la maison dans
laquelle Delaney est née a été démolie pour faire
place à la fabrique de carrelage. Victoria a été terriblement déçue. Elle m'a dit qu'elle avait sonné à la
porte des maisons qui avaient échappé à la démolition
pour savoir ce qu'était devenue la sage-femme. Une
ancienne voisine se souvenait du jour de la naissance
de Delaney, un 16 mars. Un détail lui avait échappé,

mais ce n'était pas très important. Victoria ne m'a jamais dit de quoi il s'agissait exactement.

— Elle a vraiment parlé à une voisine ? s'exclama Alvirah.

— Oui, elle a sonné à plusieurs portes dans la rue, mais les gens n'étaient pas chez eux, sauf cette femme, qui habitait une maison de style Cape Cod. Ça ne va pas beaucoup vous aider. »

Alvirah remercia chaleureusement Edith Howell. « Si cette personne habite toujours là, cela pourrait nous fournir une piste », dit-elle avec espoir.

Deux jours après avoir parlé avec Edith Howell, Alvirah et Willy entrèrent l'adresse d'Oak Street dans le GPS. « Nous y revoilà », s'exclama gaiement Alvirah quand ils virent le panneau BIENVENUE À PHILA- DELPHIE.

« Oui, et j'espère que cette fois nous obtiendrons un peu plus d'informations, dit Willy.

— Je m'en veux de m'être contentée de ma conversation avec Jane Mulligan », dit Alvirah.

Willy n'osa pas lui dire qu'il le regrettait autant qu'elle. Bien qu'il eût toujours eu une préférence pour les Yankees, il avait été transporté d'enthousiasme quand les Mets s'étaient retrouvés au coude à coude avec les Philadelphia Phillies pour le titre de champions de la division. Il aurait pu demander à Alvirah d'attendre quelques jours pour faire ce voyage, mais il sentait qu'elle brûlait de suivre cette nouvelle piste.

Le temps était couvert, une petite bruine tombait par intermittence. Quand ils s'engagèrent dans Oak Street, la rue leur parut aussi lugubre que dans leur souvenir.

Ils se garèrent devant l'entreprise de carrelage et, comme la première fois, Alvirah suggéra à Willy de l'attendre dans la voiture. « Cette personne, si elle habite toujours là, pourrait s'inquiéter en nous voyant tous les deux sur le seuil de sa porte. »

Willy ne fit aucune objection cette fois-ci et il alluma la radio.

Alvirah descendit de la voiture et regarda autour d'elle. Elle dépassa la maison de Jane Mulligan et aperçut un peu plus loin une maison de style Cape Cod, avec une lucarne. Elle lui rappela celles où elle faisait le ménage autrefois. Une nouvelle couche de peinture n'aurait pas été du luxe, mais la pelouse était tondue, et les plantes sous les fenêtres de la façade bien soignées.

Bon, espérons que celui ou celle qui habite ici ne va pas me claquer la porte au nez, se dit Alvirah en appuyant sur la sonnette. Mais, un moment plus tard, un homme âgé, portant un t-shirt des Philadelphia Phillies, entrouvrit la porte.

Alvirah parla la première. « Je suis Alvirah Meehan et je suis chargée par une jeune femme qui est née tout près d'ici de retrouver la trace de sa mère biologique. Je suis aussi journaliste. »

Par l'entrebâillement, elle vit une femme s'approcher. Elle avait visiblement entendu Alvirah. « Joe, tout va bien. C'est cette dame qui est venue interviewer Jane Mulligan la semaine dernière. Jane m'en a parlé. »

Joe ne parut pas ravi de se voir dicter sa conduite. « Bon, très bien, entrez », dit-il à regret.

Comme Alvirah pénétrait dans la maison, elle entendit le reportage du match de baseball dans le salon. Le volume de la télévision était très fort et elle en conclut que Joe était dur d'oreille. « Vous regardiez le match, dit-elle. Je ne veux pas vous déranger.

— Je m'appelle Diana Gibson », dit la femme, aussi aimable que son mari était désagréable. « Venez dans la cuisine, nous y serons mieux pour discuter. »

Alvirah ne se fit pas prier et la suivit dans une cuisine petite mais très bien tenue.

« Asseyez-vous, asseyez-vous, l'invita la femme. Ne vous occcupez pas de mon mari, c'est un fan de baseball.

— Le mien aussi, dit Alvirah, et avec les Mets arrivés au match de barrage, il est au septième ciel. »

Dire que Willy écoutait la retransmission du match à la radio au lieu d'être chez lui, confortablement installé dans son fauteuil, une bière à la main ! Chassant ce regret, elle alla droit au but : « Je sais que votre voisine, Mme Mulligan, déplore que l'on ait construit un entrepôt à côté de chez elle. Et vous, qu'en pensez-vous ?

— Ça ne me gêne pas. Grâce à ça nos impôts ont diminué, et c'est plutôt appréciable. Sam, le propriétaire de l'entreprise, est très gentil. En hiver, quand il neige, il envoie sa déneigeuse dégager notre allée.

— Mme Mulligan vous a-t-elle dit que je l'avais interrogée au sujet de Cora Banks, la propriétaire de la maison qu'on a démolie pour construire l'usine ?

— Oui. Son départ n'a pas été une perte pour le quartier. Jane vous a sûrement dit qu'elle était sage-femme et qu'il y avait souvent des voitures qui stationnaient devant chez elle. Des filles enceintes arrivaient et, quelques heures plus tard, des gens partaient, un bébé dans les bras. J'ai cru que Cora dirigeait une agence d'adoption privée, mais quand la police est arrivée avec un mandat d'arrêt, j'ai compris qu'elle vendait des enfants. C'est monstrueux !

— Absolument monstrueux, dit Alvirah. Un véritable service d'adoption se renseignerait sur les parents adoptifs et les sélectionnerait avec soin. Cora les vendait sans doute au plus offrant. Vous souvenez-vous de Victoria Carney, une dame qui est venue ici il y a longtemps et qui cherchait des informations sur un enfant qui avait été adopté ici ?

— Oui. Je m'en souviens parce que cette dame m'a dit que le bébé était né le 16 mars, dix ans plus tôt. Or, le 16 mars est le jour de notre anniversaire de mariage. Et il y a seize ans, quand cette dame est venue, c'était notre trentième anniversaire. C'est pour ça que c'est si précis dans mon souvenir. Je lui ai raconté que le jour de la naissance du bébé j'étais en train de promener mon chien quand j'ai vu un couple arriver avec une jeune fille en larmes, très jolie. Ils la tenaient chacun par un bras et l'ont fait entrer dans la maison de Cora. Elle était visiblement sur le point

182

d'accoucher. Ils avaient une vieille Ford noire avec des plaques du New Jersey.

— Par miracle, vous souvenez-vous du numéro d'immatriculation ?

— Grands dieux non ! Je suis désolée. »

Alvirah était découragée. Pas étonnant que Victoria ait dit à Edith Howell qu'elle n'avait recueilli aucune information digne de ce nom, pensa-t-elle en se levant pour partir.

Après avoir remercié Mme Gibson, elle se dirigea vers la voiture où l'attendait Willy. Au moment où elle passait devant l'entrepôt, le propriétaire, Sam, apparut sur le seuil de la porte.

« Ah, je suis content de vous voir, dit-il. Après votre départ, j'ai pensé à quelque chose. J'ai une copie des papiers de la vente de la maison de Cora Banks et je me suis rappelé qu'ils mentionnaient le nom du notaire. Je l'ai noté, au cas où vous reviendriez. Attendez. »

Il alla à son comptoir, prit dans un tiroir une feuille de papier pliée en deux et la lui tendit.

Alvirah se retint de la lui arracher des mains. Le nom inscrit sur le papier était : Leslie Fallowfield.

« Leslie Fallowfield ! s'exclama-t-elle. Ils ne doivent pas être nombreux à porter ce nom dans la région.

— C'est ce que j'ai pensé quand je l'ai rencontré, confirma Sam.

— Sam, savez-vous s'il est d'ici ?

— Je suis à peu près sûr que oui. Il n'avait rien d'impressionnant. Petit, maigrichon, chauve.

— À peu près quel âge ? »

Mon Dieu, pria-t-elle, faites qu'il soit encore en vie aujourd'hui.

« Oh, je dirais la cinquantaine. C'était peut-être le petit ami de Cora parce qu'il a parlé de la retrouver à leur endroit habituel pour prendre un verre. »

Alvirah aurait volontiers embrassé Sam. Elle se contenta de lui serrer chaleureusement la main. « Merci, merci Sam. Je ne sais comment vous remercier. »

Dans la voiture, Willy l'interrogea : « Alors ? »

— Willy, si ce que je viens d'apprendre aboutit à quelque chose, nous allons carreler tout l'appartement, du sol au plafond ! »

31

« Votre Honneur, l'État appelle Peter Benson », dit le procureur Holmes.

La porte du fond s'ouvrit et tout le monde se retourna. Peter Benson était un très bel homme. Grand, environ un mètre quatre-vingts, des cheveux châtains à peine grisonnants, il s'avança vers le juge, leva la main droite et jura de dire la vérité, toute la vérité. Il s'installa sur le banc des témoins et le procureur s'approcha de lui.

Les jurés accordèrent une attention spéciale à l'interrogatoire de ce témoin très attendu.

Elliot Holmes s'était souvent trouvé face à de tels témoins par le passé. Il était parfois nécessaire de citer à comparaître un proche de l'accusé, par définition hostile à l'accusation. Il n'avait pas le choix, c'était le seul moyen d'obtenir certaines informations.

Holmes savait aussi qu'il devait se montrer prudent parce que ces témoins pouvaient saisir la moindre occasion de donner une réponse susceptible de démolir son argumentation. Et Peter Benson, docteur en philosophie, était un homme très intelligent et cultivé.

On apprit d'abord que Benson était président du département des lettres de l'université Franklin, à Philadelphie. Sa femme avait perdu la vie dans un accident de voiture presque cinq ans auparavant. Elle était alors professeur assistant à la même université. Ils avaient été mariés treize ans et n'avaient pas d'enfants.

« Monsieur, depuis combien de temps connaissez-vous l'accusée, Betsy Grant ?

— Nous avons tous les deux grandi à Hawthorne, New Jersey, et nous avons fréquenté le même lycée. Nous avons eu notre baccalauréat en même temps, il y a vingt-six ans.

— Pendant vos années de lycée, est-ce que vous étiez proches ?

— Je la voyais très souvent. En réalité, nous sommes sortis ensemble au cours de l'avant-dernière et de la dernière année.

— Après l'obtention de votre diplôme, avez-vous continué à la voir ?

— Pas tellement. Elle avait sauté une classe en primaire, et je me souviens que ses parents la trouvaient trop jeune, à seulement dix-sept ans, pour partir à l'université. Ils ont estimé préférable de l'envoyer pendant un an à Milwaukee travailler dans le magasin de vêtements d'une de ses tantes avant de l'autoriser à entrer à l'université. Au milieu de l'été, elle est donc partie à Milwaukee.

— Et pendant les deux années qui ont suivi, l'avez-vous revue ?

— Non. Je suis allé à l'université de Boston et la société qui employait mon père s'est délocalisée en Caroline du Nord. C'est là que j'allais passer mes vacances. Nous avons plus ou moins perdu le contact.

— À quelle occasion vous êtes-vous retrouvés ?

— Nous nous sommes rencontrés tout à fait par hasard au Metropolitan Museum of Arts à Manhattan. C'était il y a trois ans et demi. Je l'ai croisée, nous nous sommes regardés, et aussitôt reconnus.

— Cette rencontre a-t-elle ravivé votre amitié ?

— Si par ravivé vous voulez dire que nous sommes devenus à nouveau amis, oui, certainement.

— Vous a-t-elle dit qu'elle était mariée ?

— Oui, elle m'a appris que son mari était atteint de la maladie d'Alzheimer et, naturellement, je lui ai dit que ma femme était morte dans un accident de voiture.

— Vous vivez à Philadelphie aujourd'hui, n'est-ce pas ?

— En effet.

— Et elle a toujours vécu à Alpine, n'est-ce pas ?

— Oui.

— Combien de temps faut-il pour aller de Philadelphie à Alpine ?

— Je n'en sais rien. Je n'ai jamais fait le trajet en voiture. »

Holmes marqua un silence puis continua : « Combien de fois avez-vous vu Betsy Grant durant les trois ans et demi écoulés ?

— Environ une à deux fois par mois jusqu'à la disparition du Dr Grant.

187

— Et où vous rencontriez-vous ?

— Nous dînions dans un restaurant de Manhattan.

— Et jamais dans le New Jersey ?

— Non, jamais.

— Pourquoi ?

— Sans raison particulière. Nous préférions Manhattan, c'est tout.

— Vous y alliez directement en voiture ?

— Oui. »

Holmes prit un ton railleur : « Ainsi vous n'avez jamais dîné dans le New Jersey, près de chez elle ?

— Je vous l'ai dit, nous dînions à New York.

— Et à New York, on peut dire que, l'un comme l'autre, vous aviez beaucoup moins de chances de rencontrer quelqu'un de votre connaissance ? »

Peter Benson hésita, puis répondit calmement : « On peut le dire ainsi. » Il ajouta : « Mais ce n'était un secret pour personne que nous dînions ensemble. Mme Grant donnait toujours le numéro de mon portable à l'aide-soignante au cas où l'état du Dr Grant se serait rapidement aggravé.

— Durant cette période, l'aide-soignante vous a-t-elle appelé ?

— Non, jamais.

— Maintenant, monsieur Benson, vous venez d'indiquer que vous aviez cessé de voir Betsy Grant après la mort de son mari. Quand avez-vous vu l'accusée pour la dernière fois ?

— Jusqu'à ce que j'entre dans ce tribunal aujourd'hui, je ne l'avais pas vue depuis le soir du 20 mars de l'année dernière.

— Et le Dr Grant a été découvert mort le matin du 22 mars ?

— C'est ce que j'ai appris.

— Monsieur Benson, aviez-vous une liaison avec Betsy Grant ?

— Non.

— Étiez-vous amoureux d'elle ?

— Je la respectais pour son dévouement à son mari.

— Ce n'est pas la question que j'ai posée. Monsieur Benson, étiez-vous amoureux de Betsy Grant ? »

Le regard de Peter Benson se porta au-delà du procureur, vers Betsy Grant, quand il répondit : « Oui, j'aimais et j'aime Betsy Grant, mais j'affirme avec force qu'elle était entièrement dévouée à son mari.

— Vous dites donc que vous ne l'avez pas revue depuis la mort de son mari ?

— Oui, je l'affirme.

— Pour quelle raison ne l'avez-vous pas revue ?

— Mme Grant m'a téléphoné le 22 mars pour m'informer de la mort de son mari. Elle m'a rappelé le lendemain et m'a dit que le directeur des pompes funèbres avait trouvé une blessure suspecte à l'arrière de la tête du Dr Grant et que la police la soupçonnait d'en être l'auteur.

— Quelle a été votre réaction ?

— J'ai été stupéfait d'apprendre que la police enquêtait sur elle. J'étais convaincu qu'elle n'avait rien à voir avec la mort du Dr Grant. »

Holmes se figea. « Votre Honneur, je demande que ce dernier commentaire soit rayé du procès-verbal car il ne répond pas à la question posée. »

Le juge Roth hocha la tête et se tourna vers le jury : « Mesdames et messieurs, vous ne tiendrez pas compte de ce commentaire. C'est entendu ? »

Tous les jurés firent un signe d'assentiment et redirigèrent leur attention sur le procureur qui reprit :

« Mme Grant vous a-t-elle dit autre chose ?

— Oui, qu'elle ne voulait pas que je sois impliqué dans ce terrible scénario. Elle m'a dit que nous ne pourrions pas nous voir, ni même nous parler, jusqu'à ce que tout soit fini. Elle ne savait pas combien de temps cela durerait. J'ai lu deux semaines plus tard qu'elle avait été arrêtée.

— Et vous soutenez que vous n'avez pas communiqué avec elle depuis lors ?

— Exactement.

— Monsieur Benson, je vous repose la question. Avant la mort du Dr Grant, avez-vous eu une liaison avec Betsy Grant ?

— Non. Je vous l'ai déjà dit, absolument pas. »

Peter Benson regarda à nouveau Betsy et continua : « Quand nous avons commencé à nous revoir, j'étais encore plongé dans le deuil de ma femme. Avec le temps, j'ai compris que j'éprouvais pour elle des sentiments profonds. Je pense que la maladie tragique de son mari et la mort de ma femme ont créé un lien particulier entre nous. Et, pour répondre précisément à votre question, oui, j'aimais et j'aime Betsy Grant, mais je répète qu'elle était entièrement dévouée à son mari.

— Lui avez-vous proposé de l'épouser depuis l'assassinat de son mari ?

— Je vous l'ai dit, nous n'avons eu aucun échange.

— Avez-vous parlé de mariage à un moment quelconque au cours de votre relation ?

— Non, jamais. » Peter Benson se déplaça sur son siège et son visage devint rouge de colère. « Monsieur Holmes, Betsy Grant aimait profondément son mari et a pris soin de lui quand sa maladie l'a rendu invalide. Elle est absolument incapable de faire du mal à qui que ce soit. Quand elle sera délivrée de cette horrible et fausse accusation, oui, alors oui, je lui demanderai de m'épouser. »

Elliot Holmes envisagea momentanément de demander au juge de rayer ces commentaires du procès-verbal, mais il comprit que c'était trop tard, les jurés avaient tous entendu cette déclaration. Il aborderait ce sujet plus tard, dans son réquisitoire.

« Pas d'autres questions, Votre Honneur. »

Le juge se tourna vers Robert Maynard. « Maître, vous pouvez procéder à votre contre-interrogatoire. »

À la surprise générale, Maynard répondit : « Je n'ai pas de questions, Votre Honneur. »

Alors que Peter Benson quittait son banc dans le silence le plus complet, on n'entendit plus que les sanglots étouffés de Betsy Grant.

32

Le jour où Peter Benson fut appelé à témoigner, trois personnes qui soutenaient fidèlement Betsy étaient dans la salle. À l'issue de l'audience, elles voulurent l'inviter à dîner, mais elle refusa fermement. « Vous êtes toutes très gentilles, leur dit-elle, mais je suis complètement épuisée. Je vais aller me coucher. »

Une fois encore, la foule des médias l'assaillit quand elle se dirigea vers sa voiture avec ses avocats. En quittant le banc des témoins, Peter n'avait pas échangé un seul regard avec elle. Elle savait pourtant qu'il redoutait que son témoignage ait pu lui être préjudiciable.

Elle le revoyait dire au procureur qu'il l'aimait et lui demanderait de l'épouser comme s'il avait été tout près d'elle. Et s'ils me posent la même question quand je serai à la barre, je répondrai la même chose, pensa-t-elle, parce que c'est la vérité. C'était la vérité depuis qu'elle l'avait revu au musée. Elle savait que Peter allait l'appeler ce soir. Elle ne l'avait ni revu ni entendu depuis dix-huit mois, mais ils avaient désespérément besoin l'un de l'autre. Dès l'instant où elle avait compris qu'elle était soupçonnée du meurtre de Ted et avait engagé Robert Maynard, ce dernier lui avait conseillé d'éviter tout contact avec Peter jusqu'à la fin du procès.

Sans raison, elle repensa à la brève période où elle avait vécu à New York. Elle avait un peu plus de vingt ans alors, elle travaillait dans les relations publiques et louait un appartement dans le West Side. Mais j'ai vite compris que je n'étais pas faite pour ça, se souvint-elle, et je me suis mise à travailler le soir pour passer ma maîtrise. Puis j'ai été engagée comme professeur à Pascack Valley et je suis retournée dans le New Jersey.

Et j'ai rencontré Ted.

Elle ferma les yeux pendant le reste du trajet, s'efforçant de ne pas penser à ce qui arriverait si elle était déclarée coupable.

Bien qu'elle lui ait dit de ne pas se préoccuper du dîner, Carmen l'attendait à la maison.

« Madame Betsy, je ne peux pas vous laisser sans manger. Et ce matin vous m'avez dit que vous n'accepteriez aucune invitation à dîner.

— C'est vrai », dit Betsy, humant l'odeur de poulet qui s'échappait du four.

Carmen avait préparé une tourte au poulet, un de ses plats favoris. Elle monta se changer, enfila un pantalon et une chemise à manches longues. Inconsciemment, elle parcourut la chambre du regard, à la recherche d'un endroit où Ted aurait pu mettre son bracelet d'émeraudes et de diamants. Mais c'était sans espoir. Carmen et elle avaient fouillé non seulement cette pièce, mais la maison tout entière pour le trouver. On aurait peut-être dû faire une déclaration de perte auprès de l'assurance, se dit-elle.

Quand elle descendit, Carmen lui avait déjà versé un verre de vin. Elle le but lentement en regardant la fin du bulletin d'informations de dix-sept heures. Il n'y avait qu'une brève allusion au procès. Mais ensuite, pendant le dîner, elle regarda le JT de dix-huit heures, présenté par Delaney Wright.

Betsy avait remarqué Delaney dans la salle du tribunal et s'était rendu compte qu'elle n'avait pas cessé de l'examiner. Cela n'avait rien d'étonnant naturellement puisque son job était de relater le déroulement du procès. À l'antenne, Delaney Wright rapporta que Peter Benson, le président du département des lettres de l'université de Franklin, avait témoigné sous serment qu'il était amoureux de Betsy Grant et qu'il lui demanderait de l'épouser. Elle termina son reportage en disant que le procureur ressemblait au chat qui a avalé le canari quand il avait entendu cette déclaration.

Puis, quand l'animateur demanda à Delaney ce qu'elle pensait du déroulement du procès, elle répondit : « Don, je ne pense pas que la journée ait été favorable à Betsy Grant. J'ai été très surprise d'entendre l'avocat de la défense déclarer qu'il n'avait pas de questions. J'imagine qu'il ne voulait pas s'appesantir sur le fait qu'elle sortait avec un homme qui était amoureux d'elle. Il était pourtant évident que le jury s'attendait à ce qu'il questionne Peter Benson pour essayer d'atténuer la gravité de son témoignage. »

194

Betsy prit la télécommande et éteignit la télévision. Carmen avait dû regarder l'émission dans la cuisine, car elle remporta la tourte à peine entamée sans l'inciter à manger davantage.

Elle avait presque terminé son café quand le téléphone sonna. C'était son père qui appelait de Floride. « Comment ça va chez toi, Bets ? »

Il savait qu'elle détestait ce surnom, mais il l'oubliait toujours, ou prétendait l'oublier. Son père ne se donnait pas la peine de se souvenir de ce qu'elle aimait ou non.

« Bonjour, papa, comment ça va ?

— Oh, ça va bien. Pas mal pour un type qui est à la retraite depuis dix ans. »

Betsy comprit que c'était une manière de lui rappeler qu'il avait eu soixante-quinze ans le dimanche précédent.

« Oh, bon anniversaire… avec retard, dit-elle à contrecœur.

— Merci. J'ai lu la presse sur le procès. Crois-le ou non mais c'est dans tous les journaux de la région. Je suis content qu'ils ne t'aient pas questionnée sur ta famille. À moins qu'ils ne l'aient déjà fait ?

— J'ai dit que ma mère était morte et que mon père était âgé et vivait en Floride. Ils ne m'ont rien demandé de plus.

— Pour te dire la vérité, je préfère ça. Je n'en ai pas parlé du tout et je n'ai pas envie qu'on pose des questions à mes petits-enfants à ce sujet. »

Les petits-enfants ! Betsy eut une furieuse envie de lui raccrocher au nez. Elle se contenta de dire :

« Papa, je regrette, mais j'attends un appel de mon avocat.

— Oh, je raccroche tout de suite. Sois courageuse, Bets. Tout ira bien. »

Betsy s'efforça de refouler la colère qu'elle avait toujours éprouvée envers son père. Il s'était remarié vingt ans auparavant, quelques mois à peine après la mort de sa mère, puis avait pris une retraite anticipée, vendu la maison et était parti s'installer en Floride avec sa nouvelle femme. Elle avait souhaité vivre près de ses enfants. Aujourd'hui, il avait tiré un trait sur le passé et faisait comme si ni la mère ni le mari de Betsy n'avaient jamais existé.

Ni moi, pensa Betsy. Surtout pas moi.

Si je vois encore une de ses photos sur Facebook où il sourit d'un air béat à côté de ses petits-enfants, je crois que je vais devenir folle. « Alors, dit une voix en son for intérieur, pourquoi consultes-tu leurs posts sur Facebook ? »

Carmen vint lui dire bonsoir. « Essayez de dormir cette nuit, madame Betsy. »

La chambre était devenue son sanctuaire. Elle fit le tour de la maison pour éteindre les lampes que Carmen avait laissées allumées. Le salon, l'entrée, le bureau, la bibliothèque, qui était redevenue ce qu'elle était avant qu'elle l'ait transformée en chambre pour Ted. Avant d'éteindre la lumière, elle contempla les étagères avec leurs rangées d'ouvrages médicaux. Combien de fois Ted les avait-il entièrement vidées quand il se réveillait au milieu de la nuit et qu'Angela ne l'entendait pas ? De la même manière qu'il ouvrait les tiroirs dans toute la maison chaque fois qu'il en avait l'occasion.

Pour la énième fois, Betsy se demanda si Ted cherchait quelque chose, ou s'il s'agissait de crises dues à sa maladie, dénuées de sens.

Peter téléphona à neuf heures. Elle était déjà couchée, essayant de se concentrer sur le livre qu'elle lisait. Quand elle entendit sa voix, l'impassibilité qui la protégeait de ses émotions se brisa, et elle ne put que sangloter : « Oh Peter, comment ce cauchemar va-t-il finir ? Comment peut-il finir ? »

33

Jon avait prévenu Delaney qu'il l'attendrait sur le trottoir quand elle quitterait le studio à dix-huit heures quarante-cinq.

Quand elle sortit, il était en train d'observer la circulation sur Columbus Circle. Elle resta un moment à le regarder. Ses cheveux noirs étaient impeccablement coupés, comme peu d'hommes de son âge. Les mains enfoncées dans les poches de son blouson, il paraissait décontracté, à l'aise dans ses baskets, en paix avec lui-même et avec le monde.

Elle s'approcha et lui tapota l'épaule. « Vous êtes libre, monsieur ? »

Pivotant sur lui-même, il l'attira vivement contre lui et l'embrassa sur les lèvres.

« Je crains que non. J'attends quelqu'un, une fille adorable, jeune, belle et intelligente. Il n'y en a pas deux comme elle. Navré ! » Ils partirent d'un éclat de rire et il poursuivit : « J'ai une idée, une idée excellente, comme d'habitude. Il fait un temps idéal pour dîner dehors et je viens de passer devant l'ancien restaurant préféré de Mickey Mantle sur Central Park South. Ils ont des tables à l'extérieur.

— Formidable, on pourra regarder les gens passer. »

Tandis qu'ils traversaient Columbus Circle, il demanda : « Comment s'est déroulé le procès aujourd'hui ?

— Pas très bien pour Betsy Grant, à mon avis. Le type avec qui elle sortait depuis un certain temps a été appelé à la barre par le procureur qui l'a poussé à reconnaître qu'il était amoureux d'elle et avait l'intention de l'épouser. »

Jon siffla. « Ce n'est pas très bon !

— Non. Et comme je l'ai dit à l'antenne, je m'étonne que l'avocat de la défense ne lui ait posé aucune question. Sans doute n'a-t-il pas voulu rappeler que Peter Benson avait été son petit ami par le passé, mais j'ai bien vu que les jurés étaient restés sur leur faim. Depuis le début, je dis que Robert Maynard ne vaut pas ses honoraires faramineux. »

Ils marchèrent en silence le long de Central Park South jusqu'au restaurant que Jon avait choisi.

Quand ils furent attablés devant un verre de vin, le tutoiement lui vint naturellement : « Écoute Jon, dit-elle, je suis journaliste, censée être objective, mais je suis intimement convaincue que Betsy Grant est innocente. Franchement, je n'arrive pas à l'imaginer en train d'assassiner quelqu'un, encore moins son mari qu'elle traitait avec tendresse, d'après tout le monde.

— Delaney, j'aimerais te croire et dire avec toi que ça n'a pas de sens, mais les tribunaux ont toujours vu défiler des gens qui n'auraient jamais songé à commettre un jour un acte de violence, même en rêve, et qui, poussés à bout, ont disjoncté.

— Je sais, reconnut Delaney, mais si l'on en croit les photos, Ted Grant était grand et costaud, pas gros, mais grand, oui. Betsy aurait-elle eu la force de le redresser dans son lit pendant son sommeil et de le frapper à un endroit précis, de façon à lui fracturer le crâne sans écoulement de sang ?

— Sait-on si elle a des connaissances médicales ?

— La question n'a pas été soulevée, mais d'après mes informations, sa bibliothèque est remplie de livres de médecine », reconnut Delaney.

Jon n'alla pas plus loin. « Laisse les choses suivre leur cours, Delaney », dit-il.

Delaney comprit qu'il ne servait à rien de faire des spéculations. Pourtant, elle ne pouvait chasser de son esprit l'image du visage tourmenté de Betsy Grant pendant qu'elle écoutait le directeur du funérarium décrire le coup qui avait tué son mari.

Elle se força à sourire. « Jon, raconte-moi, où en est ton enquête ?

— Elle avance. Mais regardons le menu d'abord. Je n'ai avalé qu'un bretzel dans la rue en guise de déjeuner, je meurs de faim.

— Et moi, un sandwich au fromage à la cafétéria du tribunal. Le sandwich était correct, mais j'étais tellement occupée à écouter en douce ce que disaient les gens autour de moi que je n'en ai pas mangé la moitié.

— Que disaient-ils ?

200

— À peu près la même chose que la semaine dernière. "On peut comprendre pourquoi elle l'a fait, mais d'un autre côté, comment peut-on en être réduit à fracasser le crâne d'un pauvre homme ? Personne ne doit sortir impuni d'un tel acte, quelles qu'aient été les circonstances." » Delaney soupira. « Bon, maintenant, jetons un coup d'œil à la carte. »

Tous deux choisirent le saumon accompagné d'une salade.

« Un de mes petits copains détestait le saumon, dit Delaney. Il disait que c'était un poisson trop gras et probablement plein de mercure.

— Une de mes copines se nourrissait exclusivement de salades. Un soir, elle m'a fait un véritable sermon, m'expliquant pourquoi je ne devais pas manger de viande rouge. Uniquement pour la contrarier, j'ai commandé un hamburger. »

Ils sourirent. Jon tendit le bras à travers la table et prit la main de Delaney. « Jusqu'ici nous semblons être d'accord sur un tas de sujets très importants.

— Comme le menu ! »

Le serveur prit leur commande et Jon dit : « Tu me parlais de mon enquête. J'ai eu une veine inouïe avec Lucas Harwin, le producteur dont le fils est mort d'overdose la semaine dernière. Je l'ai rencontré et il m'a donné les relevés des passages de Steven au péage du pont George-Washington, qui indiquaient deux trajets en direction du New Jersey au cours des trois semaines précédant sa mort, et trois dans les trois semaines qui avaient précédé sa rechute. Plus deux débits de sa carte de crédit dans le même restaurant à Fort Lee, New Jersey, et à la même époque de gros retraits à sa banque, juste avant ces déplacements dans le New Jersey. D'après Harwin, Steven aurait dit à son conseiller que c'était un médecin qui lui procurait sa drogue.

— Que comptes-tu faire de tout ça ?

— J'ai fait établir une liste des médecins de Fort Lee en ciblant ceux qui exercent à proximité du restaurant.

— Il y a des noms intéressants ?

— Oui – et ça reste entre nous. Notamment les anciens associés du Dr Grant, le Dr Kent Adams et le Dr Scott Clifton. Ils sont tous deux à un jet de pierre du restaurant. »

Stupéfaite, Delaney ne prêta pas attention au serveur qui déposait leurs assiettes devant eux. « Que vas-tu faire ?

— Continuer l'enquête, bien sûr. Vérifier les antécédents des médecins des environs. Voir si je peux découvrir si certains d'entre eux ont prescrit un nombre anormalement élevé de médicaments opiacés.

— Jon, nous sommes tous les deux enquêteurs, bien que de manière différente. Est-ce un hasard si Clifton et Adams sont sur cette liste ?

— Il arrive que la réalité dépasse la fiction. » Jon sourit. « Mange ton saumon. Ne le laisse pas refroidir comme ton croque-monsieur. »

34

Alvirah n'eut aucun mal à localiser Leslie Fallowfield grâce à Internet. Avocat rayé du barreau, il avait
écopé de dix mois de prison pour avoir fait du commerce de nouveau-nés. Son adresse la plus récente
était poste restante à Rowayton, Connecticut.

« Nous touchons au but, Willy, dit Alvirah d'un
ton triomphant quand il dénicha l'information. C'est
sûrement lui. Lui, l'avocat véreux qui a participé à
l'abominable trafic de Cora Banks.

— C'est sûr et certain. Ils sont de la même
engeance, tous les deux, renchérit Willy. Mais on va
avoir du mal à trouver ce type s'il n'a qu'une adresse
poste restante. Pour autant qu'on le sache, il peut être
inscrit là-bas et vivre en Californie.

— Une seule chose à la fois, dit Alvirah, visiblement confiante. Si nous avons eu de la veine avec
Sam, l'autre jour, à Philadelphie, nous pouvons avoir
la chance de trouver la trace de ce type. Nous partons
demain pour le Connecticut. »

Cette fois, Willy accepta sans rechigner. Les Mets
et les Phillies avaient le même nombre de points et se
dirigeaient vers une fin de saison que conclurait une

série de trois matchs. Le lendemain était jour de repos pour eux. Sinon, il aurait carrément refusé de partir.

Le temps de septembre continuait à être variable, un jour chaud comme la veille, aujourd'hui frisquet. Mais comme le disait Alvirah : « Dieu n'a pas créé quatre saisons pour rien, alors ne nous plaignons pas qu'il fasse trop chaud en août et que la température chute ensuite. »

En route, Alvirah resta silencieuse pendant presque une demi-heure, ce qui ne lui ressemblait pas.

« Chérie, qu'est-ce qui te tracasse ?

— Quoi ? Oh rien, tout va bien. C'est juste que je réfléchissais. Nous savons que les parents adoptifs de Delaney ont dû verser une somme d'argent pour l'avoir, peut-être une somme importante. Mettons que nous ayons la chance de retrouver Cora par l'intermédiaire de ce Leslie Fallowfield, tu crois qu'elle se sera donné la peine de conserver la trace des gens qui vendaient des enfants et de ceux qui les achetaient ? Apparemment, ce trafic a duré des années. Ses anciens voisins à Philadelphie disent qu'on voyait très souvent des jeunes femmes enceintes entrer dans cette maison. Delaney a vingt-six ans. Même si nous retrouvons Cora, elle peut très bien nous dire qu'elle a toujours ignoré comment s'appelaient les parents adoptifs et ceux de la fille, qu'ils s'étaient présentés sous des noms d'emprunt banals, comme Smith et Jones. Dans ce cas, nous serons dans une impasse.

— Alvirah, chérie, ce n'est pas ton genre d'avoir peur d'échouer.

— Bon, je garde quand même un brin d'optimisme, mais ça me préoccupe. » Alvirah soupira, puis regarda le paysage alentour. Ils venaient de quitter la route 95 Nord à la sortie n° 13. « Oh, Willy, on dit toujours que le Connecticut est le plus beau des États d'Amérique, non ? Nous n'en voyons qu'une petite partie quand nous allons à Cape Cod en voiture, mais souviens-toi de l'époque où ma cliente du jeudi, Mme Daniels, a déménagé à Darien quand son mari a eu sa nouvelle situation. Je suis allée l'aider à s'installer pendant quelques jours. J'ai eu l'occasion d'apprécier la région alors.

— Oui, bien sûr. »

Willy chercha à retrouver l'épisode évoqué par Alvirah dans ses souvenirs. Pendant ce temps-là, il avait passé son temps à réparer la plomberie de la maison de retraite que dirigeait sa sœur religieuse, Pauline.

Il se souvenait aussi que c'était l'une des rares occasions dans leur vie de couple où Alvirah et lui avaient été séparés pendant quelques jours et qu'il avait détesté ça. Il le lui rappela.

« C'est vrai, dit-elle. Et malgré tout le travail que j'avais accompli, Mme Daniels ne m'avait payé que le minimum, pas un cent de plus pour les lourdes charges que je m'étais coltinées pour elle. Tu sais que je ne suis pas comme ça, mais j'ai pris un malin plaisir à l'appeler en premier pour lui annoncer que nous avions gagné quarante millions de dollars à la loterie.

— Je m'en souviens.

— J'ai eu l'impression de l'entendre grincer des dents quand elle a dit : "Oh, c'est tellement merveilleux !" Cela m'a fait du bien. Tiens, voilà le panneau pour Rowayton. »

Dix minutes plus tard, ils étaient au bureau de poste et s'adressaient à l'un des employés, un dénommé George Spahn. De petite taille, le cheveu rare, l'homme avait visiblement un problème de respiration qui le forçait à s'éclaircir constamment la gorge.

« Bien sûr, leur répondit-il, on connaît la plupart des gens qui ont une boîte postale. En général, ils viennent une fois par semaine retirer leur courrier. Les autres, ceux qui voyagent beaucoup, ont une boîte pour éviter que les lettres s'empilent devant leur porte, indiquant à d'éventuels malfaiteurs que la maison est vide.

— C'est très sensé de leur part, dit Alvirah d'un ton encourageant. Et maintenant, que pouvez-vous nous apprendre sur Leslie Fallowfield ?

— Ce n'est pas le genre de nom qu'on oublie, dit l'employé avec un sourire. Je le connais, naturellement. Un homme très tranquille, très agréable. Il vient une fois par semaine, même jour, même heure, réglé comme une horloge. »

Alvirah prit un air détaché. « Oh, il vit donc dans le coin ? »

George Spahn parut soudain inquiet. « Dites, pourquoi vous me posez toutes ces questions sur M. Fallowfield ?

— Parce qu'une de mes amies essaie de retrouver sa mère biologique. M. Fallowfield est l'avocat

206

qui s'est occupé de l'adoption. C'est le dernier espoir de cette femme d'obtenir l'information dont elle a besoin. »

Spahn scruta le visage d'Alvirah et parut rassuré. « C'est une chose que je peux comprendre. Mais il serait préférable que je le prévienne et que je prenne contact avec vous ensuite. »

Alvirah se rembrunit. Il va refuser de nous rencontrer, pensa-t-elle.

Willy intervint. « Ma femme est très fatiguée après ce long trajet en voiture. Si nous rencontrons M. Fallowfield, de deux choses l'une. Soit il sera capable de nous indiquer le nom de la mère, soit il ne le pourra pas. Que ressentiriez-vous si vous aviez été adopté et que vous éprouviez le besoin de connaître vos racines ? Vous êtes-vous déjà intéressé à votre arbre généalogique ?

— J'ai déjà consulté généalogie.com, annonça fièrement Spahn. Mon arrière-arrière-grand-père était un combattant de la guerre de Sécession.

— Alors vous comprendrez sûrement pourquoi une jeune femme de vingt-six ans a le désir de savoir qui sont ses parents. »

Il y eut un long silence. Puis Spahn les regarda longuement, avant de détourner les yeux. « Écoutez, M. Fallowfield passe tous les mercredis à une heure de l'après-midi précise. Vous pourriez être là. Je l'accueillerais d'un sonore : "Bon après-midi, monsieur Fallowfield", et vous enchaîneriez. Mais laissez-moi en dehors de ça.

— C'est très bien de votre part, dit Alvirah, enthousiaste. Willy, n'est-ce pas merveilleux ?

— Absolument merveilleux », acquiesça Willy. Avant de se rendre compte, le cœur serré, que le match des Mets débuterait exactement à cette heure-là.

35

En dépit des pauvres efforts de Scott pour se comporter en mari attentionné et aimant, Lisa savait qu'il était vain d'espérer sauver leur mariage. Ou simulacre de mariage, se reprit-elle.

Elle en connaissait les raisons, ou du moins certaines. La mort de Ted Grant l'avait terriblement affecté. La pensée que Betsy Grant ait pu porter un coup mortel à un homme sans défense semblait l'avoir touché au plus profond de lui-même. Il rêvait souvent de Ted, murmurant son nom dans son sommeil.

Il se réveillait de plus en plus fréquemment à la suite de ces cauchemars et descendait au salon, soi-disant pour regarder la télévision.

Lisa n'ignorait pas que les problèmes financiers s'accumulaient. Non seulement Ted avait été anéanti par la maladie d'Alzheimer, mais, quelques années avant qu'elle épouse Scott, Kent et lui avaient mis fin à leur association. D'après ce qu'elle avait compris, c'était Adams qui en avait pris la décision et la majorité des patients l'avaient suivi dans son nouveau cabinet.

Et puis il avait ses trois enfants, tous à l'université. Les jumeaux étaient en dernière année à celle du Michigan et la fille en troisième année à Amherst.

Les frais de scolarité avaient représenté une lourde charge, mais ils en voyaient la fin. À l'époque où Scott lui faisait la cour, il paraissait très à l'aise.

Il y avait un autre facteur évident. En dépit de ses protestations, elle était convaincue que Scott avait une liaison. Trop souvent, après le dîner, il partait sous prétexte d'avoir un patient à visiter.

Un soir, elle avait voulu le joindre à la clinique et on lui avait répondu que le Dr Clifton n'avait pas de patient hospitalisé en ce moment.

Lisa avait quitté un poste intéressant aux laboratoires J & J Pharmaceuticals quand elle s'était mariée. Ces derniers temps, elle y pensait beaucoup, consciente de devoir songer à son avenir. Un soir, elle résolut d'appeler son ancienne chef de service, Susan Smith. Elle alla droit au but : « Susan, auriez-vous du travail pour moi en ce moment ?

— Vous tombez bien, j'ai quelque chose pour vous. Mais comme ce que j'ai à vous proposer implique beaucoup de déplacements en semaine, je ne sais pas si…

— Ce n'est pas un problème.

— Comment Scott va-t-il réagir ?

— Les réactions de Scott importent peu. Notre mariage est une erreur, inutile de se voiler la face. J'ai contacté un avocat pour faire une demande de divorce.

— Je suis désolée. Vous sembliez si heureuse.

210

— Sembliez, oui c'est le mot. Il est apparu, très vite, que Scott avait eu pour moi un coup de cœur complètement éphémère. »

Suivit un long silence, puis Susan dit : « Vous paraissez décidée, j'ai une suggestion à vous faire. Qu'est-ce qui vous appartient dans la maison ?

— En dehors de mes bijoux, pas mal de choses. Des tableaux que mon grand-père collectionnait et qui ont pris de la valeur. Ma grand-mère et lui étaient des passionnés d'antiquités. J'ai deux tapis persans, des cartons entiers de porcelaine et d'argenterie, un secrétaire du dix-septième siècle, des tables, des lampes et plusieurs chaises Shaker que j'ai moi-même achetées.

« Scott s'était arrangé financièrement avec sa première femme pour qu'elle quitte la maison et elle a laissé la plupart de ses meubles. Depuis trois ans, j'ai l'impression de vivre dans les affaires de quelqu'un d'autre. Il m'a dit qu'il allait acheter une nouvelle maison et mettre celle-ci en vente, mais il n'en a rien fait. Je n'ai pas envie de laisser mes objets personnels se mêler aux vestiges de la première Mme Clifton.

— Dans ce cas, je vais vous donner un conseil. Ne soufflez pas un mot de vos projets à Scott, enlevez ce qui vous appartient et mettez tout au garde-meuble. Souvenez-vous de l'adage : "La possession vaut titre de propriété." Cette maison est à son nom. Vous risquez de rentrer chez vous un jour et de trouver les serrures changées. Récupérer alors ce qui vous appartient ne sera pas une partie de plaisir.

211

— Vous avez raison. Dans les jours qui viennent, j'envisage même de chercher un appartement près de Morristown. »

Quand elle raccrocha, Lisa se sentit déprimée et triste. Elle avait espéré que son mariage avec Scott serait un « long fleuve tranquille ». Il s'était montré si impatient, si désireux de l'épouser. Ces sentiments s'étaient volatilisés en moins d'une année.

Mais elle n'y était pour rien. Au contraire, elle s'était désolée de voir ses activités de médecin péricliter, s'était accommodée de ses nuits sans sommeil et avait supporté avec patience qu'il la rabaisse constamment en public.

Mon estime de moi est proche de zéro en ce moment, pensa-t-elle. J'ai trente-sept ans, je suis sur le point de divorcer. Le comportement de Scott avait miné les sentiments qu'elle avait éprouvés pour lui, et peut-être y avait-il déjà une troisième Mme Scott sur les rangs.

Bonne chance à elle, se dit Lisa en se levant de son fauteuil. Elle s'était installée dans la salle de séjour pour téléphoner à Susan. C'était une grande pièce agréable, mais trop austère à son goût. Scott avait dit que sa première femme l'avait entièrement redécorée en même temps que la salle à manger avant de partir. J'imagine que si elle a laissé le mobilier c'était parce qu'il manquait totalement de chaleur. Il serait plus à sa place dans la salle d'attente du cabinet, pensa-t-elle.

Au country club de Ridgewood, elle avait fait la connaissance d'un avocat spécialiste du divorce et de sa femme. Paul Stephenson et Scott étaient tous les deux membres du club, mais elle espérait qu'il s'occuperait de son affaire. Le contrat prénuptial était simple : « Ce qui est à toi est à toi, ce qui est à moi est à moi. » Elle ne réclamerait pas de pension alimentaire, elle n'en aurait pas besoin. Je veux seulement faire établir les documents. Elle lui téléphonerait plus tard.

Pour l'instant, elle avait envie de revoir le beau secrétaire, les tables, lampes et tableaux avec lesquels elle avait grandi.

Un peu ragaillardie, elle s'avança vers l'escalier qui menait au grenier.

36

À midi trente, Alvirah et Willy se tenaient dans le bureau de poste de Rowayton, Connecticut. Craignant de manquer Leslie Fallowfield, Alvirah avait tenu à arriver une demi-heure en avance.

L'air nerveux, George Spahn les avait à peine accueillis d'un petit signe de tête, et ils avaient entrepris de timbrer des enveloppes pour des factures qu'ils n'auraient pas besoin de payer avant trois semaines. Des factures qui auraient pu être réglées par prélèvement automatique sur leur compte bancaire, mais Alvirah n'avait jamais voulu en entendre parler. « Personne ne retire d'argent de nos comptes excepté deux personnes, Willy. Toi, ou moi. »

L'heure approchant, elle ne quittait pas l'horloge du regard. « Oh, Willy, et s'il ne venait pas ?

— Il viendra », la rassura-t-il.

À treize heures tapantes, la porte s'ouvrit et un petit homme maigre, frisant les soixante-quinze ans, le crâne dégarni, pénétra dans le bureau de poste.

Alvirah n'eut pas besoin du chaleureux « Bonjour, monsieur Fallowfield » pour savoir que l'homme qu'elle attendait impatiemment venait d'entrer. En s'approchant de lui elle regretta de ne pas avoir laissé Willy dans la voiture au cas où Fallowfield lui glisserait entre les pattes.

Trop tard. Elle s'avança avec un sourire amical vers sa proie qui retirait son courrier de la boîte. « Bonjour, monsieur Fallowfield », dit-elle.

Surpris, l'homme se retourna et lui fit face. « Qui êtes-vous ?

— Je m'appelle Alvirah Meehan et j'ai pour amie une jeune femme qui cherche désespérément à retrouver sa mère biologique, dit précipitamment Alvirah. Je voudrais juste un renseignement de votre part. La sage-femme qui a accouché la mère de mon amie s'appelait Cora Banks et vous étiez son avocat quand elle a vendu sa maison à l'entreprise de carrelage Sam il y a seize ans. »

Fallowfield eut l'air stupéfait. « Vous avez trouvé ça toute seule ?

— J'ai quelques talents de détective.

— En effet.

— Savez-vous où se trouve Cora Banks à présent ? »

Fallowfield regarda autour de lui. Le bureau de poste se remplissait, des gens faisaient la queue pour expédier des colis, d'autres pour acheter des timbres. « Nous ne pouvons pas parler ici, dit-il. Il y a un café un peu plus loin dans la rue. »

Il ferma sa boîte postale et fourra les quelques enveloppes qu'il en avait retirées dans la poche de sa veste.

« Je vous présente mon mari, Willy, dit alors Alvirah.

— J'imagine qu'il va nous accompagner. »

Cinq minutes plus tard, Fallowfield était attablé en face d'eux. Il attendit qu'ils aient commandé trois cafés pour parler : « Vous dites donc qu'une personne mise au monde avec l'aide de Cora Banks recherche sa mère naturelle.

— Oui, elle a absolument besoin de la retrouver, dit Alvirah avec fougue. Bien sûr, il est possible que Cora Banks n'ait conservé aucun document, mais... »

Fallowfield eut l'air amusé. « Je peux vous assurer que Cora les a tous gardés. »

Il fallut près d'une minute à Alvirah pour comprendre l'importance de ces mots. Elle répéta : « Vous voulez dire qu'elle les a toujours en sa possession ?

— Cora est une femme très intelligente. Visiblement ce genre d'informations a une grande valeur potentielle.

— Savez-vous où on peut la trouver en ce moment ?

— Oui, je le sais. »

Fallowfield avala tranquillement une gorgée de café.

« Pouvez-vous me donner son adresse ?

— Bien sûr. Elle réside en ce moment à la prison des femmes de Danbury, mais elle doit être libérée demain.

— A-t-elle un point de chute ?

— Oui, chez moi, à Rowayton. Cora a été longtemps une amie proche. Je peux arranger une rencontre entre vous. »

216

Fallowfield tira de sa poche poitrine un petit carnet. « Donnez-moi les détails concernant la mère biologique que vous recherchez ; le lieu, la date, le sexe de l'enfant. »

Le sexe de l'enfant, réfléchit Alvirah. Est-ce que cela signifie qu'elle a aidé à mettre au monde plus d'un enfant par jour ? Elle s'efforça de dissimuler son dégoût. « Vous pourrez ensuite nous ménager un rendez-vous avec Cora quand elle sera de retour chez vous ?

— C'est possible. Mais vous devez être consciente d'une chose. Cora vient de passer dix ans en prison. À sa sortie, elle devra faire face à de nombreuses dépenses. Assurance santé, vêtements, elle aura besoin d'un peu d'argent. Elle ne pourra plus jamais exercer son activité. Elle a été rayée de l'ordre des sages-femmes et une ordonnance lui interdit à vie d'en faire de nouveau partie. »

Willy avait suivi la conversation. C'est du vol pur et simple ! pensa-t-il. Il était clair qu'Alvirah ne partageait pas son souci. « Combien d'argent ? » demanda-t-il.

Fallowfield se tourna vers lui. « Vous n'y allez pas par quatre chemins, ça me plaît, dit-il carrément. Et il ne m'a pas échappé que vous conduisez une voiture de luxe. Je dirais que cinquante mille dollars en liquide, en coupures de vingt dollars, pourraient donner à Cora une bonne raison de consulter son dossier. » Fallowfield continuait à parler du même ton anodin, comme s'ils discutaient de la pluie et du beau temps.

« Vous les aurez, assura Alvirah.

— Parfait ! s'exclama l'avocat. Et naturellement, nous sommes tous d'accord : cette transaction doit rester confidentielle. Les seuls à en être informés, c'est nous trois et Cora.

— Bien entendu », dit Alvirah.

Fallowfield se tourna vers Willy qui approuva d'un sec « d'accord » en se levant de sa chaise.

Dix minutes plus tard, ils prenaient la route du retour. « Mais chérie, dit Willy, comment allons-nous rassembler cinquante mille dollars en liquide sans éveiller de soupçons ?

— Ne t'inquiète pas, répondit Alvirah. Si tu déposes ou retires plus de dix mille dollars en liquide, la banque est dans l'obligation de le signaler. Mais nous avons placé notre argent dans dix banques différentes quand nous avons gagné à la loterie, rappelle-toi. Il suffit de retirer cinq mille dollars dans chacune.

— Chérie, nous n'avons pas pour habitude de jeter l'argent par les fenêtres. Tu as vraiment l'intention de refiler une telle somme à ces bandits ?

— Ce serait hors de question si je n'étais pas prête à tout pour procurer cette information essentielle à Delaney. Qui sait ? Sa mère naturelle la recherche peut-être de son côté elle aussi ? J'aimerais seulement être là quand elles se retrouveront. »

Avec un soupir satisfait Alvirah se renfonça dans son siège.

37

Le Dr Mark Bevilacqua fut le dernier témoin appelé par le ministère public. Delaney écouta le procureur l'interroger sur ses études universitaires et son expérience. Il déclara être âgé de soixante-six ans, diplômé de la Harvard Medical School et spécialisé depuis vingt-six ans dans le diagnostic et le traitement de la maladie d'Alzheimer. À la demande du procureur, le juge accepta son témoignage en tant qu'expert des maladies dégénératives.

Il se tourna vers les jurés et expliqua que l'appréciation du témoignage de l'expert était entièrement à leur discrétion.

Le procureur reprit son interrogatoire. Le Dr Bevilacqua décrivit alors au jury la nature de la maladie et ses effets divers suivant les personnes concernées.

« Docteur, dans quelles circonstances avez-vous fait la connaissance du Dr Ted Grant ?

— Il y a neuf ans et demi. Son épouse avait pris rendez-vous à notre cabinet. Elle s'inquiétait, ainsi que ses associés, de plusieurs changements de comportement qu'ils avaient observés chez lui et ils désiraient en connaître la cause.

— Et vous avez pu leur fournir une réponse ?

— Oui, après une série de tests, mon diagnostic a été que le Dr Grant souffrait d'un alzheimer précoce.

— Pouvez-vous nous donner plus d'explications ?

— Dans la grande majorité des cas, la maladie d'Alzheimer apparaît chez des patients âgés de plus de soixante-cinq ans. Elle est diagnostiquée chez dix pour cent de patients moins âgés. Ces derniers sont classés dans la catégorie des apparitions précoces de la maladie. Le Dr Grant avait cinquante et un ans quand je l'ai examiné.

— Avez-vous continué à le traiter après votre diagnostic ?

— Oui, je suis resté son médecin jusqu'à son décès, il y a un an et demi.

— Docteur Bevilacqua, comment le soigniez-vous ?

— Il n'existe pas de traitement spécifique pour stopper la progression de la maladie. J'ai prescrit diverses thérapies pharmacologiques qui peuvent ralentir l'apparition des symptômes tels que l'insomnie, l'agitation, la divagation, l'anxiété et la dépression. S'attaquer à ces symptômes améliore le quotidien du malade et facilite, en général, la tâche de son entourage.

— Et ces thérapies ont-elles été efficaces dans le cas du Dr Grant ?

— Elles l'ont certainement été au début. Mais dans la dernière année, en dépit des traitements, il souffrait davantage de dépression, d'agitation et d'insomnie.

220

— Docteur Bevilacqua, je voudrais revenir au matin du 22 mars de l'année dernière, quand on a retrouvé le Dr Grant mort dans son lit. À cette époque, vous le traitiez depuis sept ans, n'est-ce pas ?

— C'est exact.

— Comment avez-vous été prévenu ce matin-là ?

— J'ai reçu un appel téléphonique de la police d'Alpine qui m'a informé que le Dr Grant était selon toute apparence décédé dans son sommeil.

— Quelle a été votre réaction ?

— J'ai été plutôt surpris.

— Qu'entendez-vous par "plutôt surpris" ?

— Le Dr Grant était venu à mon cabinet pour un examen quatre semaines avant cette date. La maladie d'Alzheimer attaque à la fois l'esprit et le corps. Or si son état mental se détériorait progressivement, ses organes vitaux ne montraient aucun signe de dégradation à cette époque.

— Mais quand vous avez signé le certificat de décès, étiez-vous convaincu qu'il était mort de mort naturelle ?

— En me fondant sur les informations qui m'ont été fournies à ce moment-là, oui. Laissez-moi vous expliquer. La médecine est loin d'être une science exacte. Beaucoup de patients subissent un examen médical qui ne signale aucun symptôme avant-coureur et meurent d'une crise cardiaque ou cérébrale peu après. Quand un individu atteint d'un alzheimer depuis sept ans meurt subitement, même s'il paraissait relativement en bonne santé, cela n'a rien d'anormal.

— Docteur Bevilacqua, la preuve a été présentée à ce tribunal que la mort du Dr Grant a été provoquée par un coup porté à l'arrière de la tête, et n'était donc pas due à des causes naturelles. D'après votre avis d'expert, si le Dr Grant n'avait pas été victime de cette blessure à la tête, combien de temps aurait-il encore pu vivre ?

— Chaque cas d'alzheimer est différent. La durée de vie moyenne après l'établissement du diagnostic est de huit à dix ans.

— Vous dites "moyenne". Y a-t-il de grandes variations ?

— Oui. Certains patients ne vivent pas plus de trois ans, d'autres survivent vingt ans après le diagnostic.

— Il serait donc juste de supposer que le Dr Grant aurait pu vivre encore plusieurs années ?

— Je le répète, chaque cas est différent. Mais étant donné son état de santé quand je l'ai examiné un mois avant sa mort et la qualité des soins dont il bénéficiait, il est très probable qu'il aurait encore vécu quelques années, peut-être cinq ans.

— Je n'ai pas d'autres questions, Votre Honneur. »

Robert Maynard se leva. « Docteur Bevilacqua, vous dites avoir été quelque peu surpris de recevoir le 22 mars de l'an dernier un appel vous apprenant que le Dr Grant était décédé.

— Surpris, mais pas choqué.

— Et vous avez témoigné que la plupart des victimes précoces de la maladie d'Alzheimer survivaient en moyenne entre huit et dix ans. Est-ce exact ?

— Absolument.

— Au moment de sa mort, depuis combien de temps le Dr Grant était-il malade ?

— Je le soignais depuis sept ans. Et lorsque la maladie est diagnostiquée chez un patient, elle est présente, dans la plupart des cas, depuis au moins un an.

— Donc, si en moyenne les patients atteints de cette maladie vivent huit à dix ans après le diagnostic, il est vraisemblable qu'au moment de sa mort, le Dr Grant en souffrait depuis au moins neuf ans. N'est-ce pas ?

— Oui.

— Vous avez aussi déclaré qu'en dépit des traitements que vous lui prescriviez, et malgré la qualité des soins qu'il recevait de la part de Betsy Grant et de l'aide-soignante, les symptômes s'étaient aggravés de façon significative durant la dernière année : dépression, agitation, insomnie. Est-ce exact ?

— Parfaitement exact.

— Pas d'autres questions, Votre Honneur. »

Le procureur Elliot Holmes se leva. « Votre Honneur, l'État en a terminé. »

Le juge se tourna vers Robert Maynard. « Monsieur le juge, dit celui-ci, nous demandons une heure de suspension. La défense sera prête à reprendre à cette heure.

— Très bien », dit le juge.

38

Quand Alvirah et Willy reprirent la route de Rowayton pour la troisième fois, Alvirah bouillait d'excitation. « Oh, Willy, quand je pense que nous allons probablement apprendre le nom de la mère de Delaney et peut-être même celui de son père. J'espère seulement que la mère ne s'est pas envolée au Japon ou en Chine.

— Ça m'étonnerait », dit Willy distraitement, plongé dans ses souvenirs de la journée de la veille où il avait fait des retraits dans dix banques différentes. Il avait utilisé la même explication chaque fois : « J'espère que la chance sera de mon côté à Atlantic City. » À son grand soulagement, les caissiers s'étaient contentés de sourire en comptant les billets et en mettant les liasses dans des enveloppes.

Ils avaient prévu de rencontrer Cora Banks et Leslie Fallowfield au domicile de ce dernier dans Wilson Avenue à quatorze heures. Ils avaient été tous deux surpris en entendant Fallowfield dire « chez moi ». Notant le regard qu'ils avaient échangé, il avait rapidement ajouté : « Dans la maison que je loue. »

Alvirah scrutait impatiemment le GPS qui indiquait qu'ils étaient à quinze cents mètres de l'adresse indiquée par Fallowfield. Quelques minutes plus tard, la voix synthétique annonça : « Votre destination est à cent cinquante mètres sur la droite. » Puis quelques secondes plus tard : « Vous êtes arrivés à destination. »

Ils se trouvaient devant une maison de plain-pied style années quarante. Elle était séparée de la rue par une étroite pelouse et quelques maigres buissons poussaient sous la fenêtre, en façade. « Déprimant », marmonna Willy en coupant le moteur.

Il descendit de la voiture, ouvrit le coffre et en retira une vieille valise. Les cinquante mille dollars, répartis en cinquante liasses, étaient bien calés à l'intérieur.

Alvirah descendit à son tour et ils s'avancèrent discrètement sur le trottoir jusqu'à l'entrée.

Fallowfield devait les guetter car la porte s'ouvrit avant même que Willy ait eu le temps de sonner.

« Quelle exactitude ! » Fallowfield leur tint la porte comme s'il accueillait de vieux amis. Alvirah nota qu'il n'avait pas été long à repérer la valise que portait Willy.

Fallowfield les fit entrer dans un petit bureau. « Asseyez-vous, je vais chercher Cora », dit-il. Comme Alvirah et Willy prenaient place, Alvirah se débarrassa du manteau de demi-saison qu'elle avait mis pour l'occasion. Elle avait renouvelé toute sa garde-robe pour leur croisière fluviale qui s'était terminée au début de septembre. C'était ce manteau qu'elle portait quand Willy et elle descendaient à quai après le dîner pour se promener en ville. Ce voyage avait été un enchantement. Mais trêve de souvenirs, il fallait revenir au présent.

Fallowfield réapparut. « Avant de descendre, Cora veut compter les billets. Je vais les monter à l'étage…

— Vous les compterez ici même », dit fermement Willy en déposant la valise devant Alvirah et lui sur le plateau de verre de la table basse. L'avocat s'apprêtait à protester, mais à la vue des rangées bien alignées de billets de vingt dollars, il changea de ton et dit : « Je reviens. »

Alvirah jeta un coup d'œil autour d'elle. La pièce était agréable. Deux canapés se faisaient face aux deux extrémités de la pièce. De chaque côté de la cheminée étaient disposés deux fauteuils recouverts d'un tissu à rayures bleues et bordeaux, au sol un faux tapis persan au motif coloré. Que m'importe le décor ? s'agaça Alvirah, irritée par cette habitude qu'elle avait de toujours observer ce qui l'entourait.

Willy et elle se redressèrent en entendant des pas dans l'escalier. Un moment plus tard Leslie Fallowfield et Cora Banks les rejoignaient.

Cora avait un visage émacié, probablement à cause de son séjour en prison. Son pantalon et son sweater flottaient sur son corps. Ses cheveux bruns et ternes étaient striés de mèches grises. Elle jeta à peine un regard à Alvirah et Willy avant de fixer les liasses de billets que ce dernier avait empilées sur la table. Fallowfield approcha deux chaises pour Cora et pour lui.

Le sourire de Cora découvrit des dents tachées. « Je vous fais confiance, mais il est naturel que nous voulions les compter.

— Allez-y, dit Willy, mais laissez l'argent en vue sur la table. »

Willy et Alvirah les regardèrent se mettre au travail. On dirait des gosses en train de compter les bonbons d'Halloween, pensa Alvirah.

Cora et Fallowfield choisirent quatre liasses au hasard, brisèrent les sceaux qui les enveloppaient, et comptèrent méticuleusement les cinquante coupures de vingt dollars que chacune renfermait. Assurés que le compte était bon, ils passèrent en revue les liasses restantes, les ouvrant en éventail comme un jeu de cartes pour vérifier que tous les billets étaient bien de vingt dollars. Ils les empilèrent à côté des paquets déjà comptés et constatèrent qu'ils étaient d'une hauteur identique.

« C'est toujours agréable de faire affaire avec des gens honnêtes », dit Cora avec un sourire sarcastique.

Alvirah n'était pas d'humeur à faire la conversation. « Bien, vous avez l'argent. Maintenant, donnez-nous le nom de la mère de Delaney. »

Cora tira de sa poche une feuille de papier qu'elle déplia. « La mère avait dix-sept ans. Elle venait de Hawthorne, New Jersey. Ses parents s'appelaient Martin et Rose Ryan. L'enfant est né le 16 mars dans Oak Street à Philadelphie. Le nom de la jeune mère de dix-sept ans était Betsy. L'acte de naissance a été établi de façon à mentionner que Jennifer et James Wright, de Long Island, New York, étaient les parents naturels. Ils ont appelé le bébé Delaney. »

39

Robert Maynard cita d'abord six témoins de moralité. Deux étaient des collègues de Betsy, qui avaient enseigné au lycée de Pascack Valley, deux autres de simples voisins, le cinquième était le directeur de l'hospice Villa Claire où Betsy, jusqu'à ces trois dernières années, avait accompli des centaines d'heures de travail bénévole. Et le dernier était monseigneur Thomas Quinn, de l'église Saint-François-Xavier, où Betsy assistait à la messe du dimanche.

Tous déclarèrent qu'ils connaissaient Betsy Grant depuis de nombreuses années et témoignèrent de sa dévotion sans faille à son mari.

La déposition de l'évêque fut particulièrement éloquente.

« Monseigneur, vous rendiez-vous souvent chez les Grant ?

— Depuis deux ans, le Dr Grant étant dans l'incapacité d'aller à l'église, je me rendais chez eux tous les quinze jours pour lui apporter la communion. Betsy était toujours là pour lui prodiguer ses soins.

— Avez-vous été frappé par son état général pendant la dernière année de sa vie ?

— Je l'ai vu de plus en plus profondément marqué par les effets dévastateurs de la maladie d'Alzheimer. Le pauvre homme était terriblement atteint.

— Betsy Grant a-t-elle jamais évoqué devant vous la possibilité de le mettre dans une résidence médicalisée ?

— Elle m'en a parlé à deux reprises l'année dernière. Elle m'a raconté qu'il avait parfois des crises terribles et qu'il lui était arrivé de le frapper. Elle m'a dit qu'elle souhaitait par-dessus tout le garder à la maison jusqu'à la fin, mais que si son comportement continuait à empirer, elle n'aurait peut-être pas le choix, mais *uniquement* en dernier ressort. Elle savait qu'il serait anéanti s'il n'habitait plus dans sa maison avec elle.

— Monseigneur, avec tout le respect que nous devons à Betsy Grant, la communauté considère-t-elle sa parole comme digne de confiance ? »

L'évêque répondit sans détour comme les autres témoins avant lui : « Tous ceux qui connaissent Betsy Grant savent que c'est une personne parfaitement équilibrée et d'une grande crédibilité.

— Je n'ai pas d'autres questions, Votre Honneur. »

Le juge se tourna vers Elliot Holmes : « Maître, vous pouvez procéder au contre-interrogatoire. »

Elliot Holmes était un homme d'expérience. Il savait qu'il n'y avait rien à gagner à attaquer ce genre de témoin. Il formula ses questions avec soin et respect. Il interrogea l'évêque de la même manière qu'il avait questionné les autres témoins.

« Monseigneur, vous avez déclaré vous être rendu tous les quinze jours chez le Dr Grant pendant les deux dernières années de sa vie. Est-ce exact ?

— Oui, tout à fait.

— Et, Monseigneur, combien de temps duraient habituellement ces visites ?

— Elles duraient en général une demi-heure.

— Est-il juste de dire que vous n'avez pas de connaissance personnelle de ce qui se passait dans ce foyer dans l'intervalle de vos visites ?

— C'est exact.

— Et est-il exact que vous n'assistiez pas au dîner d'anniversaire le soir précédant la mort du docteur ?

— Oui, c'est exact.

— Aussi, sauf votre respect, Monseigneur, vous n'avez aucune connaissance des événements qui se sont déroulés ce soir-là ni des circonstances qui ont entouré la mort du Dr Grant ?

— À part ce que j'ai lu dans les journaux, aucune en effet.

— Merci, Monseigneur. Je n'ai pas d'autre question. »

La suspension d'audience était proche. Le juge Roth demanda aux jurés de se retirer dans la salle du jury et leur dit qu'il les rejoindrait rapidement.

Il s'adressa ensuite à maître Maynard. « Maître, l'accusée a-t-elle l'intention de témoigner ?

— Certainement. »

Le juge Roth se tourna alors vers Betsy Grant. « Madame Grant, êtes-vous informée que vous avez constitutionnellement le droit de témoigner ou de ne pas témoigner à votre procès ?

— Oui, Votre Honneur.

— Savez-vous que dans le cas où vous témoigneriez, vous seriez interrogée par l'avocat de l'accusation et celui de la défense, et que le jury retiendra votre déposition et la fera figurer dans l'ensemble de la preuve au moment de sa délibération ?

— Je le sais.

— Savez-vous que si vous ne témoignez pas, j'informerai le jury que votre décision de ne pas témoigner ne peut en aucune manière être prise en considération dans l'établissement de son verdict ?

— Oui, Votre Honneur.

— Enfin, avez-vous eu le temps nécessaire pour discuter de votre décision avec votre avocat, maître Maynard ?

— Oui, monsieur le juge, nous en avons discuté.

— Très bien. Maître, nous entendrons la déposition de votre cliente après le déjeuner.

— Votre Honneur, répondit Maynard, nous sommes jeudi, il est presque l'heure du déjeuner, et nous n'avons pas d'audience demain. La déposition de Mme Grant va inévitablement se prolonger dans la matinée de lundi. Je demande à Votre Honneur l'autorisation de remettre à lundi ce témoignage crucial. »

Visiblement contrarié, Elliot Holmes ne présenta qu'une vague objection, sachant que le juge consentirait probablement à cette requête.

Le juge prit la parole. « Je reconnais que nous sommes arrivés à un point important de ce procès. Il ne fait aucun doute que si nous commençons cet après-midi, le témoin n'aura pas fini avant lundi, voire mardi. La demande de la défense est acceptée. »

Le juge se tourna vers l'officier de police qui se tenait à la porte de la salle de délibération. « Je vais en informer les jurés. »

40

Lisa Clifton passa en revue les meubles, les tapis, les cartons, tout le bric-à-brac qu'elle avait apporté quand elle avait épousé Scott.

« Puisque nous allons acheter une nouvelle maison, peut-être pourrions-nous opter pour le régime de la séparation de biens », lui avait-elle dit trois ans plus tôt quand ils faisaient des plans pour leur mariage. « Mon grand-père va partir dans une maison de retraite et il m'offre de prendre tout ce qui me plaît chez lui. C'était un collectionneur averti et il possède de très belles choses. »

Scott avait immédiatement accepté. « Mon ex, Karen, a été prise d'une boulimie d'achats l'année qui a précédé notre séparation. Je suis sûre qu'elle savait que c'était fini entre nous et elle voulait me refourguer tout ce mobilier moderne. Il ne reste pas un siège confortable dans la maison. »

Ils en avaient ri ensemble. À l'époque, je pensais que notre bonheur serait éternel, se souvint Lisa. Nous avons été heureux pendant un an, peut-être un peu plus, puis les choses ont changé. Il a changé. Il lui fallait seulement trouver de quoi meubler un séjour et une chambre, après quoi elle pourrait s'installer dans son nouvel appartement.

Elle fit une liste de tout ce qu'elle avait entreposé dans le grenier, puis descendit et téléphona à une entreprise de déménagement. Ils n'étaient pas disponibles avant une semaine. « Ça ira, mais j'insiste pour que vous veniez vers dix heures. Je cherche un appartement du côté de Morristown. Si je n'en trouve pas un dans les jours qui viennent, je serai obligée de tout laisser dans votre garde-meuble.

— Très bien. »

Lisa savait pertinemment ce que pensait l'employé au moment de raccrocher : encore une de ces séparations qui se passent mal. Ils vont se battre pour tout ce qu'elle fait enlever. Bon, cela ne fait rien, les séparations sont bonnes pour nos affaires.

Scott rentra à dix-sept heures trente. Il la serra contre lui, l'embrassa tendrement.

« Comment va ma petite fille ? » demanda-t-il avec chaleur.

Lisa se raidit intérieurement. « Ma petite fille ». Oh, je t'en prie. Je ne suis la petite fille de personne.

Elle eut un sourire forcé. « Très bien. » Elle n'était pas sûre qu'il ait perçu le sarcasme dans sa voix.

Comme tous les jours, Scott ôta sa veste et ouvrit le placard de l'entrée pour y prendre son pull. « Quel cocktail ferait plaisir à la dame de ces lieux ? »

Dieu du ciel, combien de clichés va-t-il sortir ce soir ? se demanda Lisa, consciente que l'amour qu'elle avait éprouvé pour son mari s'était changé en un profond rejet chargé de mépris. « Oh, juste un verre de vin. Si nous le prenions en regardant les informations de dix-huit heures ? Je suis impatiente de connaître le rapport de Delaney Wright sur la séance d'aujourd'hui au tribunal. »

Scott se rembrunit. « Je n'ai aucune envie d'entendre ni de voir quoi que ce soit à propos de cette affaire.

— Eh bien, tu n'as qu'à attendre dans le salon pendant ce temps. »

Elle surprit l'expression étonnée de Scott. Attention, il ne devait pas soupçonner qu'elle avait l'intention de le quitter. Elle se força à sourire. « Oh, excuse-moi Scott, je ne voulais pas me montrer brutale. Mais je suis tellement désolée pour Betsy, j'espère toujours que quelque chose va se produire qui la disculpera. Comment imaginer que Betsy a assassiné Ted ? Je ne connaissais pas les Grant avant que Ted tombe malade, mais elle était si tendre avec lui, si aimante. Même le soir où il l'a giflée, elle ne s'est pas fâchée. Elle était triste.

— Tout le monde ne voit pas les choses ainsi », dit rageusement Scott, et il monta à l'étage d'un pas lourd, oubliant son cocktail.

Lorsque vint l'émission qu'elle attendait, Lisa y prêta une attention particulière. Delaney essayait d'être objective, mais quand elle rapporta la désastreuse déposition du médecin indiquant que le Dr Grant aurait pu vivre cinq années de plus, elle sembla le faire à regret. Elle ne peut pas le dire, naturellement, pensa Lisa, mais quelle que soit la tournure que prendra le procès, elle est absolument persuadée que Betsy n'a pas pu ni voulu tuer Ted. Delaney a paru impressionnée par la sincérité des témoins de moralité qui attestaient tous de l'humanité de Betsy.

À la fin de l'émission, une demi-heure plus tard, Scott descendit. « Excuse-moi d'avoir été aussi désagréable. Mais tu sais à quel point il m'est pénible d'entendre toutes ces histoires sur la mort de ce pauvre Ted.

— Oui, je sais.

— Bon. Tu as réservé au club, je crois ?

— Oui, à dix-neuf heures.

— Très bien, mais allons-y un peu plus tôt et prenons les deux voitures. Il faut que je passe à la clinique voir des patients. »

Ou une patiente, pensa Lisa. « D'accord », dit-elle avec un sourire.

41

Betsy Grant quitta le tribunal accompagnée de Robert Maynard. Elle était encore sonnée par la déposition du Dr Bevilacqua, qui lui avait été si préjudiciable. Elle espérait qu'au moins les témoins de moralité l'avaient servie.

Elle se détourna pour éviter les flashes des photographes et se dirigea vers la voiture. Richie Johnson la conduisait au tribunal le matin et la ramenait chez elle à la fin de la journée. Elle avait dit à Robert Maynard de ne pas se donner la peine de faire la route depuis chez lui à Manhattan jusqu'à Alpine, puis le trajet jusqu'à Hackensack.

Maynard avait donc décidé de l'attendre le matin sur le trottoir avec Singh Patel et Carl Cenon et d'entrer avec elle au tribunal. Ce que Betsy ne lui avait pas dit c'est qu'elle voulait avoir l'esprit clair, et que ses efforts constants pour la rassurer l'empêchaient de se concentrer.

Ce soir, comme d'habitude, elle avait décliné les invitations à dîner ou les visites de ses amis. « J'ai besoin de silence, s'excusait-elle. Je ne sais plus très bien où j'en suis. » Tous avaient compris, mais elle savait aussi qu'ils s'inquiétaient à son sujet.

Que vais-je devenir ? pensa-t-elle avec désespoir. Elle savait que Richie jetait de temps en temps un coup d'œil dans le rétroviseur pour voir comment elle allait, mais il ne disait pas un mot, à moins qu'elle n'entame elle-même la conversation.

Lorsqu'elle arriva chez elle, sa fidèle Carmen était en train de préparer le dîner. Rien ni personne ne pouvait l'empêcher d'être là toute la journée, du lundi au vendredi. Seule la promesse de Betsy qu'elle verrait des amis pendant le week-end l'avait convaincue de prendre son samedi et son dimanche.

Avant la mort de Ted, Carmen lui préparait son dîner tôt, Angela le servait, et elle-même restait à côté de lui. Quand il avait terminé, il allait se coucher. Et Betsy sortait souvent au cinéma ou faire du sport, et dînait parfois avec des amis à son club.

Ou avec Peter. Deux fois par mois tout au plus.

« Madame Betsy, mettez-vous à l'aise. Je vous servirai un verre de vin dans le bureau quand vous descendrez. »

C'était le même rituel tous les soirs, mais il était étrangement réconfortant. Comme si j'avais une sorte d'ange gardien, pensa Betsy. Et je ne peux pas parler à Peter. Après son coup de téléphone désespéré le jour où il avait témoigné, elle l'avait supplié de ne plus l'appeler jusqu'à la fin du procès. « Peter, je ne serais pas étonnée que mon téléphone soit sur écoute, avait-elle dit, et le tien l'est peut-être aussi. »

Elle se sentait glacée. Après avoir ôté sa veste, elle enfila un chaud peignoir d'intérieur et s'efforça de chasser de son esprit l'effrayante perspective de se retrouver à son tour à la barre la semaine suivante.

Carmen avait tout préparé dans le bureau. La lumière était allumée, le thermostat réglé à la bonne température, et un verre de vin l'attendait sur la table basse.

C'était l'heure du journal de dix-huit heures. Elle eut du mal à se concentrer sur les nouvelles locales – un accident de circulation sur le pont Verrazano-Narrows, une agression dans Central Park, une escroquerie immobilière.

Puis Delaney apparut à l'écran. Le cœur serré, Betsy entendit ce qu'elle savait déjà. Que le Dr Bevilacqua avait affirmé que Ted aurait pu vivre encore quelques années.

Je vais être déclarée coupable du meurtre de Ted, se dit-elle. C'est impensable. Tout simplement impensable. Si je vais en prison pour le reste de mes jours, est-ce qu'on m'oubliera ? Dans vingt ans, l'Innocence Project[1] les convaincra peut-être qu'ils ont fait une erreur judiciaire et on me libérera avec de sincères excuses ? Vingt ans. J'aurai soixante-trois ans.

Elle éteignit la télévision. Le visage de la jeune journaliste emplissait son esprit. Quand Delaney avait rapporté le témoignage du Dr Bevilacqua, Betsy

---

1. Organisme à but non lucratif établi aux États-Unis, au Royaume-Uni, au Canada et en Nouvelle-Zélande dont l'objectif est de dénoncer les erreurs judiciaires.

avait eu l'impression qu'elle déplorait les réponses accablantes qu'il avait fournies.

Carmen vint lui annoncer que le dîner était servi, côtelette d'agneau et petits légumes. Betsy se força à manger. Je dois tenir le coup à l'audience, j'aurai probablement l'air encore plus coupable si jamais je tombe dans les pommes, se dit-elle.

En lui servant son café, Carmen aborda le sujet du bracelet disparu. « Madame Betsy, il n'y a pas un seul endroit dans toute la maison que je n'aie fouillé. Ce bracelet ne peut pas être ici. Vous ne croyez pas que vous devriez déclarer sa disparition ? Quand j'ai ramassé le courrier, j'ai aperçu une lettre de votre compagnie d'assurances. Ce bracelet est toujours assuré, n'est-ce pas ?

— Oui, en effet. Merci Carmen, je vais m'en occuper. Ce serait stupide de payer une assurance et de ne pas s'en servir. »

J'ai à peine regardé le courrier depuis le début du procès, pensa Betsy. Je ne peux pas tout laisser tomber. Lui revint alors une tâche qu'elle voulait entreprendre depuis la mort de Ted. Des années auparavant, quand ils avaient ouvert leur cabinet, Ted, Kent et Scott avaient acheté une grande quantité d'ouvrages médicaux. Lorsque Kent s'était installé dans ses nouveaux locaux, il avait mis au garde-meuble ses livres et d'autres affaires personnelles. Un incendie avait eu lieu au garde-meuble, et tous ses livres avaient été détruits.

Il ne lui avait jamais rien demandé, mais Betsy savait qu'il serait heureux d'avoir l'ensemble des ouvrages originaux qui avaient appartenu à Ted. En buvant lentement son café, Betsy se rappela quels amis indéfectibles Kent et sa femme Sarah avaient été pendant tout ce calvaire. Dans leurs dépositions, ils avaient tous deux insisté sur les soins qu'elle avait toujours prodigués à Ted et la tendresse qu'elle lui avait montrée.

Et il y avait autre chose. Elle revoyait sans cesse Ted au plus fort de ses crises s'emparant de ses livres et les jetant à travers la pièce. Elle voulait effacer cette image de son esprit. Donner ces ouvrages à Kent l'aiderait à l'atténuer.

Quand Carmen vint lui souhaiter bonne nuit, Betsy lui dit : « Carmen, vous vous souvenez des livres de médecine qui sont en haut de la bibliothèque ?

— Oui, tout à fait.

— Quand le procès sera terminé, je voudrais que vous les emballiez. Nous les ferons porter au cabinet du Dr Adams.

— Bien sûr. »

Après le départ de Carmen, Betsy se dit qu'Alan aurait peut-être envie d'avoir ces ouvrages. Elle haussa les épaules avec dédain. Soit il les jetterait, soit il essaierait de les vendre. Je suis toujours chez moi. Tout ce que cette maison contient m'appartient, je suis libre de le garder comme de le donner.

Si je suis déclarée coupable, Alan prendra-t-il tout ce que je possède ? se demanda-t-elle. Pendant un instant, un immense sentiment de solitude la submergea. Appeler Peter était hors de question. Les médias étaient déjà à ses trousses. En page trois le *Post* avait titré : « LA FEMME DU MÉDECIN ASSASSINÉ ET SON AMOUR DE JEUNESSE SE RETROUVENT ! »

Il était seulement dix-neuf heures quarante-cinq, mais Betsy décida de monter à l'étage. Même si elle n'avait pas sommeil, elle parviendrait peut-être à lire un peu dans le petit salon. C'était une pièce où Ted et elle avaient passé tant d'heures douces et heureuses.

Elle venait à peine de s'installer dans un fauteuil quand le téléphone sonna. Son père... Entendre ses vaines paroles de réconfort était la dernière chose dont elle avait envie. Elle dit sèchement : « Bonsoir, papa.

— Bets, on dirait que la journée n'a pas été terrible au tribunal. J'ai entendu le toubib de Ted dire qu'il aurait pu vivre quelques années de plus.

— Ça ne m'est pas favorable, je sais.

— Gert dit que je devrais être présent pour te soutenir. Elle dit que les petits-enfants sont assez grands pour comprendre, et que ce n'est pas comme si tu étais vraiment de leur famille. »

Je ne le crois pas. Comment peut-il dire une chose pareille en un moment pareil ? s'indigna Beth. Choisissant ses mots, elle dit : « Primo, je t'ai demandé mille fois de ne pas m'appeler Bets. Deuzio, je ne veux pas que tu viennes au tribunal, mais tu peux remercier ta très chère épouse d'avoir fait cette proposition. La seule personne qui pourrait me soutenir, qui soit "vraiment de ma famille", comme tu dis, c'est le bébé que vous avez vendu pour quarante mille dollars. Elle a vingt-six ans à présent et c'est elle que j'aimerais avoir auprès de moi. S'il te plaît, ne te donne pas la peine de m'appeler à nouveau. »

Elle raccrocha brutalement, sans laisser à son père le temps de répondre, submergée par le besoin désespéré d'avoir à ses côtés la fille qu'elle n'avait jamais connue. Il lui semblait revivre le bref moment où la sage-femme lui avait permis de la tenir dans ses bras à sa naissance.

Le souvenir s'estompa. Soudain exténuée, Betsy éteignit la lumière et se retira dans sa chambre.

42

Comme tous les autres témoins, Alan Grant était soumis aux règles d'isolement. Le juge avait prescrit que les témoins ne pouvaient discuter entre eux de leurs dépositions, ni assister au témoignage des autres jusqu'à la fin du procès. En outre, ils avaient interdiction de lire ou d'écouter les comptes rendus du procès.

Il n'était pas revenu dans la salle d'audience, mais à part ça, Alan Grant n'avait observé aucune de ces règles. Il avait lu tous les articles de journaux qui lui étaient tombés sous la main, et regardé tous les soirs les différents programmes de télévision, avide d'informations sur l'affaire. Et il avait essayé de s'entretenir avec un autre témoin.

Il en était au point où il craignait de lire ses e-mails ou écouter ses messages téléphoniques. Avec toute la publicité faite sur son héritage si Betsy était condamnée, la pression montait tous les jours. Ils voulaient tous récupérer leur argent, et tout de suite. Il avait pu amadouer la plupart de ses créanciers en leur disant que dès la condamnation de Betsy, il retournerait devant la cour d'équité pour faire lever le séquestre de la succession et disposerait aussitôt de son argent. Promettre à chacun de ses créanciers un bonus de dix mille dollars en compensation des désagréments subis les avait également tous persuadés de sa bonne foi.

Tous sauf un. Quelqu'un refusait de croire Alan incapable de débloquer de l'argent maintenant et avait menacé de lui faire la peau.

Dans ses courts moments de sommeil, ses rêves étaient pleins d'images de son père bien-aimé gisant le crâne fracassé par un pilon de marbre.

43

Le lundi matin, Betsy Grant serait la dernière à comparaître. Alvirah et Willy avaient fait la queue devant la porte du tribunal. Ils avaient longuement tergiversé, hésitant à dire à Delaney que Betsy était sa mère, pour finalement décider d'attendre le verdict avant de lui annoncer la nouvelle. Ils savaient quel choc ce serait pour elle. Une fois avertie, elle ne pourrait plus rendre compte du procès. Quand ils prirent place dans la salle d'audience, Delaney était assise sur le banc de la presse, devant eux.

Une véritable bombe avait éclaté la veille, tard dans la soirée. Une femme de Milwaukee avait posté sur sa page Facebook la photo d'une adolescente, visiblement enceinte, présentant une robe sur un cintre devant elle. En dessous de la photo la femme avait écrit ce message : « J'ai failli m'évanouir en réalisant que Betsy Grant est la Betsy Ryan qui travaillait dans le magasin de vêtements de sa tante à Milwaukee, il y a vingt-six ans. J'avais connu sa tante au lycée et j'ai rencontré Betsy à plusieurs reprises. C'était une fille adorable. J'ai pris cette photo d'elle lorsqu'elle m'a aidée à choisir cette robe pour le mariage de ma sœur. Il est impossible qu'elle ait tué son mari. Elle ne ferait pas de mal à une mouche. »

Le jury resta dans la salle des délibérations jusqu'à l'ouverture de l'audience.

Le procureur Holmes se leva. « Votre Honneur, nous sommes tous conscients que le post de Facebook a été envoyé hier à dix heures du soir et abondamment commenté aux informations une heure plus tard, et par la presse de ce matin. Je pense que deux questions se posent à la cour.

« S'agissant de la première, nous soumettons au tribunal que cette photographie est une preuve évidente. Nous demandons à Votre Honneur de se rappeler le témoignage de Peter Benson qui a fréquenté Betsy Ryan durant leurs deux dernières années de lycée. Mais à la fin du secondaire, les parents de Betsy Grant ont déclaré qu'ils la trouvaient trop jeune pour entrer à l'université loin de chez eux, et qu'elle passerait une année à Milwaukee à travailler avec sa tante. M. Benson a déclaré qu'il avait ensuite perdu tout contact avec elle.

« Votre Honneur, il est clair que la véritable raison de cette décision est qu'elle était enceinte et a dû partir à Milwaukee pour garder le secret. Si l'accusée a donné naissance à un enfant, je présume qu'il a été adopté.

« Votre Honneur, ce fait qui remonte à vingt-six ans ne devrait normalement avoir aucune incidence sur le cours du procès. Mais nous sollicitons l'autorisation de demander à l'accusée au cours de son témoignage si Peter Benson est le père de l'enfant. Comme je l'ai soutenu dans ma déclaration introductive, et comme j'ai l'intention de le soutenir dans mon réquisitoire, l'État affirme que le mobile premier de l'accusée était le désir de recommencer une nouvelle vie avec Peter Benson. S'il est réellement le père de cet enfant, ce serait la preuve flagrante d'un lien encore plus profond entre Mme Grant et M. Benson.

« Enfin, concernant cette première question, si l'accusée change d'avis et décide de ne pas témoigner, alors nous appellerons à nouveau Peter Benson à la barre et l'interrogerons sur ce sujet. »

Elliot Holmes poursuivit : « Votre Honneur, concernant la seconde question, bien que tout nous pousse à admettre cette preuve, nous pensons approprié que la cour interroge chaque juré séparément afin de savoir si il ou elle a eu connaissance de cette information et, dans ce cas, si la mention "ne ferait pas de mal à une mouche" pourrait influencer sa décision. »

Le juge Roth se tourna vers Robert Maynard. « Votre avis, maître ?

— Votre Honneur, je me suis naturellement entretenu avec ma cliente au sujet de cette photo postée sur Facebook. Comme tout le monde, nous en avons eu connaissance tard dans la soirée, quand l'information en a été donnée à la télévision. Nous nous opposons fermement à ce que cette preuve tardive soit portée à la connaissance du jury. »

Delaney observa Maynard pendant qu'il formulait son bref et faible argument. Il n'indiquait pas si Betsy Grant reconnaissait ou niait que Peter Benson était le père de l'enfant. Pourquoi ? On dirait qu'il sait que son argument est une cause perdue et que la preuve sera présentée au jury, pensa-t-elle en regardant Betsy Grant qui regardait droit devant elle sans montrer aucune émotion.

Aujourd'hui, Betsy Grant avait choisi une veste de tweed bleu et blanc, une jupe bleu marine et des escarpins vernis à talons. Un rang de perles et sa large alliance en or étaient ses seuls bijoux. Ses cheveux, qu'elle avait coiffés en chignon depuis le début du procès, retombaient librement sur ses épaules, sans doute sur les conseils de son avocat. Elle en paraissait encore plus jeune et d'une émouvante beauté.

Quelles peuvent être ses pensées ? se demanda Delaney. S'il est vrai que Peter Benson est le père de l'enfant, le procureur a raison – c'est la preuve d'un lien encore plus intime entre eux. Et on peut dire adieu à l'estime que les jurés pouvaient lui accorder.

Le juge Roth reprit alors la parole : « Maître, ce fait arrive tardivement, mais il est probablement d'une extrême importance. Il ne s'agit pas d'un fait dont le procureur avait eu connaissance et qu'il n'a pas communiqué à la défense. S'il en était ainsi, je le rejetterais certainement. Mais cette information a été postée sur Facebook tard dans la soirée d'hier. Je demanderai donc à chaque juré individuellement si il, ou elle, en a eu connaissance et, dans ce cas, si il, ou elle, peut l'évaluer honnêtement et se faire une opinion objective avant de rendre son verdict, en dépit du commentaire accompagnant la photo. »

Il consacra ensuite une heure et demie à interroger chaque juré séparément en privé. Tous sans exception étaient au courant de ce post. Chacun assura qu'il considérerait cette preuve en toute objectivité et que son jugement ne serait pas affecté par le commentaire l'accompagnant.

Le juge statua que tous les jurés pouvaient continuer à siéger et que si Betsy Grant désirait toujours témoigner, cette information serait inscrite au nombre des questions. Si elle choisissait de ne pas témoigner, le procureur aurait l'autorisation de rappeler Peter Benson à la barre lors de son réquisitoire.

Maynard se leva à nouveau. « Votre Honneur, Betsy Grant est prête à témoigner. »

Le jury fut prié de regagner la salle. Une fois le dernier juré assis sur son banc, Maynard prit la parole : « Votre Honneur, la défense appelle Betsy Grant. »

Tous les regards se braquèrent sur Betsy qui se levait et s'avançait vers le juge. Ce dernier lui ordonna de lever la main droite et de prêter serment en suivant les instructions du greffier. « Jurez-vous de dire la vérité, toute la vérité, rien que la vérité ? » D'une voix basse mais ferme, elle répondit : « Je le jure. »

Elle s'assit. L'officier de police ajusta le micro devant elle. Robert Maynard commença par rappeler son mariage avec le Dr Edward Grant, les détails de la longue maladie du docteur et les efforts de Betsy pour lui prodiguer les meilleurs soins possibles. Puis il se concentra sur les questions dont il savait qu'elles auraient le maximum d'impact sur le verdict d'une manière ou d'une autre. Pendant son interrogatoire, il l'appela constamment « Madame Grant ».

« Madame Grant, le soir qui a précédé la mort de votre mari, le Dr Grant a-t-il eu un accès de colère subit pendant le dîner et vous a-t-il brutalement frappée au visage ?

— Oui, c'est exact.

— Et vous vous êtes rassise à votre place en sanglotant ?

— Oui.

— Avez-vous dit : "Je n'en peux plus, je ne peux plus supporter ça" ?

— C'est ce que j'ai dit.

— Pouvez-vous expliquer au jury ce que vous entendiez par ces mots ? »

Betsy se retourna sur son siège et fit directement face au jury. « Pendant les huit années de la maladie de mon mari j'ai fait de mon mieux pour prendre soin de lui. Je l'aimais profondément. Deux ans avant sa mort, j'ai pris un congé de longue durée de mon poste de professeur et cessé toutes mes activités de bénévolat pour rester à la maison et être en permanence à ses côtés. Mais durant la dernière année de sa vie, il m'a frappée et injuriée en plusieurs occasions. »

La voix de Betsy se brisa. Elle but un peu d'eau et continua : « Voyant l'effet que ces crises avaient sur moi, mon médecin personnel m'a conseillé de mettre Ted dans une résidence médicalisée. J'ai toujours refusé de suivre ce conseil car je savais que cela ne ferait qu'augmenter la dépression et l'anxiété de Ted. Mais quand il m'a frappée ce soir-là, j'ai compris que je ne pourrais plus en supporter davantage. J'ai su qu'il était temps de prendre cette décision.

— Et quelle était cette décision ?

— J'ai su que le moment était venu de me résoudre à faire ce que je n'avais jamais voulu faire. Le placer dans une maison médicalisée.

— Madame Grant, avant de vous coucher ce soir-là, avez-vous branché le système d'alarme ?

— J'étais tellement bouleversée que je ne m'en souviens plus. Je ne pense pas l'avoir fait. Je n'ai pas pu vérifier parce que c'était un vieux système qui ne gardait pas trace de la mise en service de l'alarme.

— Est-ce vous qui la branchiez en général ?

— Normalement, c'était moi ou Angela.

— Madame Grant, après le départ de l'aide-soignante, de votre domestique et de vos invités, vous êtes-vous rendue dans la chambre de votre mari avant d'aller vous coucher ?

— Oui, je suis allée vérifier s'il allait bien. Il dormait profondément. Je savais qu'Angela lui avait administré un somnifère après sa crise.

— Quelle heure était-il ?

— À peu près vingt et une heures quarante-cinq.

— Qu'avez vous fait ensuite ?

— Je suis allée dans ma chambre, qui était plus loin dans le couloir au rez-de-chaussée. Je me suis endormie immédiatement.

— Quelle heure était-il quand vous avez revu votre mari ?

— Il était environ huit heures le lendemain matin, lorsque Angela Watts est venue dans ma chambre et m'a dit qu'il était mort.

— Madame Grant, la preuve a été présentée devant ce tribunal que l'alarme était branchée ce matin-là quand l'aide-soignante est arrivée. Il est également prouvé que lorsque tout le monde est parti la veille au soir, vous êtes restée seule avec votre mari. Avez-vous entendu qui que ce soit pénétrer dans la maison pendant la nuit ?

— Non, je n'ai rien entendu. Mais j'étais tellement bouleversée qu'après avoir vu Ted profondément endormi, j'avais pris un somnifère, ce que je fais rarement. Je suis tombée dans un sommeil lourd.

— Excepté vous et l'aide-soignante, qui connaissait le code de l'alarme ?

— Carmen, ma femme de ménage, naturellement. Et deux ans avant sa mort, malgré sa maladie, il arrivait encore à Ted de marmonner les numéros du code. Nous avions toujours gardé le même depuis le jour de notre installation dans la maison.

— Aviez-vous confié ce code à Alan Grant ?

— Jamais, mais j'ignore si Ted le lui avait donné, ou s'il le lui avait révélé sans s'en rendre compte.

— Qui possédait la clé de votre maison ?

— Ted et moi, bien sûr. Plus Carmen et Angela.

— Alan Grant en a-t-il jamais eu une ?

— Je ne sais pas. Pour ma part, je ne lui en ai pas donné, et Ted n'a jamais laissé entendre qu'il lui en avait procuré une. Et je sais qu'Angela et Carmen n'auraient jamais confié la clé à quiconque sans notre autorisation.

— Au moment de la mort de votre mari, où se trouvait sa clé ?

— Pendant les deux dernières années de sa vie, il ne sortait jamais seul. Sa clé était pendue à un crochet dans la cuisine. De temps à autre, Ted décrochait la clé du mur et je la retrouvais sur une étagère de la bibliothèque qui était devenue sa chambre.

— Qu'en faisiez-vous lorsque vous la retrouviez dans sa chambre ?

— Je la remettais simplement au mur de la cuisine.

— Quand avez-vous vu cette clé pour la dernière fois ?

— Trois ou quatre mois avant la mort de Ted, j'ai remarqué qu'elle n'était plus à sa place dans la cuisine. J'espérais la trouver dans la bibliothèque mais elle n'y était pas non plus.

— L'avez-vous jamais retrouvée ?

— Jamais. Carmen et moi avons fouillé partout en vain.

— La disparition de cette clé vous a-t-elle inquiétée ?

— Pas particulièrement. J'ai supposé qu'elle était quelque part dans la maison, ou qu'elle avait été jetée avec les ordures.

— Au cours des dernières années, Alan Grant est-il parfois resté seul avec votre mari ?

— Souvent. Il l'emmenait de temps en temps faire un tour en voiture. Ou ils restaient assis tous les deux dans le bureau et regardaient la télévision.

— Maintenant, madame Grant, je vais vous poser quelques questions à propos du post apparu sur Facebook. Laissez-moi vous montrer ce document. Est-ce vous sur cette image ?

— Oui, c'est moi.

— Êtes-vous enceinte sur cette photo ?

— Oui, je l'étais. D'environ six mois.

— Quand êtes-vous partie à Milwaukee ?

— À la mi-juillet, après être sortie diplômée du lycée.

— Quand vous êtes-vous trouvée enceinte ?

— À la fin mai, le soir du bal des seniors.

— Avant d'être enceinte, aviez-vous l'intention d'entrer à l'université en septembre ?

— Oui, j'avais été acceptée à l'université George-Washington, à Washington, D.C.

— Quelle a été la réaction de vos parents quand ils ont appris que vous étiez enceinte ?

— Ils ont été à la fois bouleversés et embarrassés. Mon père en particulier était très en colère contre moi.

— Cela a-t-il affecté vos projets concernant l'université ?

— Oui. Mes parents voulaient que personne ne soit au courant de ma grossesse, à l'exception de la sœur de ma mère, qui habitait Milwaukee. Mes parents ont fait savoir autour d'eux qu'ils m'estimaient trop jeune pour entrer à l'université, et que j'allais passer l'année à travailler dans le magasin de ma tante.

— Avez-vous donné naissance à un enfant ?

— Oui. Une petite fille. Elle m'a été retirée aussitôt. Sur son lit de mort, ma mère a avoué que mon père avait vendu l'enfant au plus offrant. Il a reçu quarante mille dollars. Je n'ai jamais cessé d'en souffrir.

256

— Avez-vous dit au Dr Grant que vous aviez eu un enfant ?

— Bien sûr. Avant notre mariage. Je n'aurais pas pu le lui cacher. C'était faire preuve d'honnêteté envers lui.

— Quelle a été sa réaction ?

— Il a proposé de m'aider à retrouver l'enfant.

— Et qu'avez-vous fait ?

— Je n'ai rien fait. J'avais honte. Mon père avait vendu mon bébé. Ma mère avait dit sur son lit de mort que l'argent reçu devait servir à payer mes études. Au lieu de quoi, mon père l'a utilisé pour séduire sa nouvelle femme, alors même que ma mère était encore en vie. »

Betsy réprima un sanglot. « Ma fille m'a manqué à chaque minute de chaque journée, depuis qu'elle est venue au monde. En tant qu'enseignante j'ai eu constamment autour de moi des étudiants qui me rappelaient qu'elle aurait pu être parmi eux. Je me suis toujours demandé ce qu'elle était devenue.

— Madame Grant, qui est le père de votre enfant ?

— Son père est Peter Benson.

— En êtes-vous sûre ?

— Oui. Absolument certaine. Peter était le seul garçon avec lequel je sortais quand j'étais au lycée.

— Lui avez-vous jamais dit que vous étiez enceinte ?

— Non, jamais.

— Pourquoi ?

— Mes parents m'avaient exilée à Milwaukee. Ils ne voulaient pas que Peter, ni personne d'autre, soit au courant. Ils ne voulaient pas de cet enfant, et ils ne voulaient pas que la famille de Peter puisse éventuellement chercher à en avoir la garde. Et, comme je l'ai déjà dit, mon père a vendu mon bébé.

— Vous affirmez donc que, depuis le jour où vous vous êtes rendu compte que vous étiez enceinte jusqu'à cette photo sur Facebook postée hier soir, vous n'avez jamais révélé à Peter Benson l'existence de cet enfant ?

— Non, je ne lui ai rien dit. Et le plus désespérant pour moi est qu'il l'apprenne en voyant la retransmission de cette audience.

— Madame Grant, vous ne niez pas avoir eu rendez-vous avec Peter Benson une ou deux fois par mois au cours des deux années qui ont précédé la mort de votre mari ?

— Non, je ne le nie pas.

— Aviez-vous une liaison avec lui ?

— Non.

— Parlez-nous de la relation que vous entreteniez.

— Elle était exactement ce qu'il a décrit dans sa déposition. Je l'ai croisé par hasard dans un musée à New York environ deux ans avant la mort de mon mari. Nous étions tous les deux à un moment difficile de notre existence. Il était en deuil de sa femme et je voyais se dégrader jour après jour l'homme merveilleux qu'était mon mari. Nous nous sommes apporté un grand réconfort mutuel.

— Avez-vous éprouvé des sentiments plus vifs envers Peter Benson ?

258

— Je mentirais en disant que mon attachement pour lui n'est pas devenu de plus en plus profond. Comme il l'a déclaré à la barre, il en était de même pour lui.

— Avez-vous parlé entre vous de vos sentiments réciproques ?

— Oui. Je lui ai dit que je ne serais jamais infidèle à Ted et que je ne l'abandonnerais jamais.

— Madame Grant, avez-vous pu de quelque manière que ce soit porter atteinte à la vie de votre mari durant la nuit du 21 au 22 mars ?

— Absolument pas. Il est vrai que ce dernier soir je m'étais résolue à le mettre dans une maison médicalisée. Mais jamais je n'aurais pu lui faire du mal.

— Pas d'autres questions, Votre Honneur.

— Monsieur le procureur, vous pouvez procéder au contre-interrogatoire », dit le juge Roth.

Elliot Holmes se leva et s'avança.

« Madame Grant, il ne fait pas de doute que le 21 mars de l'année dernière, à partir de vingt et une heures quarante-cinq, vous étiez seule dans la maison avec votre mari. Est-ce exact ?

— Oui.

— Et pendant la nuit, vous n'avez entendu personne pénétrer dans la maison ? Est-ce exact ?

— Oui.

— Et quand l'aide-soignante est arrivée le lendemain matin à huit heures, l'alarme était branchée. Est-ce exact ?

— Oui.

259

— Et votre mari a été découvert mort deux minutes plus tard. Est-ce aussi exact ?

— Oui.

— Et vous n'êtes pas sans savoir que la police n'a trouvé aucune trace d'effraction, ni fenêtre brisée ou serrure forcée ?

— Je ne l'ignore pas.

— Madame Grant, vous avez admis qu'au cours des deux années qui ont précédé la mort de votre mari, vous rencontriez régulièrement Peter Benson ?

— C'est exact.

— Avez-vous jamais dîné ensemble dans le New Jersey ?

— Non, jamais.

— Pour quelle raison ?

— Je voulais profiter du réconfort de sa présence, mais je savais comment seraient interprétées nos rencontres par des personnes de notre connaissance. Je ne nie pas mon souhait de conserver notre amitié secrète. J'avais déjà assez de chagrin pour ne pas avoir à supporter des commérages.

— Madame Grant, est-il vrai que vous avez tué votre mari parce que vous n'en pouviez plus et que vous vouliez vivre avec Peter Benson ?

— Monsieur Holmes, j'étais épuisée. J'étais triste. J'aurais pu arriver au résultat que vous décrivez simplement en mettant mon mari dans une maison de santé. Si je l'avais fait, j'aurais pu voir Peter Benson beaucoup plus souvent. »

Betsy se pencha en avant et pointa le procureur du doigt, haussant le ton :

« Si je l'avais mis dans une maison médicalisée, j'aurais présenté Peter Benson à mes amis et ils auraient compris.

— Depuis combien de temps n'avez-vous pas vu Peter Benson ni parlé avec lui ?

— La dernière fois que je l'ai vu, c'était au tribunal le jour où il a fait sa déposition. Il m'a téléphoné le soir pour s'assurer que j'allais bien. Et précédemment, j'avais téléphoné à Peter le matin où mon mari a été trouvé mort et... »

Le procureur Holmes l'interrompit d'un ton sarcastique : « L'avez-vous appelé ce matin-là pour lui annoncer la bonne nouvelle, que vous étiez enfin libre ? »

Betsy tressaillit et s'agrippa aux bras de son siège.

« Monsieur Holmes, insinuer que la mort de mon mari était une bonne nouvelle est méprisable.

— Madame Grant, n'est-il pas méprisable à vos yeux de fracasser le crâne d'un homme affaibli et sans défense, endormi dans son lit ? »

Betsy se leva brusquement, outrée. « Oui, c'est méprisable, mais je ne l'ai pas fait. Je n'ai pas fracassé le crâne de mon mari pour aller me recoucher ensuite. Je n'ai pas tué mon mari. Je n'ai pas tué Ted. »

Le juge intervint : « Madame, je vous demande de vous rasseoir. »

Elliot Holmes regarda le juge. Sur un ton dédaigneux, il déclara : « Votre Honneur, je n'ai pas d'autre question à poser au témoin. »

Le juge se tourna vers Robert Maynard. « D'autres questions ?

— Non, Votre Honneur. Je vous remercie. »

Le juge s'adressa alors à Betsy Grant. « Madame Grant, vous pouvez vous retirer. »

Betsy eut l'impression que les paroles du juge lui parvenaient de très loin. Elle voulut se lever mais ses jambes fléchirent et tout devint noir autour d'elle.

Des exclamations retentirent à travers la salle d'audience quand elle s'évanouit et s'effondra au sol. Tandis que les officiers de police se précipitaient pour lui venir en aide, le juge ordonna aux jurés de se rendre dans la salle de délibération et aux spectateurs de quitter la salle. Les agents du service médical arrivèrent sur-le-champ et, dix minutes plus tard, indiquèrent au juge que l'état de Betsy Grant n'était pas inquiétant. Après s'être entretenu avec les avocats de la défense et de l'accusation, le juge décida de suspendre les débats jusqu'au mercredi matin.

Les jurés restèrent dans la salle de délibération pendant que Betsy recevait les premiers soins. Avant qu'elle ne parte, Robert Maynard consentit à ce que le juge convoque le jury en dehors de la présence de sa cliente. Le juge informa les jurés, visiblement soucieux, que l'accusée se portait bien et que l'audience reprendrait le mercredi. Il leur rappela que leur verdict devait être fondé uniquement sur la preuve sans être affecté par le préjugé, le parti pris ou la compassion.

44

Jonathan Cruise avait établi une liste de six médecins à Fort Lee qu'il désirait interviewer. Il avait choisi de se présenter comme un journaliste du *Washington Post* désireux de discuter avec eux des problèmes d'overdose dans le New Jersey.

Ceux qui l'intéressaient tout spécialement étaient les Drs Kent Adams et Scott Clifton. Qu'ils aient été les associés de Ted Grant éveillait son instinct de journaliste d'investigation. Une idée lui trottait dans la tête.

Il commença par deux autres médecins afin de ne pas éveiller la méfiance de Clifton et d'Adams.

Le premier fut le Dr Mario Iovino, un obstétricien qui dressa un tableau tragique des dégâts sur les bébés dont les mères avaient consommé du crack. « C'est visible dès la première minute, dit-il. Au lieu de pousser un cri vigoureux, ils miaulent comme des chats au moment de la naissance. J'en ai accouché très peu dans l'exercice de mon métier, mais ce gémissement m'a chaque fois brisé le cœur. »

Jon prit quelques notes. « Quel âge ont les mères de ces enfants ?

— Le spectre est large, de quinze à quarante-cinq ans », répondit Mario Iovino.

Le suivant fut le Dr Neil Carpenter, rhumatologue de son état.

« Des patients m'appellent en prétendant souffrir le martyre à cause d'une chute, d'une crise d'arthrite ou d'une entorse.

— Que faites-vous lorsque vous craignez qu'ils deviennent dépendants aux analgésiques ?

— Je leur recommande des patchs chauffants et du Doliprane », dit-il avec un sourire.

Jon avait rendez-vous avec le Dr Scott Clifton le lendemain à deux heures et demie. Le Dr Kent Adams avait accepté de le rencontrer, mais son agenda était complet pour les deux jours à venir.

45

Les propos pernicieux de Scott à propos de Betsy Grant avaient incité Lisa à assister à la suite du procès. Sarah Adams et elle avaient déjà témoigné, et les deux parties leur avaient indiqué qu'elles ne seraient pas rappelées comme témoins. Dans ces circonstances, le juge avait modifié l'ordonnance d'isolement qui les concernait et déclaré qu'elles pouvaient assister aux séances si elles le désiraient.

Le procureur ne souhaitait pas qu'elles reviennent. Sarah et elle avaient apporté un soutien indéfectible à Betsy quand elles étaient à la barre. Il n'y avait rien qu'elles puissent ajouter à leur déposition. Naturellement, Lisa n'était pas dans la salle quand Sarah avait témoigné, mais ce soir-là Scott s'était amèrement plaint. « D'après ce qu'on rapporte, Sarah et toi n'avez cessé de vanter les qualités de Betsy Grant. Pourquoi ne téléphonez-vous pas au Vatican pour la faire canoniser ?

— Elle le mériterait, après tout ce qu'elle a enduré », lui avait vertement répondu Lisa.

Quand elle avait fait la connaissance de Ted et de Betsy, peu après son mariage avec Scott, elle s'était

265

réjouie d'apprendre que Betsy était comme elle une adepte du Bikram yoga. Elles avaient décidé de participer à des séances de hot yoga dans un studio de Westwood, situé entre Ridgewood et Alpine. Elles s'y retrouvaient une fois par semaine, et leur amitié avait grandi au point qu'elles avaient pris l'habitude de déjeuner ensemble environ trois fois par mois.

Ces déjeuners avaient cessé quand Betsy avait été inculpée et Lisa inscrite sur la liste des éventuels témoins au procès. Malgré tout, Lisa se rappelait avec quelle tendresse Betsy parlait toujours de Ted. L'amitié de Betsy lui manquait. Négligeant les propos acerbes de Scott, elle lisait tous les comptes rendus des journaux et regardait tous les reportages télévisés du procès. Elle appréciait en particulier les commentaires de Delaney Wright et ses échanges avec le présentateur.

La veille du témoignage de Betsy, Lisa avait peu dormi. Elle se leva tôt et était déjà dans la cuisine quand Scott descendit prendre son petit-déjeuner.

Il semblait tout sucre tout miel. « Lisa, une fois que ce procès sera terminé, nous irons passer un long week-end à Saint-Domingue, tu verras qu'ensuite nous n'aurons pas besoin de consulter un conseiller conjugal. » Il ajouta : « Et laisse-moi te dire une chose : tu es aussi belle le jour que la nuit.

— Merci. Un week-end à Saint-Domingue, quelle excellente idée ! »

Elle s'efforça de paraître enjouée en remarquant les cernes de plus en plus sombres qui entouraient les yeux de son mari. Il dort encore moins que je le croyais.

« Et il reste à mettre cette maison en vente et à en trouver une nouvelle, continua Scott. Je suis tenté par cette résidence qui vient de se construire à Saddle River. Certains membres du club s'y sont installés, et j'ai entendu dire qu'ils étaient enchantés. »

Il faut que je me sauve d'ici, se dit Lisa, je suis vraiment mauvaise comédienne.

Lorsque Scott fut parti, après un baiser faussement affectueux, elle s'essuya les lèvres et monta s'habiller. En retirant sa robe de chambre, elle se regarda dans la glace. Je suis encore pas mal, se dit-elle. Elle était contente de la nouvelle coupe de ses cheveux couleur de blé. Ses hautes pommettes et ses yeux noisette ressortaient encore davantage à présent. Après avoir pris sa douche, elle enfila un pantalon et une légère veste grise, une de ses tenues préférées.

Quand les portes de la salle d'audience s'ouvrirent, elle parvint à trouver une place à quelques rangs derrière la table de la défense. Betsy entra avec ses avocats et, se tournant vers les spectateurs, croisa le regard de Lisa avant de lui adresser un rapide sourire. Elle était visiblement heureuse de la voir là.

Le témoignage de Betsy dura plusieurs heures.

La stupéfaction de Lisa en apprenant l'existence de l'enfant de Betsy fut partagée par tous ceux qui étaient présents à l'audience. Et ils furent tous interdits en apprenant que Peter Benson était le père de l'enfant.

267

Puis Betsy s'évanouit et Lisa resta dans la salle quand le juge en ordonna l'évacuation. « Je suis une de ses proches amies », dit-elle avec assurance aux officiers de police au moment où l'un d'eux appliquait un masque à oxygène sur le visage de Betsy et que l'autre lui prenait le pouls.

Lorsque Betsy commença à reprendre conscience, Lisa resta près d'elle, lui tint la main, lui caressa le front, essuya les larmes qui coulaient sur ses joues. Et quand les ambulanciers arrivèrent, Betsy refusa avec véhémence d'être transportée à l'hôpital. « Je veux rentrer chez moi, dit-elle. Est-ce que mon chauffeur est là ? »

Robert Maynard et ses associés attendaient au fond de la salle d'audience. Un membre de l'équipe médicale les informa que Mme Grant désirait rentrer chez elle, et ils décidèrent de la reconduire jusqu'à sa voiture.

Delaney était sur les marches du tribunal au moment où ils en sortirent. Betsy portait des lunettes noires, qui dissimulaient mal son visage marqué par les larmes. Delaney regarda les photographes la mitrailler et étouffa un cri quand elle fut sur le point de s'effondrer, au moment où le chauffeur ouvrait la portière de la voiture.

Ce fut avec soulagement qu'elle vit Lisa Clifton monter dans la voiture avec Betsy, l'entourant de son bras. Le chauffeur démarra aussitôt et s'éloigna du trottoir.

Le Dr Scott Clifton a clairement laissé entendre lors de sa déposition qu'il croyait que Betsy avait tué son mari. Mais il est visible que sa femme ne partage pas son avis, pensa Delaney.

Se sentant brusquement déprimée par les événements de la journée, elle resta un moment hésitante avant d'apercevoir Alvirah et Willy, un peu à l'écart. Delaney leur adressa un geste de la main, et ils la rejoignirent. « Delaney, pourquoi ne viendriez-vous pas dîner chez nous ce soir ? »

Delaney, ravie, accepta avec enthousiasme.

L'agréable fumet d'un rôti de bœuf accueillit Delaney au moment où elle entra dans l'appartement d'Alvirah et de Willy après son reportage sur le procès de Betsy Grant aux informations de dix-huit heures. À l'antenne, Don Brown lui avait demandé quelle avait été la réaction de la salle quand Betsy Grant s'était effondrée. Elle avait choisi ses mots avec soin avant de répondre qu'une exclamation de surprise avait retenti parmi les spectateurs et les jurés. Elle avait raconté que le juge avait renvoyé le jury dans la salle de délibération et fait évacuer la salle.

« Pensez-vous que les jurés auront plus de sympathie pour elle ? » avait encore demandé Don Brown.

Delaney avait failli répondre : « Ce serait naturel », mais s'était abstenue d'afficher un tel parti pris. « Ils ont tous eu l'air très inquiets quand elle s'est évanouie. Une jurée s'est mise à pleurer. »

Mais à la fin de l'émission, lorsqu'ils eurent rendu l'antenne, elle avait dit à Don Brown que Betsy Grant défendait son innocence avec passion, et que les jurés avaient sans aucun doute éprouvé de la compassion pour elle en la voyant s'évanouir. Mais elle pensait également que le procureur lui avait porté un coup fatal en lui demandant si elle avait annoncé la « bonne nouvelle » de la mort de son mari à Peter Benson. « Il a sorti ça juste après l'avoir entendue reconnaître qu'elle était amoureuse de lui et qu'il était le père de son enfant. En outre, son avocat n'a pas su fournir d'explication convaincante concernant le fait que l'alarme était branchée au moment de l'arrivée de l'aide-soignante le matin de la découverte du corps. »

Delaney répéta à Alvirah et à Willy ce qu'elle avait dit à Don.

« Qu'en pensez-vous, Willy ?

— Je dis depuis le début que je la crois coupable. »

Bien que le rôti fût délicieux, Delaney ne put en manger que quelques bouchées. « Alvirah, vous savez combien j'apprécie votre rôti de bœuf au Yorkshire pudding mais, je dois être franche, je n'arrive pas à avaler grand-chose en ce moment. Chaque fibre de mon être clame que Betsy Grant est innocente. »

Ses yeux brillaient de larmes contenues. « Alvirah, nous avons toutes les deux couvert suffisamment de procès de ce genre pour savoir combien il est éprouvant de voir l'accusé déclaré coupable de meurtre ou d'homicide, puis menotté par les officiers de police et emmené hors du tribunal. »

Delaney eut un faible sourire. « J'ai eu le cœur serré quand j'ai entendu Betsy Grant déclarer avec émotion combien sa fille lui avait manqué, combien elle en avait souffert durant toutes ces années. Je me demande si j'entendrai un jour ma mère naturelle prononcer ces mots. »

47

Quand Delaney eut assimilé l'incroyable nouvelle que venait de lui annoncer Alvirah, ses sentiments oscillèrent entre la joie et le désespoir. Elle était convaincue que Betsy serait condamnée au moins pour homicide involontaire. Les preuves accablantes réunies contre elle, en particulier la révélation que Peter Benson était le père de son enfant, pèseraient davantage auprès du jury que ses protestations.

Son enfant, pensa Delaney. Moi.

À l'âge de trois ans, elle s'était mise à pleurer parce qu'elle ne ressemblait à aucun des autres membres de la famille. Aujourd'hui, se rappelant Peter Benson, elle se rendait compte qu'elle avait ses cheveux châtains et ses yeux écartés.

Mon père, ma mère, ne cessa-t-elle de penser lors de la nuit sans sommeil qui suivit. Elle se leva tôt, prit une douche et s'habilla. En se maquillant, elle s'observa dans le miroir. Peter Benson est mon père, se dit-elle, mais je ressemble davantage à Betsy.

Elle put à peine avaler une tasse de café. Une seule pensée occupait son esprit : pourquoi quelqu'un aurait-il voulu tuer le Dr Grant ? Le suspect principal aurait dû être Alan Grant. Comme il l'avait lui-même reconnu à la barre, ses dépenses et ses dettes étaient considérables mais il devait hériter d'au moins la moitié des quinze millions de dollars de la fortune de son père. Et de la totalité si Betsy était condamnée. Son père avait très bien pu lui communiquer le code de l'alarme. Alan avait pu aisément décrocher la clé dans la cuisine. Mais il avait un solide alibi concernant la nuit du crime.

Qui d'autre ? Carmen Sanchez et Angela Watts avaient chacune reçu par testament vingt-cinq mille dollars du Dr Grant. Le notaire l'avait spécifié dans sa déposition. Mais le savaient-elles avant qu'il meure ?

Et que dire des anciens associés du docteur ? Ils avaient fermé leur cabinet peu après que la maladie d'Alzheimer avait été diagnostiquée chez Ted Gant et leurs chemins s'étaient séparés.

Il n'y a pas d'autres suspects plausibles, conclut Delaney, consternée.

À neuf heures, le lundi matin, elle était dans le bureau de la productrice exécutive du JT. « Je ne peux plus continuer d'assurer la couverture du procès de Betsy Grant », lui annonça-t-elle. Quand elle lui en donna la raison, l'expression en général impassible de Kathleen Logan trahit son incrédulité et sa compassion.

« Bien sûr, Delaney, nous devons vous retirer le compte rendu du procès. Et je comprends tout à fait que vous craigniez que votre mère soit déclarée coupable. »

274

Delaney hocha la tête. « Je suis sûre qu'elle est innocente et je suis complètement désarmée. »

Après un instant, elle poursuivit : « Je voudrais vous demander deux choses. Premièrement, pourrais-je prendre un congé exceptionnel, peut-être d'une semaine à partir d'aujourd'hui ? »

Kathleen Logan répondit sans hésiter : « Bien entendu, Delaney. Prenez tout le temps que vous voudrez.

— Merci. Et par ailleurs, personne, à part vous et deux de mes amis intimes, ne connaît mes liens avec Betsy Grant et Peter Benson. S'il vous plaît, j'aimerais qu'il en soit ainsi pour le moment.

— Vous avez ma parole », promit Kathleen Logan.

48

Encore sous le choc après avoir découvert sur Face-book la photo de la jeune Betsy enceinte et appris qu'il était le père de l'enfant, Peter Benson ne savait quoi faire.

Tout son instinct le poussait à se précipiter au volant de sa voiture et à rejoindre Betsy, mais il savait qu'à ce point critique du procès, il était essentiel qu'il se tienne à l'écart.

Elle a souffert seule pendant toutes ces années, après avoir été forcée d'abandonner notre enfant, trop hon-teuse pour tenter de le retrouver, pensa-t-il. Il se sou-venait trop bien du père de Betsy. En juillet, l'été où Betsy et lui avaient quitté le lycée de Hawthorne, leur diplôme en poche, M. Ryan lui avait téléphoné pour lui ordonner de ne plus appeler Betsy. Il avait ajouté qu'elle attendrait un an avant d'aller à l'université. « Elle est trop jeune pour s'en aller, avait déclaré Mar-tin Ryan, et trop jeune pour fréquenter quelqu'un. »

Peter se rappelait clairement le ton furieux du père. Puis il pensa à la mère de Betsy. Elle avait visible-ment été brimée par son mari et souffrait déjà du can-cer qui devait l'emporter six ans plus tard.

Peter avait écrit à Betsy et à son père pour leur présenter ses condoléances lors de la mort de Mme Ryan mais n'avait reçu aucune réponse.

Aujourd'hui, il tournait et retournait la même pensée dans sa tête : j'ai quelque part une fille de vingt-six ans. À qui ressemble-t-elle ? À Betsy ? À moi ? Est-ce qu'elle a les yeux bleus, comme sa mère, ou marron, comme moi ?

Il avait pris un jour de congé, craignant les commérages sur le campus. Depuis sa déposition au tribunal, il savait qu'on ne parlait que de Betsy et lui dans les couloirs. En outre, il voulait être chez lui quand serait diffusé au journal télévisé le compte rendu du témoignage de Betsy.

Après la mort de sa femme, Peter avait vendu leur maison et s'était installé dans un appartement non loin du campus. Annette et lui avaient été déçus de ne pas avoir d'enfants. Ils avaient essayé la fécondation *in vitro* à trois reprises, et elle avait fait une fausse couche chaque fois.

Je suis devenu père à dix-huit ans, songea Peter. Si je l'avais su, aurais-je choisi de renoncer aux études et de trouver un travail ? Je ne sais pas. Comment savoir qui j'étais vraiment à dix-huit ans ?

Au banc des témoins, Betsy avait déclaré qu'elle avait voulu garder l'enfant, mais que son père l'avait vendu au plus offrant. Qui avait acheté la petite fille ? Était-elle encore en Amérique ?

À dix-neuf heures, sa mère téléphona. À soixante-treize ans, veuve depuis quatre ans, elle était très proche de son fils. Elle dit : « Oh, Peter, comme nous aurions aimé ton père et moi nous occuper de ce bébé. Si seulement nous l'avions su. Sachant combien vous vous aimiez, j'ai toujours trouvé bizarre que Betsy retarde son entrée à l'université et parte pour Milwaukee. Si seulement j'avais suivi mon instinct qui me poussait à aller la voir là-bas. »

Quelques minutes plus tard, incapable d'attendre plus longtemps, il appela Betsy. Au téléphone, sa voix était faible, lasse et triste. « Peter, je sais qu'ils vont me déclarer coupable. J'espère que tu essaieras de retrouver notre enfant. Et si tu y parviens, dis-lui bien que sa mère n'est pas une meurtrière. Je t'en prie. »

49

Après dix cambriolages et une série de gains au black jack à Atlantic City, Anthony Sharkey, dit Tony le Requin était comme à l'accoutumée resté trop longtemps à la table de jeu et avait tout perdu.

Retour à la case départ, se dit-il, morose, en regagnant Saddle River au volant de sa voiture.

Il était toujours en possession du bracelet. Oh, bien sûr, il pourrait en tirer trente mille dollars au mont-de-piété, même si sa disparition avait fait l'objet d'une déclaration, mais il perdrait alors son seul atout pour négocier si jamais il se refaisait pincer au cours d'un autre boulot.

Un atout de poids.

Le temps était venu de tenter un nouveau coup. Il venait d'être engagé comme laveur de carreaux. Un job facile à trouver. Les gens procédaient au grand nettoyage d'automne et, pour beaucoup, cela comprenait le lavage des vitres.

Il bossait depuis trois jours dans une des grandes demeures du quartier chic de Saddle River. En s'attaquant aux vitres de la chambre principale, il avait rapidement exploré la pièce. Dans une des penderies se trouvait un de ces coffres de pacotille, exactement semblable à celui de la chambre de Betsy Grant. L'ouvrir serait l'enfance de l'art.

Tony n'était pas encore sûr de son fait mais au cas où il se déciderait, il débrancha le système d'alarme sur une des portes vitrées de la chambre principale qui ouvrait sur le balcon.

Le patron de son entreprise lui demanda alors quand il aurait terminé. « Demain après-midi au plus tard, lui assura Tony.

— Tu ferais mieux de te grouiller. Les propriétaires partent tous en croisière et ils ne veulent pas laisser quelqu'un travailler dans la maison pendant leur absence. »

Ça tombait bien, pensa Tony. L'escabeau qu'il emportait toujours dans sa voiture était assez haut pour lui permettre de se hisser à la force des bras jusqu'au balcon.

Il y avait sûrement des caméras de surveillance partout dans une maison pareille. Mais avant d'arriver sur les lieux, il s'arrêterait pour dissimuler les plaques minéralogiques de sa voiture sous une toile et il porterait des vêtements sombres et une cagoule. Tout était planifié. Si l'alarme se déclenchait, il aurait regagné la route 17 avant que les flics aient démarré.

C'était risqué. Tony le savait. Mais il adorait la satisfaction éprouvée chaque fois qu'il déjouait ce genre de système. Et si les choses tournaient mal, il pourrait toujours produire le bracelet pour jouer à « donnant-donnant ».

Il avait attendu tout le week-end et jusque tard dans la soirée de lundi pour s'assurer que la famille était bien partie en croisière, puis il était retourné à la maison à une heure du matin. À la sortie de l'autoroute, il s'arrêta pour masquer ses plaques. Sans se douter qu'une voiture de police patrouillait dans les environs et surveillait ses faits et gestes, il remonta dans sa voiture et se dirigea vers la maison qu'il avait l'intention de cambrioler.

L'allée d'accès dessinait un demi-cercle devant l'entrée, puis continuait jusqu'à un parking à l'arrière. Tony y laissa sa voiture et, son échelle sous le bras, revint à pas de loup sur le devant de la maison. Il déplia l'échelle, y grimpa et se hissa sur le balcon. Il avait à peine commencé à crocheter la serrure qu'un projecteur pointé sur lui l'éblouit, tandis qu'une voix tonitruante dans un haut-parleur lui ordonnait de lever les mains et de ne plus faire un geste.

Le mardi matin à une heure et quart, Tony Sharkey, menotté à l'arrière d'une voiture de police, fut conduit au poste de Saddle River par l'agent qui venait de l'arrêter. Dès son entrée, il suivit un processus qui lui était familier. Photographie, empreintes digitales, interrogatoire classique : nom, date de naissance et adresse.

Puis on le conduisit le long d'un couloir jusqu'au bureau du commissaire. L'inspecteur William Barrett l'y attendait.

« Monsieur Sharkey, dit-il, l'officier de police qui vous a appréhendé a signalé que suite à l'avertissement Miranda qui vous a été notifié sur place, vous avez indiqué vouloir parler à un inspecteur. C'est exact ?

— Oui, dit Tony d'un ton résigné.

— Comme l'officier de police vous l'a dit, et je vous le répète à présent, vous avez le droit de ne pas répondre aux questions. Vous avez le droit d'être assisté par un avocat avant de répondre à une question. Si vous ne pouvez pas financièrement vous assurer ses services, un avocat sera commis d'office. Tout ce que vous direz pourra et sera utilisé contre vous au cours d'un procès. Et finalement, si vous choisissez de répondre aux questions, vous pourrez vous interrompre à n'importe quel moment. Comprenez-vous tout ceci ?

— Ouais, ouais, je connais tout ça par cœur.

— Très bien, monsieur Sharkey. Tentiez-vous de pénétrer dans la maison quand vous avez été arrêté ?

— Évidemment. Pourquoi croyez-vous que j'étais sur ce balcon en plein milieu de la nuit ?

— Je me doute vous n'étiez pas en train de cueillir des pommes, répliqua l'inspecteur, sarcastique. Qu'aviez-vous l'intention de faire une fois à l'intérieur ?

— Trouver des bijoux et du liquide.

— Y avait-il quelqu'un d'autre avec vous ?

— Non, je suis toujours le "Lone Ranger".

— Alors, que désiriez-vous me dire ?

— Vous êtes au courant de cet énorme procès à Hackensack de cette dame riche qui est accusée d'avoir tué son mari ? Vous savez, ce type qui avait la maladie d'Alzheimer ?

— Je suis au courant, répondit Barrett sèchement. En quoi cela vous concerne-t-il ?

— Je lavais les vitres dans cette maison deux jours avant. J'y étais entré la nuit où le docteur a été refroidi. Ce n'est pas moi qui l'ai fait, mais je ne pense pas que ce soit sa femme non plus.

« — Vous étiez dans la maison cette nuit-là ? demanda Barrett, éberlué. Qu'est-ce que vous y faisiez ?

— Je m'offrais un bijou. Un bracelet. Je l'ai toujours.

— Vous l'avez ? Où est-il ?

— Dans ma piaule à Moonachie. Le flic qui m'a pincé a pris mes clés. Vous pouvez aller fouiller chez moi. Il est couvert de diamants et d'émeraudes.

— Où l'avez-vous caché ?

— Il est dans un sac en papier sous un carreau descellé en dessous du lavabo de la salle de bains. »

L'inspecteur Barrett ne savait pas si Tony Sharkey était cinglé ou s'il détenait vraiment quelque chose d'important. Mais il était évident qu'ils devaient vérifier sans attendre.

Il se tourna vers l'agent qui se tenait dans la pièce. « Donnez-moi les clés qui sont dans l'enveloppe de ses effets personnels. » Puis, s'adressant à Sharkey : « Veuillez signer cette autorisation. »

Tony griffonna sa signature sur le formulaire.

« Bien, nous allons envoyer des agents à votre appartement. Je vous reparlerai s'ils trouvent quelque chose.

— OK, fit Tony. Et dites-leur qu'il n'y a rien d'autre dans l'appartement. Qu'ils n'abîment pas mon décor. »

Barrett leva les yeux au ciel. « En attendant, on va vous mettre en cellule.

— Oh, encore une chose. Lorsque vous aurez le bracelet, appelez Wally's Window Washers à Paramus.

Demandez-leur de vous refiler les noms des types qui faisaient les carreaux chez les Grant à Alpine pendant les deux jours avant la mort du mec. »

51

Une heure et demie plus tard, revenus de Moonachie, les policiers étaient en réunion avec Barrett.
L'inspecteur examinait le bracelet qu'ils avaient
trouvé dans la salle de bains sous le carreau descellé
en dessous du lavabo – à l'emplacement exact indiqué
par Tony. « Sortez-le de sa cellule », ordonna-t-il.

Tony s'assit en face de Barrett et sourit en voyant
qu'il tenait le bracelet à la main. « Je vous l'avais bien
dit, hein ? Et regardez les initiales, TG et BG. Ted et
Betsy Grant. C'est charmant, non ?

— D'accord, ce que vous nous avez dit est exact,
pour l'instant, dit l'inspecteur prudemment. Mais je
ne pourrai pas joindre votre entreprise de lavage de
carreaux avant plusieurs heures. Leurs bureaux ne
sont pas ouverts au milieu de la nuit.

— Ça va se vérifier aussi, je vous le garantis. »

Barrett savait que le procureur Elliot Holmes devait
être informé de cette nouvelle sans plus tarder. Tous
les services de police avaient son numéro en cas d'urgence. Et c'était un cas d'urgence. Il sortit de la pièce
et composa à regret le numéro personnel du procureur. Réveillé en plein sommeil, Holmes décrocha.

286

« Monsieur, je suis désolé de vous appeler à cette heure. Je ne le ferais pas si les circonstances ne m'avaient pas paru exceptionnelles.

— Très bien – qu'avez-vous à me dire ? »

Barrett rapporta l'arrestation de Tony, la récupération du bracelet avec les initiales inscrites sur le fermoir, et ajouta que Tony prétendait avoir été présent dans la maison la nuit du meurtre. Holmes écouta ces nouvelles, incrédule. « Quand la perte du bracelet a-t-elle été déclarée ?

— C'est ce qu'il y a de plus étrange, monsieur. Elle ne l'a jamais été. J'ai appelé la police d'Alpine avant de vous joindre. Ils n'ont rien dans leurs archives.

— Donc, s'il est entré dans la maison, il n'y a aucune preuve de la date ?

— C'est exact, monsieur. Il prétend qu'il lavait les vitres quelques jours avant la mort du docteur. Je n'en aurai pas la confirmation avant demain matin, à l'heure de l'ouverture de la société. »

Holmes était furieux. Il lui faudrait parler à Sharkey puis avertir Maynard. « Amenez-le à mon cabinet à huit heures demain matin. Je n'ai vraiment pas besoin de ce genre de balivernes à la veille d'un réquisitoire. » Et il raccrocha aussi sec.

Cinq heures plus tard, Holmes entra dans la salle d'interrogatoire de son cabinet et s'assit à la table de conférence. Tony venait d'être amené par Barrett. Deux des inspecteurs de la brigade criminelle qui avaient travaillé sur l'affaire prirent place à côté du procureur, non sans avoir jeté à Tony un regard méprisant.

Holmes commença : « Donc, monsieur Sharkey…

— Appelez-moi Tony, comme tout le monde », répondit Tony d'un ton jovial.

Holmes ne releva pas et continua : « Je crois savoir que vous avez été informé de vos droits Miranda et que vous désirez me parler. Est-ce exact ?

— C'est bien pour ça que je suis ici. Vous avez un beau bureau.

— Vous comprenez cet avertissement, n'est-ce pas ? Je présume que oui. Vous avez un lourd passé de délinquant, aussi je pense que vous avez été informé de ces droits plus d'une fois.

— Ouais, des tonnes de fois. Je comprends tous ces trucs. Pas de problème.

— L'inspecteur Barrett m'a fait savoir que vous affirmez avoir été présent dans la maison d'Alpine la nuit où le Dr Grant a été assassiné. Vous l'avez d'abord mentionné à la police quand ils vous ont arrêté au cours d'une effraction. Puis vous nous présentez un bracelet qui peut ou non provenir de la maison en question mais dont la perte n'a jamais été déclarée. »

Holmes était sur le point de continuer quand un autre inspecteur entra et lui murmura quelque chose à l'oreille. Il fit une grimace puis reprit : « On m'informe que la société de lavage de carreaux a bien confirmé que vous avez travaillé dans la maison d'Alpine pendant les deux jours qui ont précédé le meurtre du docteur. »

Tony se tourna vers l'inspecteur Barrett d'un air triomphant. « Vous voyez, je vous l'avais dit.

— En quoi cela me prouve-t-il que vous étiez présent quand le docteur a été assassiné ? demanda Holmes, furieux.

— Je suis revenu dans la maison la nuit après m'être déglingué le dos en nettoyant leurs foutues fenêtres. J'avais vu le coffre-fort dans la chambre principale à l'étage, et je savais que je n'aurais aucun mal à l'ouvrir.

— Comment êtes-vous entré ?

— Pendant que je lavais les carreaux, j'ai déconnecté le fil qui reliait l'alarme à la fenêtre de cette pièce. Quand je suis revenu, je suis entré par cette même fenêtre et j'ai remis le fil en place en partant, pour donner l'impression qu'elle était rétablie, mais en fait elle ne l'était pas. Ainsi je n'ai pas déclenché l'alarme. Ce système, c'est de la rigolade. Facile à contourner.

— Vous avez dit à l'inspecteur Barrett que vous aviez vu une voiture s'éloigner de la maison.

— Ouais, mais c'est là qu'il faut mettre cartes sur table. Je veux que vous m'accordiez la liberté conditionnelle avant que j'en lâche davantage. »

Le procureur Holmes se leva. « Vous voulez être mis en liberté conditionnelle ? En liberté conditionnelle ? Vous êtes un criminel endurci. On vous a pris il y a à peine quelques heures en plein cambriolage. La perte du bracelet n'a jamais été signalée. Même s'il a été dérobé dans cette maison, par vous ou par quelqu'un d'autre, ce sera un autre chef d'accusation, au minimum recel de vol. Vous ne pouvez pas prouver que vous étiez dans cette maison cette nuit-là. Et ne me parlez pas de cette voiture mystérieuse que vous avez soi-disant vue. »

Elliot Holmes contenait mal sa fureur. « Vous n'obtiendrez rien de moi, sauf de nouvelles inculpations. J'ai l'obligation d'informer immédiatement l'avocat de la défense, maître Maynard, de ce que vous m'avez dit. S'il s'intéresse à vos racontars, il peut alors vous faire citer comme témoin. Mais quand vous serez à la barre, je vous pulvériserai, comptez là-dessus. »

Se tournant vers ses deux inspecteurs, il aboya : « Débarrassez-moi de ce type. »

52

Robert Maynard arriva à son cabinet quelques minutes avant neuf heures. Bien qu'il ne se rendît pas au tribunal, il portait un complet élégant avec cravate, boutons de manchettes et chaussures parfaitement cirées. Il avait l'intention de préparer sa plaidoirie aujourd'hui. Il savait que la preuve contre Betsy Grant était en pratique inattaquable et que ce qu'il pouvait espérer de mieux était un jury bloqué, sinon une condamnation pour homicide involontaire. Moins de cinq minutes plus tard, sa secrétaire l'appelait pour lui dire que le procureur était au téléphone.

« Bonjour, Elliot. Je dois dire que je ne m'attendais pas à recevoir un appel de votre part.

— Bonjour, Robert. Et je dois dire que je n'imaginais pas vous appeler aujourd'hui non plus. Mais j'ai l'obligation de vous informer de certains nouveaux développements. »

Stupéfait, Maynard écouta le récit détaillé de l'arrestation de Tony Sharkey, la récupération du bracelet et les propos du même Tony affirmant qu'il était présent dans la maison la nuit du meurtre.

« Voilà la situation, dit Elliot. Vous pouvez aller le voir à la prison de Bergen County. Étant donné ces nouveaux éléments, je serai forcé de donner mon consentement si vous demandez au juge de reprendre le procès et de le citer comme témoin. J'espère bien que vous le ferez. Je n'en ferai qu'une bouchée. Je ne vais pas me laisser avoir par un type qui veut échanger sa conditionnelle contre la ruine de mon procès. »

Robert Maynard eut besoin d'un moment pour assimiler ce qu'il venait d'entendre. Les témoins de dernière minute n'existaient que dans les mauvais polars à la télévision, se dit-il. D'un ton soudain plus confiant, il dit : « Elliot, j'ignore où tout cela va nous mener. Si ruiner votre procès permet de disculper ma cliente, vous m'en voyez navré pour vous, mais je suis pour. Je serai à la prison dans une heure et parlerai à Sharkey. Je vous appellerai dès mon retour et vous dirai si j'ai l'intention de l'utiliser.

— OK. Faites ça. Si vous avez l'intention de le faire comparaître, il faudra voir le juge cet après-midi. Ce type refuse d'avoir un avocat, et je sais que le juge voudra d'abord l'interroger formellement sur sa décision de témoigner, avant de parler de la durée de détention à laquelle il est exposé.

— Très bien. Lorsque je lui aurai parlé, il faudra que je consulte Betsy Grant sur la ligne à adopter ensuite. Je devrais revenir vers vous à midi.

— C'est parfait. » Sur un ton maintenant un peu moins hostile, Holmes ajouta : « Cela fait longtemps que j'exerce et c'est la première fois que je vois un truc pareil se produire à la fin d'un procès d'assises.

— Eh bien, j'exerce sans doute depuis vingt ans de plus que vous, et c'est une première pour moi aussi. »

Robert Maynard raccrocha. Bien que sceptique à propos du témoin potentiel qu'il allait rencontrer, il envisagea pour la première fois que Betsy Grant soit peut-être innocente.

Sur la route de Hackensack, il téléphona à sa cliente et lui fit part de ce retournement de situation. En apprenant que Tony prétendait s'être trouvé chez elle la nuit de la mort de Ted, elle laissa échapper : « Robert, vous savez ce que cela signifie ? Je n'ai jamais eu l'impression que vous me croyiez innocente. Je n'ai aucune idée du moment où ce bracelet a disparu. Je me suis rendu compte de sa disparition deux mois après la mort de Ted. Je n'avais pas porté mes bijoux les plus précieux depuis bien longtemps. Carmen et moi avions passé la maison au peigne fin et conclu que Ted avait dû le jeter, comme il avait sans doute jeté la clé. Je n'ai jamais imaginé qu'il pouvait avoir été volé parce que tous mes autres bijoux de valeur étaient dans le coffre. J'étais sur le point de faire une déclaration à l'assurance... »

Elle s'interrompit « Attendez une minute, Robert, Carmen essaie de me dire quelque chose. De quoi s'agit-il, Carmen ? »

Carmen saisit le téléphone : « Monsieur Maynard, c'est une chose que je voulais dire au tribunal mais le juge me répétait de répondre seulement à ses questions. Je voulais lui dire qu'il y avait de la terre sur la moquette de la chambre principale quand j'ai passé l'aspirateur juste après la mort du Dr Ted.

— L'avez-vous dit à quelqu'un d'autre ?

— Non. Je me suis dit que je m'étais peut-être trompée. Mais j'avais vérifié toutes les pièces après le départ des laveurs de carreaux pour m'assurer qu'elles étaient propres. Il n'y avait pas de terre sur la moquette à ce moment-là. J'en suis sûre. J'étais tellement bouleversée par la mort du docteur que j'ai cru avoir mal vu. Mais je sais bien que non.

— Carmen, êtes-vous absolument sûre de ce que vous dites ? Cela pourrait être très important.

— Oui, monsieur Maynard. Je m'en suis voulu de ne pas l'avoir mentionné au procès. Mais comme je vous l'ai dit, le juge m'avait dit de répondre uniquement à ses questions. »

Betsy reprit le téléphone.

« Cela peut nous être très précieux, lui dit Maynard.

— Espérons-le.

— Betsy, je vais rencontrer ce type dans une heure. Je veux savoir s'il peut nous aider ou au contraire nous démolir. Je vous appellerai ensuite.

— D'accord. Dieu fasse que ce soit le miracle que j'attendais. »

Robert Maynard avait téléphoné à la prison du comté de Bergen et demandé à voir Sharkey dès son arrivée. Après avoir franchi les contrôles de sécurité, il fut conduit dans le parloir destiné aux avocats, une petite pièce meublée d'une table et de deux chaises. Trois minutes plus tard, Sharkey fit son entrée, accompagné de deux gardiens. L'un d'eux dit : « Nous nous tenons derrière la porte. Avertissez-nous quand vous aurez terminé. »

En le voyant s'asseoir en face de lui, Maynard perçut que Sharkey était inquiet. Holmes lui avait dit qu'il ne consentirait à aucun arrangement et qu'il était décidé à avoir sa peau.

« Monsieur Sharkey…

— Appelez-moi Tony.

— Bien. Tony, vous devez comprendre que ma seule obligation, en tant qu'avocat, est de défendre ma cliente Betsy Grant. Ce que je ferai, en ce qui concerne votre rôle dans cette affaire, dépendra de ce qui servira au mieux ses intérêts.

— Compris, répondit Tony. C'est votre devoir solennel et tout le blablabla.

— Vous devez savoir que vous avez droit à l'assistance d'un avocat.

— J'ai entendu ça au moins six fois. Je n'en veux pas. Le dernier petit génie qui m'a défendu m'a obtenu quatre ans de taule.

— Très bien. C'est votre choix. Vous devez aussi savoir que vous ne pouvez pas forcer le procureur à vous accorder la liberté conditionnelle ou à réduire votre peine.

— C'est ce qu'il m'a dit. Un vrai trésor, ce mec.

— Ce que je *peux* vous promettre, c'est que si votre témoignage permet d'identifier le véritable assassin, ou au moins de disculper Betsy Grant, le procureur sera fortement embarrassé et certainement contraint de vous accorder une réduction de peine. Et que ma cliente ne vous poursuivra pas pour avoir pénétré dans sa maison. Vous ne serez poursuivi que pour avoir été surpris à Saddle River. C'est ainsi que je vois les choses. »

Tony avait écouté avec attention, il hocha la tête. « À vous entendre, c'est ce que j'ai de mieux à faire. »

Maynard acquiesça : « Naturellement, vous devez tout passer en revue avec moi et me dire tout ce que vous savez. C'est mon seul moyen de décider si je veux vous faire comparaître. Je veux être sûr de vous si vous témoignez. Si vous me menez en bateau, nous vous ferons poursuivre pour le vol du bracelet. C'est bien compris ?

— Ouais, c'est sûr. Dites à cette jolie dame de pas s'en faire. Avec ce que je sais, je suis le meilleur ami qu'elle ait jamais eu. »

Maynard examina alors tout ce que Tony avait dit à la police et au procureur. Ensuite, il passa en revue les détails que Tony ne devait en aucune façon révéler au procureur.

« Vous avez dit avoir vu une voiture s'éloigner de la maison au milieu de la nuit. Quelle sorte de voiture ?

— C'était une grosse Mercedes. Un modèle datant peut-être de deux ans.

— De quelle couleur ?

— Il faisait nuit, mais sans doute noire.

— Avez-vous pu voir le conducteur ?

— J'ai vu quelqu'un au volant, mais seulement sa silhouette.

— Et la plaque d'immatriculation ?

— Un numéro du New Jersey, j'en suis certain.

— Avez-vous retenu les lettres ou les chiffres de cette plaque ?

— Non, il faisait trop sombre. Beaucoup trop sombre.

— Et qu'avez-vous fait ensuite ?

— J'ai fait ce que j'étais venu faire. Je suis passé par la fenêtre et j'ai pris le bracelet dans le coffre. J'avais parlé à la dame pendant que j'étais en train de laver ses carreaux. Plutôt gentille. Ensuite, j'ai parlé à la femme de ménage. On est restés là deux jours. Elle nous a dit qu'on pouvait laisser notre matériel au premier étage pendant la nuit parce que tout le monde dormait en bas. J'arrivais pas à croire à ma chance. Quand je suis revenu pour m'attaquer au coffre, je savais que je me cognerais dans personne en haut. »

Maynard était conscient qu'il prenait un sérieux risque en appelant Sharkey à témoigner, mais c'était un risque qui pouvait se révéler largement payant. Il savait aussi que s'il ne le prenait pas, Betsy aurait toutes les chances d'être condamnée.

« Tony, je vais recommander à ma cliente d'accepter que vous témoigniez. Je suis pratiquement certain qu'elle suivra mon conseil. Je vais lui téléphoner. J'appellerai aussi le procureur. Nous avons décidé que si vous étiez cité comme témoin, nous avertirions aussitôt le juge et ferions en sorte que vous soyez transféré au tribunal cet après-midi afin qu'il puisse vous interroger officiellement. Étant donné que vous répondrez sans l'assistance d'un avocat, je sais qu'il voudra vous voir d'abord.

— C'est sûr, répondit Tony. J'ai lu dans le journal que le juge s'appelait Roth. Je vais pouvoir le saluer encore une fois. C'est lui qui a prononcé ma dernière condamnation quand j'ai écopé de quatre ans.

— À tout à l'heure, Tony », dit Maynard en faisant signe au gardien en faction qu'il en avait terminé.

Son premier appel fut pour Betsy. « Soyez au tribunal à midi trente. Retrouvons-nous dans le parking et nous pourrons parler dans ma voiture avant d'entrer ensemble. Je vais téléphoner au procureur, puis au juge. » Il s'interrompit. « Betsy, ne vous faites pas trop d'illusions. Mon instinct me pousse à croire qu'il dit la vérité. Mais c'est une crapule, ça ne fait aucun doute. Difficile de prévoir la réaction du jury devant lui.

— Très bien, Robert. J'accepte le risque. C'est peut-être ma seule et unique chance, n'est-ce pas ?

— Oui. Une chose encore, Betsy, connaissez-vous quelqu'un qui possède une Mercedes noire récente ou neuve immatriculée dans le New Jersey ? »

Betsy réfléchit, puis répondit : « Oui. Pour commencer, Kent Adams et Scott Clifton possèdent tous les deux une Mercedes noire. Mais il serait absurde de penser que l'un ou l'autre aurait voulu faire du mal à Ted. Et, bien entendu, il y a une quantité de gens dans les environs qui ont une Mercedes noire. »

Maynard écouta sans réagir en s'efforçant de ne pas se montrer trop optimiste. « À tout à l'heure, Betsy. »

53

À treize heures, Elliot Holmes, Robert Maynard et le juge Roth étaient réunis en petit comité
dans le cabinet du juge. Betsy Grant était assise à
l'extérieur de la salle d'audience avec l'associé de
Maynard. Elle avait noué un foulard autour de son
visage. Elle avait profité de la suspension du procès pour entrer dans le tribunal avec Maynard sans
se faire remarquer. Mais son anonymat n'allait pas
durer longtemps.

Tony Sharkey était assis dans la cellule de dépôt
adjacente au cabinet du juge. Il bavardait avec les
officiers de police, à portée d'oreille des autres déte-
nus et de leurs avocats, se vantant d'être là pour
dire au juge qu'il allait « faire exploser le procès de
Betsy Grant ».

La rumeur commença à se répandre dans le tribunal
et la salle de presse que quelque chose d'important
allait se produire sous peu.

À treize heures trente précises, les portes de la
salle d'audience s'ouvrirent. Betsy Grant, entou-
rée d'une petite foule parmi laquelle on comptait
un journaliste judiciaire, entra lentement dans la

300

salle, ignorant les questions de ceux qui voulaient connaître la raison de sa présence. Le procureur et l'avocat de la défense étaient déjà en place. Betsy s'assit à côté de Robert Maynard, les mains croisées sur la table. Maynard lui tapota doucement l'épaule, puis consulta ses notes en attendant l'arrivée du juge.

Le juge Roth ne tarda pas à prendre place. La gravité de son ton était frappante : « Dans l'affaire État contre Betsy Grant, je constate que les avocats de la partie civile et de la défense sont présents et que l'accusée est présente.

« Messieurs les avocats, je notifierai brièvement que ce procès devait être suspendu aujourd'hui. La défense a conclu hier et les plaidoiries étaient censées débuter demain à neuf heures.

« Je vais maintenant inscrire au compte rendu d'audience le déroulement des faits des dernières heures. J'ai été contacté à onze heures quarante-cinq ce matin par les avocats du ministère public et de la défense et me suis entretenu avec eux par téléconférence. J'ai été informé qu'aujourd'hui vers une heure du matin, un individu du nom de Tony Sharkey a été arrêté par la police de Saddle River durant une tentative de cambriolage. J'ai également été informé que M. Sharkey avait été initialement interrogé par la police, quelques heures plus tard par le procureur Holmes, et ensuite par maître Maynard. Il est actuellement détenu à la prison du comté de Bergen.

« Après m'être entretenu avec les avocats de la défense et de l'accusation, j'ai organisé cette séance extraordinaire afin de pouvoir prendre en compte les éléments nouveaux dont nous avons eu connaissance. Maître Maynard, veuillez commencer.

— Merci, Votre Honneur. Monsieur le président, un élément de preuve inattendu est apparu durant ces dernières heures qui s'avère essentiel pour la défense de ma cliente. Nous demandons instamment à Votre Honneur de permettre à la défense de reprendre son argumentation et d'appeler M. Sharkey à témoigner. Nous demandons également de rappeler Carmen Sanchez et Betsy Grant. Permettez-moi de présenter à la cour un bref aperçu des témoignages qui seront présentés à l'appui de ma motion.

— Je vous en prie.

— Monsieur Sharkey va déposer qu'il était présent la nuit du meurtre dans la maison du Dr Edward Grant. Il confirmera y être entré avec l'intention de commettre un cambriolage. Il dira qu'il avait neutralisé l'alarme de la maison deux jours auparavant pendant qu'il lavait les carreaux.

« Après son arrestation à Saddle River, il a accepté, je dirais plutôt réclamé, que la police se rende dans son appartement de Moonachie pour y récupérer le bracelet de diamants qu'il avait volé dans la maison des Grant la nuit du décès du docteur. Il témoignera qu'en s'approchant de la maison, avant de s'y introduire, il a vu une Mercedes noire quitter les lieux. Il estime qu'il était alors deux heures du matin.

« Je présente, en outre, que Carmen Sanchez, informée aujourd'hui de ces nouveaux développements, a rapporté à Mme Grant et à moi-même qu'elle avait remarqué une trace de terre sur la moquette de la chambre du premier étage le matin où le docteur a été trouvé mort. Cette trace se trouvait sous la fenêtre par laquelle Tony Sharkey déclare être entré. Pour finir, Betsy Grant expliquera qu'elle n'a jamais déclaré la perte de ce bracelet parce qu'elle le portait rarement et ne s'est aperçue de sa disparition que deux mois après la mort du docteur. Carmen Sanchez et elle témoigneront qu'après l'avoir longuement cherché, elles ont conclu que le Dr Grant, atteint de la maladie d'Alzheimer, l'avait sans doute jeté.

« Votre Honneur, Tony Sharkey a eu connaissance de ses droits depuis son arrestation à Saddle River. Il insiste pour assurer lui-même sa défense. Nous comprenons naturellement que la cour désire le questionner avant qu'il témoigne. »

Le juge Roth se tourna vers le procureur. « Maître Holmes ?

— Votre Honneur, j'ai personnellement interrogé M. Sharkey. Il a insisté pour que je lui promette de bénéficier de la liberté conditionnelle en échange de son témoignage, témoignage que nous croyons catégoriquement faux. Je reconnais qu'étant donné la gravité d'une condamnation pour meurtre, Votre Honneur est pratiquement contrainte de recevoir cette déposition. Encore une fois, notre position est que M. Sharkey ment, et j'ai hâte de procéder au contre-interrogatoire. En ce qui concerne Betsy Grant et Carmen Sanchez, je suis également impatient de les interroger. »

Le juge Roth se tourna vers l'officier de police qui se tenait à la porte de la cellule de dépôt. « Faites venir M. Sharkey. »

Un murmure parcourut la salle au moment où Tony, menotté, fut conduit jusqu'à la table de la défense, où il s'assit. « Je demande le silence », dit le juge.

Il s'adressa ensuite à Sharkey : « Monsieur Sharkey, veuillez vous lever.

— Bien sûr, m'sieur le juge. Vous vous souvenez de moi. Comment ça va ?

— Monsieur Sharkey, quel âge avez-vous ?

— Trente-sept ans. Trente-huit mardi prochain.

— Jusqu'à quel âge avez-vous poursuivi vos études ?

— J'ai arrêté vers quinze ans. » Tony eut un petit rire. « Je faisais jamais mes devoirs à la maison.

— Monsieur Sharkey, si je comprends bien, vous désirez être cité comme témoin de la défense, est-ce exact ?

— Tout a fait exact, m'sieur le juge. Je sais que cette jolie dame n'a pas tué son mari.

— Monsieur Sharkey, vous savez que vous n'êtes pas obligé de témoigner, n'est-ce pas ? Vous bénéficiez du privilège du cinquième amendement qui vous protège d'un témoignage contre vous-même. Aucune des deux parties ne peut vous appeler à témoigner sans votre consentement. Comprenez-vous cela ?

— Oui, m'sieur le juge. J'ai entendu ces beaux avertissements Miranda plus d'une fois dans ma vie, je les connais par cœur.

— Vous savez aussi que, si vous le désirez, je nommerai aussitôt un avocat d'office avec qui vous pourrez prendre la décision de témoigner ou non dans ce procès ?

— Je veux aucun avocat, m'sieur le juge. Je crois que je me débrouillerai mieux tout seul.

— Monsieur Sharkey, comprenez-vous que vous êtes inculpé d'une tentative de cambriolage à Saddle River et que vous pouvez être inculpé du vol ou du recel du bracelet dérobé dans la maison des Grant à Alpine ? Comprenez-vous que votre témoignage dans ce tribunal pourra être utilisé contre vous dans ces deux affaires et vous coûter pour chacune de ces inculpations une peine de cinq ans de prison ? »

Tony fit un effort pour déglutir. « Oui.

— Enfin, comprenez-vous que le procureur ici présent ne vous a fait aucune promesse ? Et qu'il a l'intention de requérir contre vous la peine correspondant à tous ces chefs d'accusation. Vous comprenez cela ? »

Elliot Holmes jeta un regard assassin à Tony en l'entendant répondre : « Ouais, mais je pense qu'il va changer d'avis.

— Mais s'il ne change pas d'avis, et il ne semble pas en avoir l'intention, comprenez-vous que vous risquez une longue peine de prison ?

— Oui, m'sieur le juge. Je sais que je risque gros. »

Le juge fit une courte pause, puis reprit : « Je déclare être convaincu que M. Sharkey a décidé de témoigner volontairement et librement et en pleine connaissance de ses droits. Il est âgé de trente-sept ans, n'a pas terminé ses études secondaires et a eu affaire à la justice pendant de nombreuses années. Je fais état de son dossier afin de souligner qu'il comprend la procédure en cours et est informé de ses droits constitutionnels.

« Il lui a été proposé à plusieurs reprises l'assistance d'un avocat commis d'office. Il l'a refusée. Il en a le droit. Mon rôle est de m'assurer que ses décisions sont prises en connaissance de cause. Je suis donc satisfait. Il peut témoigner. »

Robert Maynard se leva. « Merci, Votre Honneur. Monsieur le président, je demande à nouveau l'indulgence de la cour. Je suis, à la dernière minute, dans l'obligation d'appeler M. Sharkey à la barre et de rappeler Mme Grant et Mme Sanchez. Nous devions reprendre les débats demain matin. Je vous demande instamment de nous accorder une journée supplémentaire pour nous préparer et de reprendre après-demain, jeudi. »

Elliot Holmes, exaspéré, s'apprêtait à objecter, puis sembla se résigner : « Votre Honneur, je suis prêt à reprendre demain, mais je m'en remets à la cour. »

Le juge répondit : « Je ne souhaite jamais imposer un délai supplémentaire au jury, mais ces circonstances sont pratiquement sans précédent. Ma chambre se mettra en rapport avec chacun des jurés pour l'informer du report d'une journée. Nous reprendrons ce procès après-demain à neuf heures. Je note, bien entendu, que les jurés ne doivent bénéficier d'aucune information supplémentaire. Il leur a été signifié de ne lire aucun rapport du procès dans la presse ni d'en écouter les comptes rendus à la télévision. Il ne fait aucun doute que la séance d'aujourd'hui sera largement commentée par les médias. Ce sera tout, maître. »

54

Scott Clifton arriva au cabinet de Fort Lee qu'il avait autrefois partagé avec Ted Grant et Kent Adams. Il était le seul médecin du cabinet aujourd'hui, et la salle d'attente était déserte.

Un nouveau patient, le sénateur Brian McElroy, avait rendez-vous à neuf heures, et il était neuf heures cinq. Les nouveaux patients étaient priés d'arriver au moins vingt minutes à l'avance, afin de remplir les documents nécessaires.

Sans saluer sa nouvelle réceptionniste, Heidi Groner, il lui demanda : « Vous avez des nouvelles du sénateur McElroy ? Il n'est pas encore là. »

Heidi Groner répondit timidement : « Il a téléphoné hier soir et laissé un message pour annuler.

— Pour quelle raison ? »

Vingt-deux ans, mais paraissant plus jeune, Heidi hésita : « Il a dit que vu la manière dont l'opération de son ami avait tourné, il ne vous laisserait pas vous approcher de lui à trois mètres. »

Scott lui jeta un regard furieux.

« Je suis désolée, docteur, mais vous m'avez posé la question. »

Scott tourna les talons, entra dans son bureau et claqua la porte. Il n'avait qu'un autre patient plus tard dans la matinée, se dit-il amèrement. Il croyait pourtant être en forme le jour où il avait opéré Darrell Hopkins.

Le sénateur Brian McElroy était considéré comme une étoile montante dans la sphère politique du New Jersey. Par malchance, il connaissait Darrell Hopkins, le patient qui était venu au cabinet pour une banale prothèse du genou un mois plus tôt. Il n'avait pas posé correctement la prothèse et une infection s'était déclarée. Une nouvelle intervention avait été pratiquée par un autre chirurgien orthopédique, Kent Adams.

Le cabinet perdait de l'argent. Les frais généraux étaient écrasants. Outre le loyer très élevé et son assurance professionnelle qui augmentait constamment, il employait une infirmière, un manipulateur en radiologie à temps partiel, et une secrétaire-réceptionniste à plein temps pour gérer les rendez-vous et les dossiers d'assurance.

Son téléphone sonna. La voix d'Heidi Groner annonça dans l'interphone : « Docteur, votre ex-femme au téléphone. »

Karen, pensa-t-il, exaspéré, en prenant le récepteur. Elle finira par me saigner à blanc. Ses premiers mots pour la mère de ses trois enfants furent : « Il te faut combien maintenant ? »

Son rendez-vous de l'après-midi n'était pas un patient. C'était un reporter du *Washington Post* qui interviewait des médecins sur les problèmes d'addiction dans le New Jersey. Parler à un journaliste était bien la dernière chose dont il avait envie, mais Jonathan Cruise lui avait dit qu'il s'était déjà entretenu avec le Dr Mario Iovino, obstétricien, des effets de l'usage de drogues sur l'enfant avant sa naissance et avec le Dr Neil Carpenter, rhumatologue, de la nature addictive des médicaments antidouleur. Tous deux étaient extrêmement respectés dans leurs spécialités, et Scott ne voyait pas de raison de refuser cet entretien.

À quatorze heures cinquante, Heidi annonça : « Un certain M. Cruise vient d'arriver. Il s'excuse d'être en avance. Mais je lui ai dit que vous n'étiez pas occupé et que vous n'aviez pas d'autre rendez-vous dans l'après-midi.

— Faites-le entrer », répondit sèchement Scott.

Il arbora son air le plus cordial quand Jonathan Cruise fut introduit dans son bureau. Il savait déjà ce qu'il allait dire. Pendant la demi-heure qui suivit, il expliqua que, naturellement, la pratique de la médecine orthopédique impliquait la prescription de médicaments antidouleur en cas d'interventions chirurgicales. « Nous devons faire preuve d'une attention extrême lorsqu'il s'agit de renouveler les prescriptions ou de modifier les quantités. Nous sommes très prudents avec tous nos patients, particulièrement avec les plus jeunes qui peuvent facilement développer une addiction au Percocet et à la Vicodine. C'est notre responsabilité. Les chirurgiens orthopédiques en sont très conscients. »

Clifton fit bonne impression à Jon. Bel homme, la soixantaine, élégant et d'un abord agréable, il avait l'attitude d'un médecin scrupuleux et attentionné. Cependant, quand il traversa à nouveau la salle d'attente déserte il s'étonna de l'atmosphère d'abandon qui semblait y régner. Je me demande combien de patients ont décidé de suivre le Dr Adams quand ils ont mis fin à leur association, se demanda-t-il.

Dès que la porte se fut refermée sur Jonathan Cruise, Scott se tourna vers Heidi Groner. « Mademoiselle Groner, il est clair que vous êtes beaucoup trop jeune pour votre poste, dit-il. Quand mon ancienne épouse a appelé, vous n'auriez pas dû la désigner comme "mon ex-femme". Et quand je reçois des visiteurs, vous n'avez pas à leur révéler mon emploi du temps. Vous pouvez considérer dès aujourd'hui que vous êtes remerciée. Vous serez rémunérée jusqu'à la fin de la semaine prochaine et votre chèque vous sera envoyé par la poste. »

De toute façon, Heidi Groner était déjà sur le point de donner sa démission. Elle avait trop peu à faire et elle n'aimait pas le Dr Clifton. En quittant son bureau, elle glissa dans sa poche la carte que le journaliste lui avait laissée.

Ce que j'ai à dire ne va pas le décevoir, pensa-t-elle en réprimant un sourire.

55

Alan Grant avait perdu cinq kilos depuis le début du procès. Témoigner avait été une épreuve extrêmement pénible. En voyant Betsy à la table de la défense, il s'était demandé ce qu'il éprouverait à sa place. Pourquoi papa n'est-il pas simplement mort d'une crise cardiaque ? Pourquoi a-t-il fallu en arriver là ?

Le magazine *Happening* lui avait commandé un reportage photo prestigieux et lucratif. Le photographe pressenti avait été retardé par un autre travail à Buenos Aires.

Le reportage était très bien rémunéré, et il avait certainement besoin de cet argent, pourtant il devait refuser. En tant que témoin susceptible d'être rappelé à la barre, il avait reçu pour instructions de ne pas assister au procès. Mais quand le jury aurait terminé sa délibération, il pourrait être présent pour entendre prononcer le verdict. Elle va être déclarée coupable. Rien ne peut l'innocenter. Et mes cauchemars seront finis.

Il en était arrivé au point de rêver toutes les nuits du crâne de son père fracassé par ce maudit pilon.

D'autres images affleuraient aussi à sa conscience. Il se revoyait sanglotant avec son père sur la tombe de sa mère. Son père qui lui achetait un appartement, lui offrait le meilleur matériel photographique. Qui se réjouissait de ses débuts prometteurs et reconnus dans sa profession.

Alan se réveillait souvent tremblant de tous ses membres. Le problème était qu'il détestait la photo, même s'il était doué. Et dès qu'il aurait touché l'héritage, il chercherait une autre profession. Il en avait assez des dettes à rembourser, des créanciers qui le harcelaient. Il n'avait pas rempli de déclaration d'impôt depuis des années. Et il venait de recevoir une convocation du fisc.

La pression était trop forte. Quand Betsy sera condamnée, décida-t-il, je me présenterai devant la cour d'équité et demanderai de quoi rembourser tout le monde.

Mais lorsqu'il se rendormait, les cauchemars recommençaient de plus belle.

À quatre heures du matin, il avait pris deux Stilnox – voire trois ? Il dormit jusqu'à quatorze heures. Après avoir allumé la petite télévision de la cuisine, il introduisit deux toasts dans le grille-pain. Le présentateur annonçait de nouveaux développements dans l'affaire Betsy Grant. Il monta le volume et demeura hébété, l'œil fixé sur l'écran, et apprit qu'un homme, récemment arrêté pour un cambriolage, affirmait avoir

56

Elle avait pris son ton le plus aguichant : « Monsieur Cruise, je ne sais pas si vous vous souvenez de moi. Nous nous sommes vus hier au cabinet du Dr Scott Clifton. En partant, vous m'avez donné votre carte.

— Je me souviens. En quoi puis-je vous aider ?

— Il m'est difficile de vous parler au téléphone, mais j'aimerais vous rencontrer. Je possède des informations qui pourraient vous intéresser.

— Bien sûr. Voulez-vous que nous nous retrouvions près de l'endroit où vous travaillez à Fort Lee ?

— Je ne travaille plus à Fort Lee. J'ai été remerciée après votre départ.

— Vous m'en voyez désolé. »

À présent, Jon était encore plus curieux d'apprendre ce que l'ancienne réceptionniste avait l'intention de lui dire. On est souvent plus bavard quand on vient d'être viré que lorsque l'on craint de perdre son poste.

Il continua : « Où voulez-vous qu'on se retrouve ?

— J'habite chez mes parents à Tenafly. Le Clinton Inn est situé au milieu du village. C'est possible pour vous ?

— Certainement. Ce soir à dix-huit heures ?

— D'accord. Et quand vous m'aurez entendue, je suis sûre que vous m'inviterez à dîner. »

Jon raccrocha et appela aussitôt Delaney. « Je crains de te retrouver très tard ce soir, Delaney. Je viens de recevoir un appel d'Heidi Groner, la réceptionniste du Dr Clifton. Elle a été remerciée. Elle prétend avoir d'importantes informations à me communiquer. Je me demande de quoi il s'agit. C'est peut-être simplement la réaction d'une employée furieuse d'avoir été virée et, pour être franc, elle a l'air plutôt cruche…

— Tu dois lui parler, Jon », répondit Delaney sans hésiter.

Ce n'était pas aujourd'hui qu'elle lui annoncerait que Betsy Grant et Peter Benson étaient ses parents. Mais cela pouvait attendre.

« Jon, tu as entendu l'histoire de ce type qui se serait trouvé dans la maison du Dr Grant la nuit où il a été assassiné ? Je n'en reviens toujours pas.

— Oui, c'est incroyable.

— Le procureur n'y croit pas, mais l'avocat de la défense va le citer comme témoin. Jon, tu te rends compte de ce que cela pourrait signifier pour Betsy Grant ?

— Bien sûr. Delaney, je sais que tu as fini par t'attacher à elle. Mais on ne compte plus le nombre de cinglés qui adorent être sous les projecteurs, et Tony Sharkey en fait peut-être partie. Ces gens sont capables de dire ou de faire n'importe quoi pour attirer l'attention.

— Je sais, soupira Delaney, mais j'ai l'impression qu'il y a quand même quelque chose derrière tout ça. »

57

Dans l'après-midi du mardi, Lisa Clifton rencontra l'agent immobilier de Morristown et trouva un quatre-pièces à louer dans un nouvel immeuble haut de gamme. Exactement ce qu'elle cherchait, un appartement lumineux avec deux chambres

En signant le bail, elle se sentit envahie par un immense soulagement. Pourquoi ai-je mis si longtemps à me décider ? J'ai été malheureuse pendant deux ans avec Scott. Maintenant, je veux juste ne plus le voir.

Elle remonta dans sa voiture, satisfaite d'avoir terminé sa recherche. Plus que quelques jours à tenir, se dit-elle. J'ai hâte d'en avoir fini. Hâte de quitter cette maison avec son mobilier lugubre. Et le pire était l'affection que lui témoignait soudain Scott. La veille, après qu'elle eut quitté Betsy, ils étaient allés dîner en ville avec des amis. Il n'avait cessé de l'appeler « ma chérie », au point que c'en était ridicule. Craignait-il qu'en cas de séparation elle cherche à obtenir davantage que ce que stipulait le contrat de mariage ? Après tout, elle avait abandonné à sa demande une situation enviable. Qu'il se rassure, pensa-t-elle, ce n'est pas l'argent qui m'intéresse. Je veux prendre le large, un point c'est tout !

En chemin, elle entendit à la radio qu'un cambrioleur disait avoir vu une Mercedes noire quitter la maison des Grant la nuit du meurtre de Ted. Lisa agrippa le volant. Elle n'avait rien oublié de cette nuit. Quand Scott et elle étaient rentrés chez eux, après cet affreux dîner, il lui avait dit qu'il était trop bouleversé par la scène à laquelle ils avaient assisté pour aller se coucher. Le lendemain matin, elle l'avait trouvé endormi sur le divan du bureau. Elle n'avait pas douté de ce qu'il lui avait raconté. Qu'il avait bu quelques verres pour se calmer et s'était endormi sur place.

Il était *vraiment* bouleversé ce soir-là.

Et ils *avaient* une Mercedes noire.

Mais quelle raison aurait eue Scott de s'attaquer à Ted ? Leur association avait pris fin des années auparavant.

Cette question en amena une autre. Ted s'était jeté en travers de la table. J'étais assise à côté de Scott. Ted voulait-il s'en prendre à lui ? Dans son pauvre cerveau malade, avait-il quelque chose à lui reprocher ?

Lisa se rendit compte qu'elle était arrivée chez elle au moment où elle s'engageait dans l'allée.

Chez elle !

Elle s'étonna de trouver Scott dans le séjour. Il l'accueillit avec un baiser. « Enfin ! j'ai essayé de t'appeler, mais tu ne répondais pas. »

Lisa fut parcourue d'un frisson glacé en sentant ses bras se refermer autour d'elle. « J'ai oublié mon téléphone, dit-elle, et je suis allée faire des courses. Il y a des soldes chez Nordstrom et Neiman Marcus en ce moment. »

Scott relâcha son étreinte. « J'espère que tu t'es fait plaisir.

— Tu parles. J'ai acheté deux tailleurs que je leur ai laissés pour une retouche. Ils seront prêts dans une semaine. »

Dans une semaine, je serai loin.

58

Delaney était rentrée chez elle après son entretien avec Kathleen Logan. Elle avait passé une grande partie de ces deux derniers jours à relire les notes qu'elle avait prises au tribunal, les rapports qu'elle avait classés et à passer en revue les comptes rendus du procès sur les sites Internet. Elle voulait vérifier qu'elle n'avait rien négligé d'important. Avant le coup de fil de Jon, elle avait hésité à appeler Lisa Clifton. Cette femme soutenait visiblement Betsy, alors que son mari lui était tout aussi visiblement hostile. L'harmonie de leur couple en était-elle affectée ?

Il y avait manifestement une tension entre eux. Si j'annonçais à Lisa que Betsy est ma mère, peut-être me ferait-elle plus confiance ? Ça vaut le coup d'essayer. Je ne perds rien à tout tenter pour aider Betsy, se dit-elle.

En cherchant le numéro de téléphone des Scott, elle s'étonna de le trouver dans l'annuaire sous le nom de Lisa Clifton à Ridgewood. Bizarre que le téléphone de la famille soit au nom de la femme. À moins que ce ne soit une coutume chez les médecins ?

Lisa répondit dès la première sonnerie. Delaney ne pouvait pas deviner qu'elle attendait un appel de l'entreprise de déménagement qui devait lui préciser l'heure exacte à laquelle elle viendrait chercher ses meubles le vendredi matin.

Delaney se présenta et alla directement au fait.

« Madame Clifton, d'après ce que j'ai pu observer au tribunal, vous éprouvez beaucoup de sympathie pour Betsy Grant.

— J'ai toujours été son amie et je lui serai toujours fidèle. Je suis certaine qu'il y a une autre explication à ce qui est arrivé cette nuit-là, et il est possible que je la connaisse.

— Madame Clifton, puis-je venir vous parler ?

— Appelez-moi Lisa. Je vous recevrai volontiers. J'ai regardé tous vos reportages à la télévision et vous vous êtes montrée très honnête. Mais c'est impossible aujourd'hui. J'ai un rendez-vous cet après-midi que je ne peux pas déplacer, et mon mari et moi dînons ce soir avec des amis.

— Madame Clifton, pardon, Lisa, ce procès sera bientôt clos. Si vous avez une information qui peut disculper Betsy Grant, je vous supplie de la dévoiler maintenant.

— Ce n'est pas une preuve. Seulement un sentiment. Mais je serais ravie de vous voir demain.

— À quelle heure pouvons-nous…

— Excusez-moi. Je dois raccrocher. Rappelez-moi demain matin. »

Après avoir raccroché à son tour, Delaney se sentit impuissante et désorientée. Lisa laissait entendre qu'elle avait une idée de ce qui était réellement arrivé à Ted Grant, mais que ce n'était qu'une impression. Je parie qu'elle soupçonne Alan Grant, pensa-t-elle. Ce serait logique, après tout. Mais il n'y a aucune preuve qu'il soit l'assassin et il a un alibi en béton.

Un alibi en béton ? Il s'était rendu chez son ancienne copine, Josie Mason, et avait passé la nuit avec elle, voilà tout. Les caméras de surveillance avaient confirmé qu'il n'avait pas quitté l'immeuble, cette nuit-là. Delaney se demanda si Alan avait revu cette femme. Était-il possible qu'il l'ait payée pour pouvoir rester chez elle ?

Décidée à ne négliger aucune piste, Delaney relut ses notes. Josie Mason travaillait chez Louis & David, un salon de coiffure de la 50e Rue Est. Elle chercha le numéro dans l'annuaire et le composa. Visiblement irritée d'entendre mentionner le nom d'Alan Grant, Josie accepta malgré tout de la rencontrer à dix-sept heures. Elle proposa de prendre un verre au Peacock Alley, un des bars du Waldorf Astoria.

L'endroit, un des plus chics de Manhattan, était presque plein, l'atmosphère aussi festive que d'habitude. J'aimerais bien avoir l'esprit à la fête moi aussi, soupira Delaney.

Josie était déjà installée à une petite table sur la gauche. Delaney la reconnut aussitôt pour l'avoir vue témoigner au procès. Une jolie blonde d'une trentaine d'années à la silhouette avantageuse, les cheveux flottant sur ses épaules. Elle portait un chemisier blanc décolleté et un pantalon noir.

Delaney s'assit à côté d'elle. De près, le visage de la jeune femme paraissait un peu trop lisse. Quelques petites injections de Botox y étaient peut-être pour quelque chose. Les rides à peine perceptibles autour de la bouche trahissaient une addiction à la cigarette.

« Bonsoir, Josie, merci d'être venue », dit Delaney au moment où une serveuse s'approchait pour prendre sa commande. Josie était déjà en train de boire un apple-Martini et Delaney décida de l'imiter.

Une fois la serveuse partie avec la commande, Josie se mit à fouiller dans son sac, puis elle haussa les épaules. « Je ne comprendrai jamais cette loi imbécile qui vous empêche de fumer en buvant un verre. Cela me rend folle. »

Delaney répondit gentiment. « Je n'ai jamais fumé moi-même, mais j'ai des amis qui sont comme vous.

— J'apprécie la façon dont vous couvrez le procès, fit remarquer Josie. Vous êtes objective, pas comme ces idiots dans les émissions publiques à la radio qui croient avoir la science infuse et passent leur temps à hurler que Betsy Grant a brisé le crâne de son mari. »

Une histoire pleine de bruit et de fureur, et qui ne signifie rien, comme dirait Macbeth, pensa Delaney, mais elle se contenta d'approuver : « Je suis tout à fait de votre avis.

— Ces gens-là tirent à boulets rouges sur Betsy Grant. Ils se lamentent, déplorent qu'elle ait tué son mari malade et sans défense parce qu'elle voulait vivre avec son chéri. J'ai vu une photo de lui dans les journaux. Il est superbe ! Et veuf ! »

Nous sommes en train de parler de mon père, pensa Delaney, mais elle revint au sujet qu'elle voulait aborder avec Josie : « Alan a témoigné qu'il avait l'intention de vous retrouver dans un bar vers dix heures du soir, en rentrant de son dîner chez son père.

— C'est pratiquement ce que nous avons fait.

— Que voulez-vous dire par *pratiquement* ?

— Alan et moi sommes sortis ensemble pendant pas mal de temps. Nous rompions, puis il me rappelait et c'était reparti. Environ six mois avant la mort de son père, nous nous sommes sérieusement disputés. Vous comprenez, il est beau, il est classe, mais il passait son temps à se plaindre d'être fauché. J'ai même commencé à payer les additions. Mes copines me disaient que j'étais folle, et j'ai compris qu'elles avaient raison. Je lui ai dit de ne pas me rappeler tant qu'il ne gagnerait pas sa vie. Mais quelques mois plus tard, nous avons recommencé à nous voir quand même, à sortir, ce genre de trucs. À peu près une semaine avant ce fameux dîner chez son père, il m'a dit à quel point c'était douloureux pour lui de le voir si malade. Il m'a demandé si nous pouvions prendre un verre ensemble vers dix heures du soir, à son retour du New Jersey.

— Vous aviez donc rendez-vous ce soir-là ?

— Oui. Pour prendre un verre. J'étais déjà là quand il est arrivé. Il semblait normal au début, mais il a eu un vrai coup de déprime ensuite. Il s'est presque mis à pleurer. Il m'a dit qu'il se sentait tellement seul, qu'il n'en pouvait plus, qu'il était tellement inquiet pour son père et sa belle-mère, que l'état de son père empirait… Il m'a avoué qu'il n'avait pas envie d'être seul cette nuit-là et m'a demandé s'il pouvait rester chez moi. »

Josie haussa les épaules. « Je ne résiste pas aux larmes. J'ai accepté bien sûr. »

Delaney choisit ses mots. « Josie, je sais que les caméras de surveillance l'ont vu entrer avec vous vers minuit et repartir le lendemain matin à huit heures. Vous êtes absolument sûre qu'il ne vous a pas quittée de toute la nuit ?

— Oh, sûre et certaine. Il a passé la moitié du temps à pleurer. J'ai cru que j'allais devenir folle.

— Vous l'avez souvent vu depuis la mort de son père ?

— Un peu. Écoutez. Je sais qu'il va hériter d'un paquet d'argent. Quand il l'aura et qu'il cessera de geindre, on verra. Mais vous ne pensez pas qu'après m'avoir fait manquer mon boulot, témoigner pour lui à la barre et lui procurer un alibi en béton pour la nuit où son père est mort, il aurait pu me passer un coup de fil pour me remercier ? Franchement, s'il était rentré tout seul chez lui, qui l'aurait cru ? »

Josie inclina la tête en arrière et avala la dernière goutte de son Martini. « J'en prendrais bien un autre », déclara-t-elle en hélant la serveuse.

Delaney avait hâte de s'en aller. Il lui semblait évident qu'Alan Grant avait délibérément utilisé son ex-petite amie pour se fabriquer un alibi parce qu'il savait que quelqu'un allait assassiner le Dr Grant.

Tandis qu'elle réglait l'addition, Josie se mit à rire. « Il est arrivé un truc marrant cette nuit-là. J'avais adopté un chat errant deux jours plus tôt. »

Pitié, va droit au but. Je n'ai pas le temps d'écouter des histoires d'animaux, pensa Delaney.

« Je l'ignorais, mais Alan est allergique aux chats.

— Et il est quand même resté toute la nuit ?

— Oui, il a pris plusieurs comprimés de Claritin et n'a pas cessé d'éternuer.

— Vous l'avez dit à la police ?

— Non. On n'en a pas parlé. Pourquoi la police irait-elle s'intéresser aux allergies des gens ? »

59

S'efforçant de dissimuler son impatience, Jonathan Cruise attendait Heidi Groner au Clinton Inn de Tenafly. Elle avait déjà un quart d'heure de retard et il commençait à se demander si elle allait vraiment venir. Elle apparut cinq minutes après.

« Pardon d'être en retard », dit-elle sans la moindre nuance de regret dans la voix avec un large sourire. Ses cheveux étaient coiffés en chignon quand il l'avait vue la première fois. Aujourd'hui, elle les avait lâchés. Elle s'était soigneusement maquillée et ses yeux étaient surlignés d'un trait d'eye-liner et mis en valeur par du mascara.

Jon reconnut malgré lui qu'elle était très jolie, ce qu'il n'avait pas remarqué au cours de leur bref échange dans le cabinet du Dr Clifton. S'attendant à dîner avec elle, il avait eu l'intention de se limiter d'abord à des banalités. Mais Heidi entra d'emblée dans le vif du sujet. « Je vous ai dit que j'avais été virée hier.

— Oui, je suis désolé.

— Pas la peine. Je voulais me tirer de tout façon. Cet endroit était sinistre comme la morgue. Le matin du jour où vous êtes venu voir le Dr Clifton, le sénateur McElroy a annulé son rendez-vous. Le docteur avait opéré un de ses amis quelques semaines auparavant, une prothèse du genou. Il a raté son coup et le type a dû repasser sur le billard.

— Ce genre de chose arrive souvent ?

— Je ne suis pas restée assez longtemps pour le savoir. Mais ce que je peux vous dire, c'est qu'il peut mettre en location sa salle d'attente. »

Un serveur s'approcha de la table. « Que voulez-vous boire ?

— Un verre de chardonnay. Je ne suis pas fana des alcools forts.

— Deux chardonnays dans ce cas, s'il vous plaît », dit Jon au serveur, puis il revint à Heidi. « D'après ce que je sais, les frais généraux sont très lourds dans la plupart des cabinets médicaux.

— Oh, c'est certain. Je travaillais à plein temps. Il y avait deux temps partiels, une infirmière et un manipulateur en radiologie. Le docteur n'avait pas assez de patients et ne réalisait pas assez d'opérations pour payer nos salaires. Je suis sûre qu'il fait du trafic de drogue. »

Jon se raidit. « Qu'est-ce qui vous fait penser ça ?

— Il a un téléphone à carte prépayée. Vous savez, le genre qu'on peut recharger soi-même.

— Je connais.

— Eh bien, je l'entendais sonner deux ou trois fois par jour. Et la semaine dernière, alors que la porte de son bureau était ouverte, je l'ai entendu donner un rendez-vous dans un parking près du cabinet.

« — Et vous pensez qu'il rencontrait des gens auxquels il vendait de la drogue ?

— Sûrement. Ou des ordonnances pour en obtenir. Pourquoi donner rendez-vous dans un parking sinon ? »

Jon se souvint de l'atmosphère désolée du cabinet de Clifton.

« J'ai gardé le meilleur pour la fin », continua Heidi avec un air de conspiratrice. « Vous avez entendu parler du fils de ce réalisateur d'Hollywood qui est mort d'une overdose l'autre jour ?

— Oui, je suis au courant de cette histoire.

— Il s'appelait bien Steven, n'est-ce pas ?

— Je crois, oui.

— Eh bien, quand le Dr Clifton parlait sur cet autre téléphone la semaine dernière, au moment où il allait raccrocher, je l'ai entendu dire : "Au revoir, Steven." »

60

Après son dîner avec Heidi Groner, Jon se rendit
sur-le-champ chez Delaney. Il était vingt-deux heures.
D'après elle, Josie Mason avait servi d'alibi à Alan la
nuit du meurtre de son père.

« Cela paraît vraisemblable, Jon. Si c'est ça, il est
quasiment blanchi.

— Cela paraît vraisemblable, en effet, admit Jon,
mais s'il pensait en avoir besoin, c'est qu'il savait que
quelqu'un d'autre que lui allait commettre le meurtre.
Maintenant, laisse-moi te raconter ce que j'ai appris
aujourd'hui. »

Delaney l'écouta. « Tu veux dire que le Dr Clifton
vend de la drogue ?

— Plus probablement qu'il vend des ordonnances
pour des drogues *autorisées*. Il existe des pharmaciens
qui savent que certains médecins délivrent trop de prescriptions, mais ils ne le signalent pas et ne posent pas
de questions. Les gens qui utilisent ces ordonnances,
les toxicos, paient cash. C'est une grosse source de
revenus pour le médecin comme pour le pharmacien.

— Mais rien de tout cela n'explique pourquoi
Scott aurait tué son ancien associé.

— C'est vrai, reconnut Jon. À moins que Tony Sharkey ait autre chose à raconter demain que son histoire de Mercedes noire, je ne pense pas que son témoignage aidera beaucoup Betsy Grant.

— Et le procureur prononcera son réquisitoire, Maynard sa plaidoirie, et le procès sera alors soumis à la décision du jury », murmura Delaney, les yeux emplis de larmes.

Jonathan passa son bras autour de ses épaules. « Allons, Delaney, tu m'étonnes. Tu as couvert une quantité de procès. Je ne peux pas croire que celui-ci te bouleverse autant. »

Le moment était venu de parler : « Jon, comment réagirais-tu si tu venais d'apprendre que Betsy Grant était ta mère ? »

Le procès reprit le jeudi matin. Journalistes et spectateurs avaient déjà envahi la salle quand le juge Roth entra et donna l'ordre de faire entrer les jurés.

Lorsqu'ils furent assis, le juge se tourna vers eux : « Mesdames et messieurs, je vous ai dit lundi que les avocats exposeraient leurs conclusions. Mardi, on a porté à mon attention que, en raison de nouveaux développements, la défense souhaitait rouvrir le procès. J'ai l'intention de l'y autoriser.

« J'ai été informé qu'un nouveau témoin va être appelé à la barre. Son nom est Tony Sharkey. Il est domicilié à Moonachie. Si quelqu'un connaît cette personne, qu'il lève la main. » Le juge attendit. « Très bien. Maître Maynard rappellera également Carmen Sanchez, qui a témoigné précédemment, ainsi que Betsy Grant.

« Mesdames et messieurs, maître Maynard posera ses questions, puis le procureur Holmes procédera au contre-interrogatoire. Quand l'audition de ces témoins sera terminée, maître Maynard conclura à nouveau son plaidoyer et nous nous retirerons jusqu'à demain matin ; alors les avocats vous présenteront encore une fois leurs conclusions. Ensuite, je vous exposerai les dispositions de la loi et vous entamererez vos délibérations.

« Maître Maynard, vous pouvez appeler votre premier témoin.

— Merci, Votre Honneur. La défense appelle Tony Sharkey. »

Tony Sharkey balaya la salle du regard en franchissant la porte de la cellule de dépôt. Il portait un costume et une cravate que les assistants de Maynard lui avaient procurés pour l'occasion. Il était encadré par les officiers de police du tribunal. Après avoir prêté serment, il s'avança vers le banc des témoins et s'assit.

Maynard commença par lui demander son âge, son adresse et s'enquit de son emploi de laveur de carreaux. « Monsieur Sharkey, pouvez-vous me dire quand nous nous sommes rencontrés pour la première fois ?

— Mardi. En taule. À la prison.

— Vous vous étiez fait arrêter à Saddle River le soir précédent ?

— Ouais. Je m'suis fait pincer au cours d'un cambriolage. Repéré par un flic sur un balcon.

— Avez-vous été emmené au commissariat ?

— Ouais. C'est là que j'ai parlé à un inspecteur. Je lui ai dit que j'avais des infos juteuses à sa disposition..

— La police, à votre demande et avec votre autorisation, s'est rendue à votre appartement à Moonachie, n'est-ce pas ?

— Ouais. Je leur ai dit d'aller voir chez moi. Je leur ai donné la clé.

— Que cherchaient-ils ?

— J'avais volé un bracelet dans la maison Grant à Alpine l'année dernière, la nuit où le docteur s'est fait buter, et je leur ai dit qu'ils le trouveraient sous un carreau descellé dans la salle de bains. »

Le visage de Betsy se crispa quand elle l'entendit dire que son mari avait été « buté ».

« Monsieur Sharkey, veuillez regarder ce bracelet, étiqueté comme pièce à conviction de la défense n° 10. S'agit-il du bracelet qui était caché sous le carrelage ?

— Ça fait pas de doute. Vous voyez les initiales, TG et BG. Les flics l'ont rapporté au poste et l'inspecteur me l'a montré.

— Qu'avez-vous dit à l'inspecteur ?

— Je lui ai dit que je croyais pas que cette petite dame avait tué son mari. Je lui ai dit que j'avais pris le bracelet cette nuit-là. Qu'avant de pénétrer dans la maison, j'avais vu une Mercedes noire – juste à côté – qui s'éloignait.

— Quelle heure était-il ?

— Deux heures du matin, peut-être deux heures et demie. Je me suis demandé ce qu'elle foutait là.

— Et ensuite, que s'est-il passé ? »

Les jurés écoutèrent, fascinés, Tony raconter comment il avait repéré les lieux quand il venait laver les vitres, comment il avait bricolé l'alarme puis volé le bracelet.

« Monsieur Sharkey, vous n'avez pris que le bracelet dans le coffre, pourquoi ?

— Quand je fais ce boulot, je prends qu'une, peut-être deux pièces intéressantes. Les proprios se rendent même pas compte qu'on leur a rendu une petite visite. Lorsqu'ils s'aperçoivent qu'il manque un truc, ils appellent pas les flics parce qu'ils croient avoir oublié de le ranger à sa place. Comme ça, ils évitent de voir la police grouiller partout à la recherche d'empreintes digitales.

— Monsieur Sharkey, est-ce qu'on vous a promis quelque chose en échange de votre témoignage ?

— Non. Le procureur me filera rien, des clopinettes. Vous m'avez dit que cette charmante dame ici présente passerait l'éponge sur le vol du bracelet.

— Votre Honneur, je n'ai plus d'autres questions. »

Le juge se tourna vers le procureur. « Maître, le témoin est à vous.

— Monsieur Sharkey, est-il vrai que vous avez six condamnations inscrites à votre casier judiciaire ?

— C'est vrai. J'en suis pas fier. Ma mère encore moins.

— Et vous savez que le juge autorisera les jurés à tenir compte de ces condamnations lorsqu'ils évalueront la crédibilité de votre témoignage, en d'autres termes s'ils peuvent vous croire.

— Je sais. Je connais tout ça.

— Monsieur Sharkey, quand m'avez-vous rencontré pour la première fois ?

— Mardi, tôt dans la matinée. Vous aviez l'air drôlement content de me voir.

— Et vous m'avez rapporté une partie de ce que vous venez de dire, c'est exact ?

— Exact.

— Mais quand je vous ai demandé de me décrire la voiture qui quittait la maison, vous avez refusé. N'est-ce pas ?

— C'est vrai.

— En bref, vous exigiez la promesse d'un aménagement de peine en échange de votre témoignage avant d'en dire davantage. Exact ?

— Ouais. Ça me paraissait juste si je devais venir ici.

— Et je vous ai répondu, en me fondant sur ce que vous aviez dit, que je ne vous promettais rien sinon d'être poursuivi selon la loi pour tentative de cambriolage à Saddle River, et pour le cambriolage de la résidence des Grant, même si Mme Grant fait preuve d'indulgence parce que vous l'aidez à se disculper d'une accusation de meurtre. Est-ce exact ?

— À peu près.

— Monsieur Sharkey, vous déclarez avoir volé ce bracelet en mars de l'année dernière. Exact ?

— Ouais. Ça s'est passé à ce moment-là.

— Monsieur Sharkey, j'ai examiné certains procès-verbaux de vos condamnations passées. Est-il vrai que vous avez développé une sérieuse addiction au jeu et que vous travaillez occasionnellement pour des sociétés de lavage de vitres ?

— Je nie pas que je file à Atlantic City chaque fois que j'ai un peu de fric. Je travaille pour des entreprises de lavage de vitres quand elles ont du boulot pour moi. En général, elles sont pas surchargées.

— Dans ce cas, si vous êtes à court d'argent, pourquoi avez-vous gardé ce bracelet aussi longtemps ? Pourquoi ne l'avez-vous pas porté chez un receleur qui vous en aurait offert une bonne somme ?

— Parce que je pensais que je risquais des ennuis comme j'en ai aujourd'hui. Et j'imaginais que je pourrais l'utiliser pour obtenir une remise de peine.

— Donc, vous essayez simplement de vous en tirer au mieux. N'est-ce pas ?

— Sûr. Mais j'ai dit que la vérité.

— Pourtant, si on ne vous avait pas arrêté l'autre soir à Saddle River, vous ne seriez pas ici à vous faire du souci à propos de Betsy Grant ?

— Non, je peux pas dire que je serais ici. Mais j'ai toujours eu pitié d'elle depuis son arrestation.

— Monsieur Sharkey, vous ne pouvez pas prouver que vous étiez dans la maison à cette date exacte ?

— Non, mais tout concorde. J'y lavais les carreaux deux jours avant. Je sais que l'entreprise vous a confirmé cette information. Et j'ai le bracelet. Et vous pouvez vérifier l'alarme. Elle est plus vieille que moi. Un enfant pourrait la neutraliser.

— Et, comme par hasard, vous avez vu une voiture mystérieuse quitter l'endroit ?

— Pas mystérieuse. Il faisait sombre. Je vous ai dit ce que j'avais vu.

— Votre Honneur, je n'ai pas d'autres questions. »

Tony quitta lentement le banc des témoins avec l'impression angoissante que la situation ne tournait pas à son avantage. Robert Maynard avait le même sentiment.

« Faites venir votre témoin suivant, maître.

— La défense appelle Carmen Sanchez. »

Carmen s'avança lentement depuis la porte d'entrée jusqu'au banc des témoins. Le juge lui indiqua qu'ayant prêté serment précédemment, elle n'avait pas à recommencer. Maynard l'amena à redire à quelle occasion elle avait découvert de la terre sur la moquette et à raconter comment elle avait aidé Betsy Grant à chercher le bracelet.

Puis Elliot Holmes commença son contre-interrogatoire.

« Madame Sanchez, parlons de cette trace de terre que vous prétendez avoir vue sur la moquette. Vous vous flattez d'être méticuleuse, pourtant ?

— Si vous voulez dire que je fais toujours le ménage à fond, oui.

— Et vous affirmez que vous avez vu de la terre sur la moquette le matin où on a découvert le corps du docteur ?

— Oui. Mais j'étais tellement bouleversée.

— Pourtant vous avez déclaré avoir passé l'aspirateur dans la pièce la veille ou l'avant-veille ?

— Oui. C'est pourquoi j'étais étonnée.

— Madame Sanchez, êtes-vous très proche de Betsy Grant ?

— Oui. Elle a toujours été bonne pour moi.

— Et vous vous inquiétez beaucoup pour elle ?

— Oui. Beaucoup.

— Et elle a été arrêtée pour le meurtre de son mari deux semaines après sa mort ?

— Oui. Ça m'a rendue tellement triste.

— Et vous saviez qu'elle était seule dans la maison cette nuit-là ?

— Oui, je le savais.

— Mais vous pensiez que c'était quelqu'un d'autre qui avait tué M. Grant, n'est-ce pas ?

— Oui.

— Ce qui signifierait que quelqu'un d'autre se serait introduit dans la maison pendant la nuit ?

— Je suppose. Je ne sais pas ce qui s'est passé.

— Et il ne vous est jamais venu à l'esprit de parler de cette trace de terre ?

— Non. Je ne sais pas pourquoi. Je ne sais vraiment pas. Je ne m'en suis souvenue qu'au moment où j'ai témoigné. Mais le juge m'a dit de me contenter de répondre aux questions.

— Mais ensuite, vous n'en avez rien dit à Mme Grant ni à maître Maynard jusqu'à l'apparition soudaine de M. Sharkey il y a deux jours, est-ce exact ?

— Que voulez-vous dire par apparition soudaine ?

— Je veux dire vous n'en avez pas parlé avant que maître Maynard apprenne l'existence de M. Sharkey il y a deux jours.

— Non. Je m'en voulais peut-être de n'avoir rien remarqué quand j'avais passé l'aspirateur deux jours avant.

— Madame Sanchez, abordons un sujet différent. Vous dites que vous avez souvent aidé Mme Grant à chercher ce bracelet. Exact ?

— Oui. Mais impossible de mettre la main dessus.

— Mais vous ne savez pas quand il a été volé, n'est-ce pas ?

— Non.

— Je n'ai pas d'autres questions, Votre Honneur. » Robert Maynard se leva. « Votre Honneur, j'appelle à nouveau Betsy Grant. »

Quand elle eut pris place sur le banc des témoins, il lui adressa doucement la parole. « Madame Grant, ceci est bien votre bracelet ? »

La voix de Betsy se brisa : « Oui. Ted me l'avait donné pour notre premier anniversaire de mariage.

— Ce sont vos initiales qui y sont gravées ?

— Oui.

— Quand vous êtes-vous aperçue de sa disparition ?

— Quelques semaines après la mort de mon mari.

— Avez-vous déclaré ce vol à la police ?

— Non. Je n'avais aucune raison de penser qu'il avait été volé. Il ne manquait aucun autre bijou.

— Avez-vous fait une déclaration de perte à votre compagnie d'assurances ?

— Non. J'ai pensé que Ted l'avait pris et égaré quelque part dans la maison. Je ne voulais pas déclarer le vol, percevoir de l'argent de la compagnie d'assurances et le retrouver un jour, par hasard. Carmen et moi l'avons cherché partout. Il signifiait beaucoup pour moi. Je m'étais enfin décidée à en déclarer la perte, mais je n'ai pas eu le temps de le faire avant que survienne… tout le reste.

— Pas d'autres questions, Votre Honneur. »

Ce fut au tour d'Elliot Holmes de s'avancer vers le témoin. « Madame Grant, vous n'avez aucune idée du moment où ce bracelet a été volé, n'est-ce pas ?

— Pas précisément. Je ne l'avais pas porté depuis un an lorsque je me suis rendu compte de sa disparition. Ted était dans l'incapacité de sortir en ville et j'avais peu l'occasion de porter ce genre de bijou. La dernière fois, ç'a peut-être été à un dîner de bienfaisance.

— Avez-vous jamais porté ce très précieux bijou lors de vos dîners à New York avec Peter Benson ? »

Betsy faillit hurler. « Non, jamais ! siffla-t-elle.

— Donc, il peut avoir été volé n'importe quand au cours de cette année-là, n'est-ce pas ?

— Puisque j'ignorais qu'il avait été volé, je ne peux pas savoir quand. Mais M. Sharkey n'avait jamais travaillé chez moi avant. Comment aurait-il pu connaître les lieux ? »

Holmes réagit. « Madame Grant, veuillez répondre uniquement à la question.

— Je vous l'ai dit. Je ne l'ai pas porté une seule fois durant l'année qui a précédé la mort de Ted et je ne m'étais pas rendu compte qu'il avait disparu.

— Et après votre arrestation, votre fidèle femme de ménage ne vous a jamais parlé de cette trace de terre sous la fenêtre au premier étage ?

« — Non, elle ne m'en a pas parlé. Je le regrette. Elle s'en veut terriblement. »

Holmes eut un sourire narquois : « Je n'ai pas d'autres questions », déclara-t-il.

Betsy quitta le banc des témoins et regagna la table de la défense. Robert Maynard l'aida à s'asseoir.

« Monsieur le juge, la défense conclut.

— Pas d'objection, monsieur le procureur ?

— Non, monsieur le juge. »

Le juge se tourna vers les jurés, leur annonça que l'exposé de la preuve était terminé et qu'ils devraient se présenter au tribunal le lendemain à neuf heures pour l'audience des plaidoiries et le rappel des dispositions légales.

62

Josie Mason ne travaillait pas le jeudi et dormit tard. En se réveillant, elle repensa à sa rencontre avec Delaney Wright et à la façon dont la jeune femme lui avait ouvert les yeux.

Et si je demandais un rendez-vous au procureur, si je lui disais qu'après avoir mûrement réfléchi, j'ai compris qu'Alan m'avait manipulée pour que je lui fournisse un alibi ? Elle fit mentalement la liste de tout ce qu'elle dirait au procureur. Primo, il était aux abonnés absents depuis six mois quand il l'avait subitement appelée, disant à quel point elle lui manquait. Pendant le mois qui avait précédé la mort de son père, ils étaient sortis ensemble au moins trois fois par semaine. Puis, un soir, il s'était mis à pleurer sur son sort, à gémir qu'il était terriblement inquiet pour son père et se sentait affreusement seul. Il lui avait dit qu'il aurait le moral à zéro après le dîner d'anniversaire de son père, et qu'il aurait besoin de quelqu'un à qui parler. Et j'ai accepté de le retrouver à vingt-deux heures chez O'Malley, à une rue de mon immeuble, voilà ce qu'elle lui dirait, au procureur. Pendant une heure et demie, j'ai écouté son histoire à vous fendre le cœur. Puis il a dit qu'il ne voulait pas rester seul. Il m'a suppliée de venir passer la nuit chez lui, mais je savais que son appartement était un vrai foutoir, j'ai préféré qu'il vienne chez moi.

Comme je l'ai raconté à Delaney Wright, j'ignorais qu'Alan était allergique aux chats, et il ne savait pas que j'en avais adopté un. Il s'est mis à éternuer sitôt franchi le seuil de la porte, mais il est resté quand même. Par une coïncidence incroyable son père était assassiné la même nuit. Et bingo, je suis son alibi !

Depuis la mort de son père, Alan et moi on se voit au moins une fois par semaine, mais on n'est pas un vrai couple. Je suis pas née de la dernière pluie et je sais reconnaître un type intéressé. Et vous croyez qu'il m'aurait remerciée d'avoir témoigné en sa faveur ? Non. J'ai confirmé sa déposition et c'était tout ce qu'il voulait.

Voilà, pensa Josie. Et il faudra que je témoigne à nouveau. Il va comprendre sa douleur, ce pleurnichard ; il voulait me faire croire qu'il était attaché à son père, mais il en avait surtout après ses millions.

Tout en caressant son chat, Josie réfléchit. Elle allait d'abord téléphoner à Alan et lui dire de se pointer avec un million de dollars s'il ne voulait pas qu'elle appelle le procureur. Il n'a qu'à souscrire un emprunt, pensa-t-elle. Il aura tout le fric de son père quand sa belle-mère sera condamnée, mais je ne suis pas certaine d'en récolter une miette, le procès terminé.

Quand le téléphone sonna le jeudi après-midi et qu'il vit s'afficher le nom de Josie, Alan faillit ne pas décrocher. Mais elle l'avait soutenu, elle était son seul alibi. Il ne fallait pas jouer avec le feu. Il avait besoin d'elle.

« Hello, Josie, dit-il avec chaleur. Comment va, ma petite chérie ?

— Ta petite chérie a beaucoup réfléchi, répondit Josie d'un ton sarcastique. Je vais t'expliquer à quoi elle a pensé. »

Alan sentit les paumes de ses mains devenir moites quand elle lui expliqua ce qu'elle attendait. « Josie, comment veux-tu que je trouve un million de dollars dans les vingt-quatre heures ? Et je ne signerai rien qui stipule que je te dois une telle somme. »

Après dix minutes de dispute, Alan parvint à lui faire accepter un compromis. Il allait prendre rendez-vous chez son avocat. Elle le rejoindrait à son cabinet et il lui céderait la moitié de son appartement. Ça ne poserait aucun problème. Si quelqu'un posait des questions, il dirait qu'il était amoureux d'elle et voulait lui prouver que c'était sérieux. Quand le procès serait terminé et qu'il aurait touché l'argent, il lui laisserait l'autre moitié de l'appartement.

Lorsque Josie raccrocha, Alan posa brutalement son téléphone portable sur la table. Et maintenant ? Même s'il touchait la totalité des quinze millions, il en avait déjà promis vingt pour cent à Scott. Et Scott avait saboté le travail. Il était censé retourner dans la maison après le dîner et faire à son père une injection qui ferait croire à une crise cardiaque. En réalité, son père s'était réveillé et avait essayé d'étrangler Scott, qui s'était alors emparé du pilon pour lui fracasser l'arrière du crâne.

Alan reprit son téléphone et appela son avocat. Puis il rappela Josie et lui fixa rendez-vous à seize heures.

64

Delaney avait décidé d'aller au tribunal le jeudi matin pour assister à la déposition de Tony Sharkey mais elle était surtout impatiente de rencontrer Lisa Clifton. Elle l'avait appelée à huit heures du matin pour lui proposer de la retrouver dans un restaurant d'Allendale, à quelques kilomètres de là.

Si le visage de Lisa Clifton reflétait une extrême compassion lorsqu'elle avait soutenu Betsy Grant, il était aujourd'hui marqué par l'anxiété. Elle parcourait la salle du regard, sur le qui-vive.

À dix heures, quand Delaney arriva au restaurant, la plupart des gens qui y prenaient leur petit-déjeuner étaient déjà partis. Lisa était assise dans un box, au fond de la salle.

En bonne journaliste, Delaney étudiait toujours l'apparence des personnes qu'elle interrogeait. La première fois, elle avait observé Lisa dans la salle du tribunal, noté sa silhouette élancée et ses cheveux blond foncé coupés court. Aujourd'hui elle était frappée par le charme de son visage anguleux. Il y avait une tension particulière dans sa voix.

« Delaney, dit-elle, mon inquiétude pour Betsy Grant ne vous a certainement pas échappé. C'est une amie très chère, et elle n'a pas plus tué son mari que vous ou moi.

— C'est aussi ma conviction, répondit Delaney. Et votre mari la croit visiblement coupable. Je vais être franche. Je me suis demandé si ce n'était pas une source de conflit entre vous. »

Le regard de Lisa embrassa la salle. « Mon mariage est fini, Delaney. Ç'a été une erreur dès le début. J'ai eu récemment rendez-vous avec un agent immobilier et je viens de signer le bail d'un appartement à Morristown. J'ai repris mon ancienne situation chez Johnson & Johnson. Un déménageur vient demain enlever mes meubles de la maison de Ridgewood.

— Je suis désolée, dit Delaney.

— Ce n'est pas la peine. Avant d'aller plus loin, Delaney, avez-vous une opinion sur l'identité de l'assassin ? »

Delaney n'hésita pas un seul instant. « Alan Grant. Je sais qu'il a un alibi imparable, mais c'est justement le hic. Il est trop parfait. Il s'arrange pour revoir une ancienne petite amie et l'inviter à prendre un verre le soir du dîner d'anniversaire. Il insiste pour passer la nuit chez elle parce qu'il se sent déprimé. Il bénéficie ainsi de son témoignage et des enregistrements des caméras de surveillance de son immeuble pour étayer son alibi. Alan n'a pas tué son père, mais il ne fait aucun doute pour moi qu'il a partie liée avec celui qui l'a assassiné. »

Lisa regarda autour d'elle à nouveau, mais ne fit aucun commentaire.

Elle sait quelque chose, pensa Delaney. J'ai peut-être une chance de l'amener à parler. « Lisa, vous savez qu'un cambrioleur affirme qu'il s'est introduit dans la maison de Betsy et a volé son bracelet la nuit où son mari a été assassiné et qu'il a vu une Mercedes noire quitter les lieux.

— Oui, je l'ai entendu à la radio.

— Son témoignage est trop vague. J'ai assez d'expérience des tribunaux pour savoir que le procureur va le massacrer.

— C'est à craindre, en effet.

— Demain, le procureur et l'avocat de la défense vont plaider, puis l'affaire ira devant le jury et Betsy Grant sera condamnée », dit Delaney d'une voix vibrante.

Elle attendit. Voyant que Lisa ne réagissait pas, elle céda à son émotion : « Lisa, vous ignorez sans doute que je suis une enfant adoptée. J'ai des amis qui ont retrouvé la trace de mes parents naturels. Et lundi soir, ces amis m'ont révélé que Betsy Grant était ma mère et Peter Benson mon père. »

Interdite, Lisa dévisagea Delaney. « Maintenant que vous le dites, c'est vrai que vous leur ressemblez », dit-elle doucement. À nouveau elle lança un regard inquiet dans la salle. « Delaney, j'ai juré que mon mari n'avait pas quitté la maison la nuit où Ted est mort. Et je le croyais sincèrement. Je suis montée me coucher et il m'a dit qu'il allait rester un moment dans le bureau, pour regarder la télévision et se détendre en buvant un scotch. Quand je suis descendue le lendemain matin, je l'ai trouvé endormi sur le canapé tout habillé. Il a pu sortir et revenir dans le milieu de la nuit, pour ce que j'en sais. Mais il se doute que je soupçonne quelque chose. Lorsque je suis rentrée à la maison, après avoir vu l'agent immobilier, il était déjà revenu de son cabinet et a voulu savoir où j'étais allée. C'est pour cette raison que je vous ai donné rendez-vous ici plutôt que chez moi. »

Delaney la regarda, stupéfaite. « Vous soupçonnez votre mari d'avoir assassiné le Dr Grant ?

— C'est plus qu'un soupçon. Durant les semaines qui ont précédé la mort de Ted, Scott et Alan Grant ont déjeuné ensemble à plusieurs reprises. Je me demande si Alan ne lui a pas proposé de l'argent pour tuer Ted. Alan pouvait sans mal obtenir de son père le code de l'alarme, prendre la clé manquante et donner le tout à Scott. »

Rien de tout ça ne sera recevable par la cour, pensa Delaney. Il s'agit seulement de suppositions. Lisa a déjà témoigné que son mari était à la maison cette nuit-là. Quand on apprendra qu'ils sont en train de divorcer, on dira qu'une ex-épouse malveillante essaye d'attaquer la réputation de son ex-mari en ajoutant des détails comme celui de la nuit passée sur le canapé.

« Lisa, demanda-t-elle, pouvez-vous envisager de rester avec Scott le temps qu'un enquêteur trouve s'il avait un mobile ? »

352

Lisa secoua la tête. « Je ne peux pas. Il y a quelque chose de bizarre chez Scott. Il me fait peur. Je ne peux pas rester davantage. »

Il était inutile d'insister. Delaney dit simplement : « Je comprends, mais je voudrais que nous restions en contact.

— Bien sûr. Je vous le promets. »

Delaney dut se contenter de ces paroles.

L'espoir de voir le témoignage de Tony Sharkey changer le cours des choses s'était estompé. Cette nuit-là, étendue dans son lit, Betsy essaya de démêler les événements de la journée.

Admettons que Sharkey puisse prouver qu'il était dans la maison, cela ne signifie pas qu'il s'y trouvait en même temps que le propriétaire de la Mercedes noire. Scott en possède une. Kent également. Comme beaucoup de résidents d'Alpine. Et s'il n'y avait jamais eu de Mercedes noire ?

Je vais aller en prison. Je le sais. Le cœur serré, elle s'imagina debout, en train d'écouter le président du jury délivrer son verdict. Si je suis jugée coupable d'homicide volontaire, je serai condamnée au minimum à trente ans, voire à la perpétuité. Si c'est d'homicide involontaire, à dix ans.

Je sais que je suis innocente. Et si je refusais d'accepter ce destin ? Certains médicaments de Ted sont encore dans la salle de bains. Je pourrais en avaler une poignée et en finir avec ce cauchemar.

Étrangement, cette pensée la réconforta. Elle prit un somnifère et s'endormit.

Peter Benson se sentait incapable de rester assis chez lui à regarder les reportages des derniers jours du procès. S'il ne pouvait pas être avec Betsy, il voulait être près d'elle. Il chercha un hôtel à proximité du tribunal et, affublé d'une casquette de baseball et de lunettes noires, il réserva une chambre dans la matinée du jeudi. Dès qu'il eut refermé la porte derrière lui, il alluma la télévision. Le procès avait soulevé un tel intérêt que les débats des deux dernières journées étaient diffusés en direct sur la chaîne locale, News 12 New Jersey.

Plein d'espoir, il regarda Tony Sharkey commencer à témoigner. Mais tout s'écroula quand le procureur se fit un plaisir de mettre son histoire en pièces.

Lorsque la caméra s'arrêta longuement sur Betsy, Peter s'inquiéta de la voir si détachée, comme si elle s'entourait d'un mur protecteur. Mais elle parut s'émouvoir en répondant aux questions concernant le bracelet.

Quand le juge eut clos la séance pour la journée et annoncé que les derniers arguments seraient présentés le lendemain matin, Peter hésita à se rendre à Alpine pour la voir. La prudence l'emporta. Une photo de lui entrant chez elle la veille des plaidoiries aurait des conséquences désastreuses.

Il leur restait tout de même le téléphone. Présumant qu'elle serait seule, il l'appela à vingt-deux heures. Elle avait la reconnaissance d'appel, pourtant elle ne décrocha pas. Et son répondeur était éteint.

Il persista à appeler régulièrement jusqu'à ce qu'une voix endormie réponde : « Peter.

— Betsy, pourquoi ne réponds-tu pas ? Que se passe-t-il ?

— J'ai pris un somnifère. J'en avais besoin.

— Je comprends. Mais ça va, tu es sûre ? »

Betsy contempla le flacon rempli de pilules sur la table de nuit qu'elle n'avait pas eu le courage d'avaler.

« Oui, je vais bien. Ne t'en fais pas. »

Elle se rendormit doucement. « Oui, Peter, je vais bien. »

67

« Pourquoi es-tu si nerveuse ? » demanda Scott à Lisa le vendredi matin. « Tu n'as rien mangé et tes mains tremblent. »

Le mieux était de lui dire la vérité. « Scott, tu sais très bien qu'aujourd'hui ou la semaine prochaine Betsy va probablement être déclarée coupable de meurtre ou d'homicide involontaire. Et tu sais aussi que je l'aime profondément et que je suis convaincue de son innocence.

— Et tu sais aussi sûrement qu'elle a enfoncé le crâne de l'homme qui était mon ami, mon collègue et mon associé depuis trente ans. »

Ils se dévisagèrent de part et d'autre de la table, puis Scott dit : « Lisa, nous avons un avis totalement opposé sur ce sujet, mais je t'aime sincèrement et j'ai hâte que toute cette histoire soit derrière nous, que nous puissions partir en week-end tous les deux.

— Moi aussi », répondit Lisa avec un semblant de sourire.

Partir en week-end tous les deux. Elle avait envie de hurler. Va à ton cabinet et restes-y. Les déménageurs seront là à dix heures, pensa-t-elle.

« Je suis étonné que tu n'ailles pas au tribunal écouter les plaidoiries, dit Scott en la scrutant du regard.

— Je ne peux pas, dit-elle simplement. Je ne veux pas écouter ce procureur s'acharner à faire condamner Betsy.

— Dans ce cas, la prochaine fois que tu la reverras, ce sera à la prison d'État. » Scott avala une dernière gorgée de café et se leva. « En un sens, j'admire ta fidélité, même si elle est mal placée. »

Lisa espéra qu'il ne sentit pas son corps se raidir quand il lui caressa la joue et l'embrassa sur le front.

Enfin, il était parti. Elle se précipita à l'étage, prit une douche et s'habilla. Elle devait s'en aller au plus vite. Ses valises étaient dans le grenier. Elle y monta en hâte et alluma la lumière. Les valises étaient empilées dans un angle, derrière les tapis et les meubles qu'elle avait l'intention d'emporter. Comme elle saisissait la plus grande, elle vit quelque chose briller sur un chevron au-dessus d'elle. Curieuse, elle tendit le bras, prit l'objet et retint un cri.

C'était un pilon de marbre noir.

Celui qui avait disparu de la chambre de Ted Grant, indéniablement.

En retard de quinze minutes à cause des embouteillages, Delaney avait sauté dans un taxi Uber pour se rendre au tribunal quand son portable sonna. Surprise, elle répondit rapidement : « Bonjour, Lisa. »

La voix de Lisa était perçante, précipitée : « Delaney, j'étais en train de faire mes bagages. Il faut que je parte aujourd'hui. Les déménageurs arrivent dans une heure. Au moment de descendre mes valises du grenier, j'ai aperçu quelque chose sur un chevron. C'est le pilon, Delaney. Je suis sûre que c'est celui qui correspond au mortier de la chambre de Ted. C'est pour ça que Scott est resté dans le bureau en bas la nuit où Ted est mort. Il avait l'intention de tuer Ted.

— Lisa, calmez-vous. Où est Scott en ce moment ?

— À son cabinet. Il avait un patient à neuf heures.

— Prenez votre voiture et venez au tribunal », dit Delaney.

Puis elle réfléchit. Lisa est tellement bouleversée qu'elle risque d'avoir un accident.

« Non, attendez, rectifia-t-elle rapidement. Je suis sur la route 4. Je peux être chez vous dans dix minutes. Je vous emmènerai au tribunal. Pendant ce temps, prenez une photo du pilon avec un arrière-plan prouvant qu'il se trouvait dans la maison. Je vous rappelle avec un numéro où l'envoyer. »

Elle appela le bureau du procureur et demanda la brigade criminelle. Après avoir rapidement expliqué qui elle était, elle dit : « Je vais vous envoyer un texto avec une photo. Elle est d'une importance primordiale pour l'issue du procès de Betsy Grant. C'est l'arme du crime. »

L'assistant du procureur répondit d'un ton sceptique : « Envoyez-la à ce numéro. Nous l'examinerons. La plaidoirie de la défense a déjà commencé. »

Quelques secondes après Delaney rappelait Lisa.

« Envoyez la photo au procureur. Pouvez-vous mémoriser son numéro ?

— Je crois que oui mais je vais le noter. Et, je vous en prie, faites vite. »

Faut-il que je lui dise de sortir de la maison et d'aller chez un voisin ? se demanda Delaney. Mais il n'était que neuf heures vingt-cinq et Lisa avait dit que Scott avait un rendez-vous à neuf heures à son cabinet de Fort Lee.

À neuf heures trente, son taxi s'arrêta devant le 522 Cleveland Avenue. « J'en ai pour une minute, dit-elle. Attendez-moi, s'il vous plaît. »

Au moment où elle s'élançait dans l'allée, Lisa ouvrit la porte. Elle tenait son téléphone et son sac. Elle cria : « Delaney, je n'ai pas bien noté le numéro que vous m'avez donné. J'ai essayé d'envoyer la photo mais elle n'est pas passée.

— Ne vous inquiétez pas. Je vais le faire. »

Lisa fouilla dans son sac et en sortit le pilon. « On ne capte pas bien ici, dit-elle d'une voix tremblante. La réception est meilleure dans la cuisine. »

J'ai en main l'arme du crime, pensa Delaney en se précipitant le long du couloir. Dans la cuisine, elle cala le pilon contre une rangée de boîtes décoratives et prit une photo. Quand elle essaya de l'envoyer, le premier essai fut un échec, le deuxième aussi. La troisième tentative fut la bonne et la photo fut transmise au bureau de Holmes.

Avant qu'elle puisse regagner le couloir, elle entendit la porte d'entrée s'ouvrir et Scott Clifton qui demandait : « Tu sors, Lisa ? »

Delaney composa le 911. « À l'aide. Tueur au 522 Cleveland Avenue. Restez en ligne. Enregistrez ce que vous entendez. »

Sans laisser à l'opérateur le temps de répondre et sans interrompre la communication, elle orienta le téléphone en direction des voix.

Elle les entendait clairement. Lisa tentait de ne pas éveiller les soupçons de son mari. « Oh, Scott ! Tu n'avais pas rendez-vous avec un patient ?

— Il a annulé. Où vas-tu ?

— Chez le coiffeur. Il faut absolument que je fasse quelque chose pour mes racines. »

Il la regarda. « Quelles racines, Lisa ? Où vas-tu vraiment ? Me raconte pas n'importe quoi. » Sa voix avait monté d'un ton.

Bravo Lisa, pensa Delaney. Continuez à le promener. « Scott, j'espérais éviter cette scène. Le camion de déménagement sera là à dix heures pour emporter tout ce qui est à moi dans le grenier. J'ai laissé ma bague de fiançailles et mon alliance sur le comptoir.

— Je me doutais qu'il se passait quelque chose. J'aimerais vérifier dans le grenier si tu ne t'es pas approprié des affaires qui m'appartiennent. »

Delaney profita du moment où il entraînait Lisa dans l'escalier pour se glisser silencieusement hors de la cuisine. Elle entendit Scott hurler : « Je sais que tu l'as. Où tu l'as mis ? »

Lisa descendit les marches en courant, criant : « Tu es un assassin. Tu laisserais condamner Betsy pour un meurtre que tu as commis. C'est toi qui as tué Ted. » Delaney recula dans le salon pour qu'on ne la voie pas. Le cœur battant, elle pria : « Dépêchez-vous. Vite. »

Lisa tenta d'ouvrir la porte d'entrée mais Scott la tira violemment à l'intérieur. Les mains serrées autour de sa gorge, il criait : « Donne-le-moi. Pourquoi t'es-tu mêlée de tout ça ? »

Delaney glissa son portable dans la poche de sa veste et se rua dans l'entrée.

Les mains de Scott resserraient leur étreinte autour du cou de Lisa. Il hurlait : « Alan m'a promis plus d'un million de dollars. Et le double après la condamnation de Betsy. »

Delaney n'hésita pas. Elle leva le pilon et frappa violemment Scott à la tempe. Il lâcha Lisa, se retourna et se jeta sur elle. Le sang jaillissait d'une entaille sur son front.

D'un geste désespéré, elle brandit le pilon à nouveau et l'abattit sur le côté du visage de son assaillant.

Avec un grognement, il le lui arracha de la main et s'apprêta à la frapper.

Elle trébucha en reculant et évita le coup de quelques centimètres. Puis, au moment où Scott levait à nouveau le bras, la porte s'ouvrit brusquement et trois policiers, l'arme au poing, se ruèrent à l'intérieur.

« Pas un geste, les mains en l'air », cria l'un d'eux.

Delaney sortit son téléphone de sa veste. D'une voix haletante, elle demanda : « Vous avez tout enregistré ? C'était clair ? »

L'opérateur du 911 répondit d'un ton catégorique : « On a tout reçu cinq sur cinq, madame. »

Delaney reprit son souffle. « Envoyez le tout à ce numéro. Immédiatement. C'est le bureau du procureur. »

69

Elliot Holmes, savourant d'avance sa victoire dans l'affaire la plus retentissante de sa carrière, écoutait la plaidoirie enflammée de Robert Maynard. Il était impatient de le voir terminer pour pouvoir développer son réquisitoire.

Tout à coup, la porte de la salle d'audience s'ouvrit à toute volée et l'assistant du procureur se précipita vers sa table. Furieux, Holmes lui lança : « J'espère que c'est important. »

Visiblement irrité, le juge Roth dit : « Cette interruption est un manque de respect envers la défense et le jury. »

Holmes se leva. « Je m'excuse sincèrement auprès de la cour, du jury et de l'avocat de la défense. Veuillez m'accorder une minute. »

Holmes s'empara du portable de son assistant et regarda la photo de Scott Clifton entouré des policiers de Ridgewood. Un des policiers tenait le pilon. Le texto expliquait ce qui s'était passé. Elliot Holmes comprit que l'affaire était terminée pour lui.

« Votre Honneur, je demande une suspension de séance de quinze minutes pour écouter un enregistrement recueilli sur ce téléphone. Il peut avoir une incidence cruciale sur l'issue de ce procès. »

Le juge comprit qu'un événement de première importance était survenu. « Nous allons faire une courte interruption. Je demande au jury de ne pas discuter de ce que vous venez de voir. »

Robert Maynard s'était assis à côté de Betsy durant la suspension. « Betsy, j'ignore ce qui se passe, mais mon instinct me dit que c'est bon signe. Sinon, ils n'oseraient pas interrompre ma plaidoirie de cette façon. »

Vingt minutes plus tard, visiblement sous le choc, Elliot Holmes s'adressa à la cour : « Votre Honneur, le bureau du procureur cherche toujours avec diligence à servir la justice. Je viens d'être informé que le Dr Scott Clifton a été arrêté à son domicile il y a une heure et que le pilon de marbre y a été retrouvé. J'ai également écouté un enregistrement audio des événements survenus pendant cette arrestation, y compris certains aveux de sa bouche concernant le meurtre du Dr Grant. Il met en cause deux personnes : lui-même et Alan Grant. »

La voix du procureur se brisa : « Votre Honneur, je dois conclure que nous avons commis une erreur judiciaire tragique. L'État ne croit plus désormais que Betsy Grant ait tué son mari, ni qu'elle soit impliquée dans ce meurtre de quelque manière que ce soit. L'État regrette sincèrement les souffrances qu'elle a endurées.

« Votre Honneur, l'État propose d'abandonner l'accusation. »

Des applaudissements retentirent dans la salle. Le juge demanda calmement à l'assistance de faire silence.

Betsy ne put s'empêcher de penser à cet instant où elle avait envisagé le suicide.

Le juge Roth prit la parole : « J'ai entendu l'exposé que vient de faire le procureur des développements incroyables survenus au cours des dernières heures. Le procureur est convaincu qu'à la lumière de ces événements, l'accusée Betsy Grant est innocente. Le procureur a reconnu qu'une terrible erreur judiciaire avait été commise. Heureusement, cette nouvelle preuve a été produite avant que le jury n'ait déclaré l'accusée coupable, verdict entraînant une longue peine de prison. » Le juge marqua une pause : « L'accusation est abandonnée. Madame Grant, avec les meilleurs souhaits de la cour, vous êtes libre de partir. »

Tandis que les acclamations retentissaient à nouveau, Betsy tenta d'assimiler ce qu'elle venait d'entendre. Elle était libre.

Se levant lentement, le bras de Robert Maynard autour de ses épaules, elle remercia la cour. Peter Benson, qui avait suivi la plaidoirie de Maynard depuis sa chambre d'hôtel, s'était précipité au tribunal quand Elliot Holmes avait demandé une courte suspension pour évaluer les informations qui venaient de lui être transmises. Il s'était glissé au dernier rang de l'assistance au moment où Holmes faisait le récit des derniers événements et demandait l'abandon des chefs d'accusation.

366

Dès que le juge eut annoncé que Betsy était libre, Peter s'élança en direction de la table de la défense. Un officier de police fit mine de s'interposer, mais le juge l'arrêta d'un geste. Betsy et Maynard s'apprêtaient à quitter la salle. Ils avaient à peine fait quelques pas quand Betsy vit Peter courir vers elle. Maynard s'écarta et Peter passa son bras sous celui de Betsy. « Je vais m'occuper d'elle maintenant », dit-il. Il regarda Betsy dans les yeux et ajouta : « Maintenant et pour toujours. »

Delaney attendit trois jours avant d'appeler Betsy et de lui demander de la recevoir. « Bien sûr, quand vous voudrez, dit Betsy. Vous vous êtes toujours montrée bienveillante envers moi. Je me suis demandé pourquoi vous n'aviez pas couvert la dernière semaine du procès.

— Je vous promets de vous l'expliquer, répondit Delaney. Est-ce que M. Benson sera également avec vous ? »

Comme elle s'y attendait, Betsy répondit par l'affirmative.

C'est la gorge serrée qu'elle se rendit à Alpine. Elle salua Betsy et Peter qui l'invitèrent à venir s'asseoir dans le salon. Delaney se pencha en avant, joignit les mains et dit d'une voix tremblante : « J'ai quelque chose à vous annoncer. Quelque chose que j'ai appris très récemment. Betsy, vous avez dit à la barre que votre enfant vous avait manqué chaque jour de votre vie. Tout comme ma mère naturelle m'a manqué chaque jour de ma vie. » Delaney les regarda tous les deux l'un après l'autre. « Et maintenant, j'ai retrouvé non seulement ma mère, mais mon père. »

Comme Betsy et Peter la regardaient, stupéfaits, essayant de saisir ce qu'elle leur disait, Delaney poursuivit : « Je suis née au 22 Oak Street à Philadelphie un 16 mars, il y a vingt-six ans. Mes grands-parents s'appelaient Martin et Rose Ryan... »

Épilogue

Alan Grant et le Dr Scott Clifton attendent d'être jugés après avoir été inculpés du meurtre du Dr Edward Grant. Le Dr Clifton est également accusé de tentative de meurtre sur Lisa Clifton. Leurs avocats ont tenté de négocier des réductions de peine en leur proposant de témoigner l'un contre l'autre. Tous deux risquent la perpétuité.

L'enquête de Jonathan a révélé que le Dr Clifton avait fourni la drogue qui avait été à l'origine de l'overdose de Steven Harwin. Le Dr Clifton sera aussi jugé pour cette affaire.

Tony Sharkey a été condamné à trois ans de prison pour sa tentative de cambriolage à Saddle River. À la demande de Betsy Grant, il n'a pas été poursuivi pour le cambriolage de sa maison. Après avoir entendu la sentence, il a dit au juge Roth : « Tout compte fait, je m'en tire pas mal. »

Une semaine après la fin du procès, en emballant les ouvrages de médecine pour les envoyer au Dr Adams, Carmen en trouva un dont le milieu était évidé. Il contenait trois blocs d'ordonnances au nom du Dr Grant, apparemment remplies et signées par lui. Ces blocs étaient-ils ce qu'il recherchait si désespérément ?

Alvirah avait appelé Sam pour lui dire qu'elle n'avait pas besoin de refaire carreler son appartement, mais elle insista pour lui envoyer un chèque de cinq mille dollars, en témoignage de sa gratitude pour ses précieuses informations. Sam la remercia chaleureusement et lui assura que si un jour elle avait vraiment besoin d'un nouveau carrelage…

Betsy et Peter furent mariés par monseigneur Quinn à Saint-François-Xavier. En voyant Betsy, rayonnante dans une robe de dentelle champagne, et Peter, élégant et distingué en costume bleu marine et cravate couleur argent, Delaney refoula des larmes de bonheur. Mon père, ma mère, pensa-t-elle.

Delaney était la demoiselle d'honneur de Betsy. Le meilleur ami de Peter, le professeur Frank Reeves, son garçon d'honneur.

La réception eut lieu dans la maison de Betsy, à Alpine. Comme cadeau de mariage, Jennifer Wright avait confectionné un album de photos de Delaney prises à tous les âges. Elle le tendit à Betsy en souriant. « Vous aurez un peu l'impression de la voir grandir. »

Delaney avait demandé à Betsy et Peter si elle pouvait les appeler par leurs prénoms. Ils avaient compris aussitôt. Le visage de Jennifer s'était éclairé de joie quand elle avait su que Delaney continuerait de l'appeler « maman ».

Cette soirée fut la célébration d'un mariage et l'occasion d'une réunion. Les personnes qui leur étaient le plus chères étaient toutes là. Jennifer et James Wright, les frères de Delaney et leurs femmes, la mère de Peter, Alvirah et Willy qui avaient permis ces retrouvailles, Lisa Clifton et la nounou chérie de Delaney, Bridget O'Keefe. Ma famille, pensa Delaney, au comble du bonheur.

Jon s'approcha d'elle avec deux coupes de champagne. « Il n'y a rien de meilleur », dit-il.

Savourant la première gorgée, Delaney aperçut au fond de la pièce Bridget en grande conversation avec Alvirah. Elle se souvint de l'avertissement de Bridget : « *Quand tout va trop bien, il y a des ennuis dans l'air.* »

Pas cette fois-ci, Bridget, pensa-t-elle joyeusement. Comme tu le disais aussi quand tu étais de bonne humeur : « *Je le sens au plus profond de moi-même.* »

REMERCIEMENTS

Encore et toujours, merci à mon éditeur et ami très cher, Michael Korda. Il m'a guidée dans ce voyage depuis la première page jusqu'au mot béni : « Fin. » Il est resté mon éditeur durant toutes ces années. Dieu le bénisse.

Je veux remercier Marysue Ricci, éditrice en chef de Simon & Schuster. Travailler avec elle durant ces dernières années fut un bonheur.

Merci aussi à mon équipe maison. Mon fils David est devenu un assistant à plein temps et responsable des recherches.

Comme toujours, mes autres enfants ont été mes premiers lecteurs, leurs avis m'ont été précieux tout au long de la confection de ce livre.

Et bien évidemment, merci à l'époux irremplaçable, John Conheeney, qui depuis vingt ans m'entend soupirer, douter de mon travail.

Nadine Petry, mon bras droit et assistante de longue date, a le don de déchiffrer mon écriture illisible. Merci, Nadine.

Quand on a publié *La Maison du guet*, il y a quarante et un ans, je n'aurais jamais imaginé qu'après tant d'années j'aurais encore le bonheur de raconter des histoires. Rien ne me plaît autant qu'inventer de nouveaux personnages, de leur faire vivre de nouvelles aventures.

Comme je l'ai dit, « fin » est mon mot favori. Mais il ne le serait pas s'il n'y avait une première phrase qui vous invite, cher lecteur, à tourner les pages.

Amusez-vous. Merci à vous tous.

Mary.

UNE SI LONGUE NUIT
ET NOUS NOUS REVERRONS
AVANT DE TE DIRE ADIEU
DANS LA RUE OÙ VIT CELLE QUE J'AIME
TOI QUE J'AIMAIS TANT
LE BILLET GAGNANT
UNE SECONDE CHANCE
ENTRE HIER ET DEMAIN
LA NUIT EST MON ROYAUME
RIEN NE VAUT LA DOUCEUR DU FOYER
DEUX PETITES FILLES EN BLEU
CETTE CHANSON QUE JE N'OUBLIERAI JAMAIS
LE ROMAN DE GEORGE ET MARTHA
OÙ ES-TU MAINTENANT ?
JE T'AI DONNÉ MON CŒUR
L'OMBRE DE TON SOURIRE
QUAND REVIENDRAS-TU ?
LES ANNÉES PERDUES
UNE CHANSON DOUCE
LE BLEU DE TES YEUX
LA BOÎTE À MUSIQUE
NOIR COMME LA MER

Avec Carol Higgins Clark

TROIS JOURS AVANT NOËL
CE SOIR JE VEILLERAI SUR TOI
LE VOLEUR DE NOËL
LA CROISIÈRE DE NOËL
LE MYSTÈRE DE NOËL

Avec Alafair Burke

L'AFFAIRE CENDRILLON
LA MARIÉE ÉTAIT EN BLANC
LE PIÈGE DE LA BELLE AU BOIS DORMANT

Le Livre de Poche s'engage pour
l'environnement en réduisant
l'empreinte carbone de ses livres.
Celle de cet exemplaire est de :
350 g éq. CO_2
Rendez-vous sur
www.livredepoche-durable.fr

PAPIER À BASE DE
FIBRES CERTIFIÉES

Composition réalisée par NORD COMPO

Imprimé en France par CPI
en novembre 2017
N° d'impression : 3025492
Dépôt légal 1ʳᵉ publication : janvier 2018
LIBRAIRIE GÉNÉRALE FRANÇAISE
21, rue du Montparnasse - 75298 Paris Cedex 06